절대제조공장

카렐 차페크 지음
요제프 차페크 그림
김진언 옮김

玄人

절대제조공장

Továrna na Absolutno

카렐 차페크 · 요제프 차페크

Karel Čapek · Josef Čapek

목 차

◎ 1926년판 서문

사실은 이와 같은 서문을 초판용으로 진작부터 쓰고 싶었다. 그렇게 하지 않았던 이유 중 하나는 벌써 기억에조차 없는 게으름이 한 짓이라 여겨지며, 또 하나는 운명론 때문에, 즉 서문을 써봤자 무엇 하나 수정은 할 수 없다고 생각했기 때문이기도 했다. 마침내 책을 내게 되었을 때, 나는 여러 가지 응당한 질책의 말들을 보는 꼴이 되어버리고 말았다. 즉, 프랑스의 문호인 발자크의 대작 『절대의 탐구』와는 비교도 안 된다거나, 소시지 요리를 천박하게 맛보는 장면에서 끝을 내버렸다는 등의 말인데, 이것은 진정한 장편소설이 절대 아니라는 것이 주요한 비판이었다. 이 말이 나의 조그만 머리를 마치 못처럼 정면에서 두들겨댔다. 나는 이 작품이 절대 장편소설이 아니라는 사실을 인정한다. 여기서는 그에 대한 변명으로, 이 책이 어떠한 주위의 상황 때문에 장편소설이 되지 못했는지를 이야기하고 싶다.

어느 봄날의 오후 4시 무렵, 나는 『R·U·R』의 집필을 마쳤다. 그리고 커다란 짐을 내려놓은 듯한 마음으로 펜을 내던지고 네보지첵 부근으로 산책을 나갔다. 처음에는 노고에서 해방되어 자유롭고 시원한 기분이었으나, 곧 어딘가 허전한 느낌이 들더니 결국에는 견딜 수 없을 정도로 따분해져버리고 말았다. 그리고 나 자신에게 이렇게 말했다. '하루를 헛되이 쓰고 있어. 어쨌든 집으로 돌아가서 신문용 소품을 쓰는 편이 나을 거야.' 이런 결심을 하는 것은 흔히 있는 일이다. 하지만 실제로 무엇을 써야 좋을지 아이디어는 떠오르지 않는다. 그렇기에 한동안은 방 안을 서성이기도 하고, 머리에서 떠나지 않는 노래를 휘파람으로 불기도 하고, 파리를 쫓기도 한다. 그러다 무엇인가가 떠올라 글쓰기를 시작하곤 한다. 그때는 예전의 아이디어가 떠올라 종이를 4절지로 잘라 신문용 소품을 쓰기 시작했다.

세 장째 4절지로 접어들었을 때, 이건 신문용 소품 1편으로 하기에는 양이 너무 많다, 이것으로 신문용 소품 6편은 쓸 수 있을 것이라는 생각이 들었기에 모든 일이 제3장의 중간에서 막혀버리고 말았다.

2개월 뒤, 나는 시골에서 비와 고독에 휩싸여 있었다. 그것은 피할 방법이 없었다. 종이를 준비해서 그 6편의 신문용 소품을 쓰기 시작했다. 비는 그칠 줄 몰랐으며, 명백하게 주제에 흥이 돋기도 했기에 나는 그것을 12장으로 해서 써내려갔다. 처음 주제를 다시 나누어 6장을 더한 것이다. 그런 다음 그 12장을 신문사로 보내 월요판에 1장씩 인쇄해달라고 부탁하고 그 사이에 마지막까지 쓰겠다고 약속했다.

그러나 인생은 예측할 수 없는 것이다. 이미 11장이 신문에 실렸는데도 나는 13장 이후 계속되는 부분에 대해서는 한 줄도 쓰지 않았다. 나는 그것이 실리고 있다는 사실을 잊은 것인데 그 주요한 원인은 이야기가 그 후에 어떻게 되어야 하는지를 잊어버렸기 때문이었다. 인쇄소에서 나를 쫓아와 이야기의 결말을 보내라고 재촉했다. 이에 나는 —옛날얘기 속에서 추격자를 따돌린 그 아가씨처럼— 새로운 한 장을 길에 내던져 이삼일은 마음 놓고 지낼 수 있게 하려 했다. 그리고 추적해오는 인쇄소의 바로 코앞을 달리며 한 장, 또 한 장 길에 흩뿌렸다. 상대방을 멀리로 떨어뜨려놓고 싶었으나 상대방은 내가 한 걸음, 한 걸음 뛸 때마다 바로 뒤를 쫓아왔다. 나는 쫓기고 있는 토끼처럼 달아났다. 이리 뛰고 저리 뛰면서 시간을 벌어 그 쫓고 쫓기는 추격전 동안 내가 잘못 썼던 것을 어떻게든 다시 수정할 수 있기를 바랐다. 나의 노력이 충분히 오래 지속되었는지 어땠는지는 당신 자신이 판단하시기 바란다. 내가 마지막 백기를 들 때까지 18장이나 더 썼으니 말이다.

뭐라고? 이 책에는 일관성이 없다고? 이 얼마나 서사시적이고 가슴을 뛰게 만드는 줄거리란 말인가? 즉, 에리니에스[1]에게 쫓기

---

1) 그리스 신화 속 복수의 여신들.

던 나는 산 속의 외딴 집으로, 그리고 편집부의 피난처로, 세인트 킬다 섬으로, 흐라데츠 크랄로베로, 태평양의 산호초로, 일곱 채의 오두막으로, 그리고 마지막으로 술집 우 다모르스키흐의 테이블로까지 도망다니다 거기서 마침내 두 손을 십자로 만들어 추적자들의 면전에 마지막 주장을 내던지고 항복했으니. 숨을 죽이고 지켜봐주시기 바란다. 저자가 마지막 순간까지 ─무자비하게 쫓기면서도─ 그래도 여전히 어떤 목표를 향해, 스스로는 어떤 이념을 추구하고 있는 것이라 믿었던 그 모습을. 그리고 설령 30장에서 숨통이 끊어졌다 할지라도 지금 막 도망쳐나온 이 구불구불한 길 속에서는 통일된 어떤 의도가 있다는 신비한 신념이 늘 나를 따라다녔으니. 그 의도가 장편소설로서의 정당한 줄거리가 되어 있지만, 실제로는 장편소설이 아니라 신문용 소품의 시리즈다. 따라서 지금, 이 작품에 장편적 연재단편이라는 이름을 추가적으로 붙여두도록 하겠다.

1926년 10월 카렐 차페크

제1장 신문광고

1943년 새해 첫날, 대기업 메아스, 즉 금속주식회사의 사장 G. H. 본디 씨는 평소와 다름없이 신문을 읽고 있었다. 전쟁에 관한 소식을 약간 가볍게 읽어 넘기고, 내각의 위기를 회피한 뒤, 돛에 바람을 가득 머금은 배처럼(이렇게 말하는 것은 『인민신문』이 꽤 오래 전부터 용지를 5배로 확대해서 이것을 돛으로 삼으면 대양을 항해하기에도 충분할 것이기에) 「전국경제」란으로 나아갔다. 여기서 나름대로의 시간을 들여 노닌 다음 돛을 감아 올려 둥실둥실 흔들리는 대로 몸을 맡겼다.

"석탄 위기라." 본디 씨는 혼잣말을 했다. "매장량 고갈. 오스트라바2)의 탄광 수년에 걸쳐서 조업 정지. 어떻게 된 일이지, 이만저만한 피해가 아닌 걸 상슐레지엔(독일령)의 석탄

---

2) 체코공화국의 동쪽 끝에 위치한 도시.

을 실어 날라야 하잖아. 한번 계산을 해보라고, 우리 제품이 얼마나 비싸질지. 나보고 그걸로 경쟁을 하라는 거야? 우린 지금도 말이 아니라고. 거기다 독일에서 운임을 올리기라도 해봐, 문을 닫아야 할 거야. 그리고 산업은행의 주식은 내려가고 있어. 아아, 신이시여, 이 무슨 가혹한 상황입니까? 이 얼마나 답답하고, 한심하고, 보답이 없는 상황입니까? 아아, 끔찍한 위기야!"

중역회의 의장, 다시 말해서 사장인 G. H. 본디 씨는 거기서 멈췄다. 무엇인가가 본디 씨를 자꾸만 초조하게 만들었다. 그것을 쫓아가 보니 옆에 놓아두었던 신문의 페이지 끝자락에 서 드디어 그 모습을 드러냈다. 그것은 '명'이라는 단어였다. 실제로는 단어의 일부였다. 그 글자의 바로 앞에서 신문이 접혀 있었으니. 그 단어가 중간에서 접혔다는 사실이 그렇게도 이상하게 본디 씨를 잡아끈 것이었다. '음, 그래, 저기에 있는 단어는 아마 '운명'일 거야.' 본디 씨는 멍하니 생각했다. '아니면 '광명'이려나. 어쩌면 '발명'일지도 모르겠군. 거기 다 질소의 주가도 떨어지고 있어. 정말 끔찍한 불경기로군. 한심해, 웃음이 나올 정도로 한심한 상황이야. 하지만 아무런 의미도 없어. 누가 발명을 광고하겠어? 오히려 손해야. 저기에 있는 건 '손해'여야만 해, 틀림없이 그럴 거야.'

약간 기분이 상해서 G. H. 본디 씨는 신문을 펼쳐들고 불쾌한 단어를 처리하려 했다. 이제 그 단어는 장기판의 눈처럼 생긴 광고란 속에서 완전히 모습을 드러냈다. 본디 씨는 하나하나 행을 따라서 찾아갔다. 그것은 일부러 그러기라도 하는 것처럼 화가 날 정도로 숨어 있었다. 본디 씨는 우선 밑에서부터 시작했고, 마지막에는 오른쪽에서부터 살펴보았다. 혐오스러운 '발명'은 거기에 있을 터였다.

G. H 본디 씨는 거의 포기할 뻔했다. 다시 신문을 접었더니 그 얄미운 '명'이 끝에서 저절로 모습을 드러냈다. 그랬기에 '명'을 손가락으로 누른 채 서둘러 신문을 펼쳐서 드디어 찾아낼 수 있었다. 본디 씨는 남몰래 험한 말을 했다. 어떻게 된 일이란 말인가? 거기에는 참으로 하찮기 짝이 없는, 극히 평범한 광고문구가 실려 있었다.

〈발명
수익성이 매우 높고 어느 공장에나 필요한 물건. 개인적 이유로 즉시 매각.
문의처: 브제브노프 1651, R. 마레크 기사〉

'이거 찾은 보람이 있는데!' G. H. 본디 씨는 생각했다.

'특허를 받은 멜빵 같은 걸 거야. 사기에 가까운 조잡한 물건이 거나, 바보들의 장난감이겠지. 그런 것 때문에 내가 5분이나 시간을 허비했다니! 어처구니없는 상황이야. 절대로, 절대로 인기를 끌지 못할 거야!'

본디 사장은 어처구니없는 상황이 가져다주는 괴로움의 전부를 보다 편안하고 철저하게 맛보기 위해서 이제는 흔들의 자에 몸을 깊숙이 묻었다. '실제로 메아스는 10개의 공장과 34,000명의 노동자를 거느리고 있어. 메아스는 철도 부문에서 1위를 달리고 있어. 보일러에 관한 한 메아스에게는 적이 없어. 메아스는 철골 분야에서 세계적 브랜드야. 하지만 그건 20년간에 걸친 일의 결과야. 신이시여, 좀 더 넓은 다른 장소였 다면 훨씬 더 커다란 일을 달성할 수 있었을 텐데……'

G. H. 본디가 갑자기 상체를 일으켰다. '마레크 기사, 마레크 기사라고! 잠깐만, 빨강머리 마레크를 말하는 건 아니겠지? 가만, 이름이 뭐였더라……: 루돌프였어, 루다 마레크, 공과대 학 시절의 친구인 루다란 말인가? 정말로 이 광고에는 R. 마레크 기사라고 적어놓았어. 이봐, 루다, 사람이 좋질 않군, 자네도. 이런 일이 있을 수 있는 걸까? 가엾게도 이제 끝장이 군! '수익성이 매우 높은 발명'을 매각하겠다고? 내 참, '개인 적인 이유로' 라니. 그런 개인적인 이유는 아주 잘 알고 있어.

돈이 없는 거겠지? 뭔가 지저분한 특허권을 미끼로 삼아서 누군가 기업가의 등을 치려는 거겠지. 그래, 맞아. 자네는 언제나 세상을 뒤집어엎겠다는 사상에 약간 사로잡혀 있었어. 아아, 우리의 원대한 사상은 지금 어디로 갔단 말인가? 커다란 꿈과 기만으로 넘쳐나던 우리의 청춘은!' 본디 사장은 다시 몸을 뒤로 눕혔다. '아마도 틀림없이 마레크일 거야.' 라고 생각했다. "하지만 마레크는 과학적인 두뇌를 가지고 있었어. 약간 공리공론을 떠들고 다니기는 했지만 녀석에게는 어딘가 천재적인 면이 있었어. 여러 가지 아이디어에 몰두해 있었어. 그 외에는 끔찍할 정도로 비실용적인 인간이었지. 실제로 완전히 미쳐 있었어. 알 수 없는 일이야"라고 본디 씨는 혼자 중얼거렸다. "녀석이 교수가 되지 못했다니. 20년 동안이나 만나지 못했는데, 대체 무슨 일을 하고 있는 걸까? 완전히 망해버린 걸지도 몰라. 아니, 틀림없이 망해버린 걸 거야. 브제브노프 같은 데서 살고 있다니, 가엾게도……. 거기다 발명으로 먹고살다니! 생각도 하기 싫은 결말이야!"

본디 씨는 몰락해버린 발명가의 비참함에 대해서 상상해보려 했다. 놀랄 만큼 덥수룩한 수염으로 뒤덮인 얼굴과, 한없이 헝클어진 머리를 상상할 수 있었다. 그 주위의 벽은 영화에서 본 것처럼 황량하고 얇다. 가구는 아무것도 없다. 구석에는 매트리스, 책상 위에는 코일과 못과 타다 남은 성냥으로 만든 초라한 모형이 있고 더러운 창은 안뜰로 향해 있다. 그리고 그 말로 표현할 수 없을 정도의 극빈 속으로 모피코트를 입은 방문객이 발을 들여놓는다. "자네의 발명을 보러 왔다네." 눈이 거의 보이지 않는 발명가는 옛 친구의 얼굴을 알아보지 못한다. 마구 헝클어진 머리를 숙이고 겸손한 자세로 손님이 앉을 자리를 찾는다. 그리고 이제는, 오오 선량하신 신이시여, 추위에 곱아서 측은하게도 떨리는 손가락으로 자신의 애처로운 발명, 즉 한심한 영구가동장치와 같은 것을 움직이려다가, 혼란스럽다는 듯한 모습으로 투덜거린다. "제대로 움직이지 않을 리가 없는데. 틀림없이 제대로 움직였을 텐데, 만약……; 그것만 있었다면. …… 만약 그것만 살 수 있었다면……."
모피코트를 입은 방문객은 이 다락방의 구석구석까지를 둘러본다. 그러다 갑자기 주머니에서 가죽 지갑을 꺼내 책상 위에 1,000코루나짜리 지폐를 놓는다. 한 장, 두 장('이거면 충분할 텐데!'라고 본디 씨는 스스로도 깜짝 놀란다.) 그리고 다시 세 장째('1,000코루나짜리 지폐 한 장만 해도 충분할 텐데, 한동안은.' 본디 씨의 마음속으로 이런 생각이 떠오른다.) "이건 앞으로의 일을 위한 겁니다, 마레크 씨. 아니, 아니요. 당신에게는 아무런 의무도 없습니다. 아, 제가 누구냐고요?

그건 아무래도 상관없는 일입니다. 그냥 당신의 친구라고 생각하세요."

본디 사장은 이런 상상에 크게 만족했고 감동했다. '그래, 마레크의 집으로 비서를 보내면 되겠군.'이라고 생각했다. '지금 당장, 아니면 내일 당장. 그럼 오늘은 뭘 한담? 휴일이니 공장에 갈 필요는 없어. 사실은 할 일이 없단 말이지. 아아, 한심한 상황이야! 하루 종일 할 일이 없다니! 오늘 내가 한번 가볼까?'

G. H 본디는 한동안 망설였다. 브제브노프 같은 촌구석에서 그 괴짜의 빈궁한 상태를 바라봐야 하다니, 조그만 모험이 되겠지? '그래도 역시 우리는 그 정도의 친구였어! 추억에는 그 나름대로의 권리가 있어. 가기로 하자!' 본디 씨는 결심했다. 그리고 차를 출발시켰다.

그 후, 본디 씨의 자동차는 약간 짜증을 내면서 브제브노프 1651번지에 위치한, 더할 나위 없이 초라하고 조그만 집을 찾아 지역 전체를 돌아다녔다. 결국에는 경찰서로 가서 물어보지 않을 수 없었다. "마레크, 마레크, 라." 경찰은 기억을 더듬었다. "그건 아마 루돌프 마레크 기사일 겁니다. 마레크 공업회사, 전구공장……, 믹소바 거리 1651."

전구공장이라고! 본디 사장은 실망스럽고, 또 화가 났다.

그럼 루다 마레크는 다락방에서 살고 있는 것이 아니란 말인가! 녀석은 공장의 주인이고, '개인적 이유' 때문에 어떤 발명을 팔려고 내놓았어! 잠깐, 이건 파산한 거 같은데, 틀림없어, 그게 사실이 아니라면 내 성을 갈겠어. "마레크 씨의 사업은 잘 되고 있나요?" 차 안에 앉은 뒤 그냥 지나가는 소리처럼 경찰에게 물었다.

"네, 훌륭합니다!" 경찰이 대답했다. "아주 깨끗한 공장을 가지고 있습니다. 유명한 회사니까요."라고 지역 사람에 대한 경의를 담아 덧붙였다. "부잡니다." 계속 설명했다. "거기다 아주 학식이 있어서 여러 가지 실험을 합니다."

"믹소바 거리로!" 본디 씨가 운전기사에게 명령했다.

"세 번째 모퉁이에서 오른쪽으로!" 경찰이 자동차 뒤에서 외쳤다.

그리고 지금, 본디 씨는 조그맣기는 하지만 매우 훌륭한 공장의 한편에 있는 주택 현관의 벨을 울리고 있었다.

"여기는 꽤나 청결하군. 정원에는 화단, 벽에는 담쟁이가 자라나 있어. 흠." 본디 씨가 혼잣말을 했다. "그 얄미운 마레크 속에는 옛날부터 인도주의적 그리고 개혁주의적인 면이 약간 있었어."

그 순간 계단 위로 마레크, 루다 마레크 본인이 마중을 나왔다. 매우 말랐고 성실해 보여서 어딘가 기품조차 느껴졌다. 본디는 마음속으로 이상하게 생각했다. 루다는 옛날처럼 젊지도 않았고, 상상했던 그 발명가처럼 놀랄 정도로 수염이 덥수룩하지도 않았으며, 본디 씨가 상상하고 있던 어떤 모습과도 전혀 닮지 않았다. 뿐만 아니라 그라는 사실조차도 알아볼 수 없을 정도였다. 하지만 본디 씨가 낙담한 자신의 마음을 충분히 의식하기도 전에 마레크 기사가 악수를 하기 위해 손을 내밀며 조용히 말했다.

"이거, 벌써 온 건가, 본디! 나는 자네를 기다리고 있었다네!"

제2장 카뷰레터

"자네를 기다리고 있었다네!" 손님을 가죽 안락의자에 앉히고 마레크가 다시 한 번 말했다.

이 세상의 그 무엇과 바꾼다 해도 본디는 그 가난한 발명가에 대한 환상을 자백하고 싶지 않았다.

"알고 있겠지?" 본디 씨가 약간 무리를 해서 기쁘다는 듯한 표정을 지었다. "우연이야! 오늘 아침에 깨달았는데 우리는 벌써 20년이나 만나지 못했다고! 20년이야, 생각해보게, 루다!"

"흠."하고 마레크가 말을 가로막았다. "그건 그렇고, 자네는 내 발명을 사고 싶은 거지?"

"산다고?" G. H. 본디가 망설이며 말했다. "난 정말 모르겠는데……, 그런 생각은 조금도 해보지 않았어. 난 단지 자네를 만나기 위해서, 그래서……."

"부탁일세, 아닌 척하지 말게!"

마레크가 본디 씨의 말을 가로막았다. "나는 자네가 올 줄 알고 있었어. 틀림없이 이런 물건을 얻기 위해서. 이 발명은 자네에게 정말 잘 어울리는 거야. 자네라면 그걸 매우 유용하게 이용할 수 있을 거야." 마레크가 손을 흔들고 마른기침을 하며 가라앉은 목소리로 이야기하기 시작했다. "자네에게 보여줄 발명은 와트의 증기기관 발명보다 훨씬 더 커다란 기술의 발전을 의미하는 것일세. 그 본질을 간단히 밝히자면, 그건 이론적으로 말해서 원자에너지의 완전한 이용과 관계된……."

본디는 슬쩍 하품을 했다. "자, 얘기를 해주게. 지난 20년 동안 자네는 무엇을 하고 지냈지?"

마레크는 약간 놀라서 눈을 들었다.

"현대과학에 의하면 물질, 즉 원자는 어마어마한 단위의 에너지로 구성되어 있다네. 원자는 실제로 전자, 즉 최소 단위의 전기적 분절의 결합체야……."

"그거 참 재미있군." 본디 사장이 말을 끊었다. "하지만 알고 있겠지? 나는 옛날부터 물리에는 약했어. 어쨌든 자네는 몸이 좋지 않은 것처럼 보이는데 마레크! 자네는 실제로 어떻게 해서 이 장난감……, 흠흠, 이 공장을 갖게 된 건가?"

"나 말인가? 정말 우연이었어. 다시 말해서 나는 전구의 새로운 배선법을 발명했지. 그런 건 아무것도 아니야, 그저 우연히 발견한 것일 뿐이야. 그보다 들어보게, 나는 벌써 20년 이나 물질의 연소에 대해서 연구해왔어. 이보게 본디, 현대기술의 가장 커다란 문제는 무엇인가?"

"비즈니스지." 사장이 말했다. "그런데 자네는 벌써 결혼했는가?"

"홀아비야." 마레크는 대답하고 흥분해서 펄쩍 뛰었다. "비즈니스라니, 절대로 아니야. 알겠는가? 바로 연소야! 물질 속에 존재하는 열에너지의 완전한 연소야! 생각해보게, 우리는 석탄 속의 연소 가능한 에너지 중 겨우 10만분의 1밖에 태우고 있지 못하니! 무슨 소린지 알겠는가?"

"응. 석탄은 아주 비싸니까." 본디 씨가 현명한 생각을 내보였다.

마레크가 자리에 앉아 답답하다는 듯 말했다.

"나의 카뷰레터 때문에 온 게 아니라면, 본디, 그만 나가도 상관없네."

"아니, 모쪼록 얘기를 계속해주게." 사장은 완전한 순종의 뜻을 내비쳤다.

마레크는 두 손으로 머리를 감싸쥐었다. "20년 동안 나는 그 연구를 해왔어." 쥐어짜내는 듯한 목소리였다. "그리고 지금, 바로 지금, 그것을 찾아온 첫 번째 사람에게 팔려 하고 있는 거야! 나의 어마어마하게 커다란 꿈을! 지금까지의 가장 커다란 발명을! 진심이야, 본디. 기절초풍할 정도의 물건이야."

"틀림없이 그럴 테지. 우리들의 한심한 상황에 있어서는." 본디는 동의했다.

"아니, 정말 깜짝 놀랄 물건이야. 생각해보라고 원자에너지를 완전히, 남김없이 이용할 수 있다고!"

"아하." 사장이 말했다. "원자를 태우세. 그래, 꼭 그렇게 하세. 여기는 깨끗한 곳이로군, 루다. 아담하고 깨끗해. 노동자는 몇 명이나 있지?"

마레크는 듣고 있지 않았다. "알겠는가?" 생각에 잠긴 채 이야기했다. "그걸 어떻게 부르든 마찬가지야. '원자에너지의 이용', 혹은 '물질의 연소', 또는 '물질의 분해', 그걸 마음에 드는 대로 불러도 상관없어."

"나는 연소를 선택하겠어." 본디 씨가 말했다. "아주 친근감이 느껴져."

"하지만 좀 더 정확히는 '물질의 성분분해'야. 알겠는가? 원자를 전자로 분해해서 전자로 하여금 일을 하게 하는 거야. 이해할 수 있겠는가?"

"완전히 이해할 수 있어." 사장이 고개를 끄덕였다. "그냥 전자를 일하게 하면 되는 거잖아!"

"한번 생각해보라고. 밧줄 하나의 양 끝을 두 마리의 말에게 각각 반대방향으로 끌게 하는 거야. 그것이 무엇을 의미하는지 알겠는가?"

"무슨 스포츠 같은데." 본디 씨가 의견을 말했다.

"아니, 정지 상태야. 말들은 서로 잡아끌지만 앞으로 나가지는 못해. 그런데 밧줄의 가운데를 끊으면—."

"—말들이 고꾸라질 거야." G. H. 본디가 흥분해서 외쳤다.

"아니, 달리기 시작할 거야. 에너지가 해방된 상태가 되는 거지. 자, 들어보라고. 물질은 그 말들처럼 멍에로 연결되어 있어. 전자를 구속하고 있는 그 줄을 자르면 전자는—."

"달리기 시작할 거야!"

"바로 그거야. 그리고 우리는 전자를 잡아서 일을 하게 할 수가 있어. 알겠는가? 이번에는 이렇게 생각해보게. 예를 들어서 우리는 석탄을 조금 태우고 있어. 거기서 소량의 열을 얻고 있는데, 그 외에 재, 석탄가스, 그리고 그을음도 나와. 물질은 그것으로 소멸되는 게 아니야, 알겠는가?"

"응. 담배를 피우고 싶지 않은가?"

"피우고 싶지 않아. 남은 물질에는 아직 소비되지 않은 원자에너지가 다량으로 포함되어 있어. 원자에너지의 전부를 완전히 소비하면, 그것으로 원자도 소비되는 셈이야. 요약하자면, 물질은 소멸하는 거야."

"아아, 그렇군. 그건 잘 알겠어."

"우리는 서툰 방법으로 곡물을 갈고 있는 것이나 다를 바 없는 거야. 표면의 얇은 껍질만을 벗겨내고 나머지는 던져버리는 것과 다를 바 없이 재를 방출하고 있어. 완전히 간다면 곡물은 아무것도 남지 않거나, 혹은 거의 남지 않을 거야, 알겠는가? 그것과 마찬가지로 완전히 연소시키면 물질은 아무것도 남지 않거나, 혹은 거의 남지 않을 거야. 완전히 간다. 완전히 연소시킨다. 근원적인 무로 돌아간다. 알겠는가? 물질은 단지 존재하기 위해서만도 어마어마하게 많은 양의 에너지를 소비하고 있어. 물질에게서 존재를 빼앗아 존재하지 못하도록 강제하면, 그건 방대한 양의 힘을 해방시키는 일이 되는 거야. 무슨 말인지 알겠는가, 본디?"

"아아, 그렇군. 나쁘지는 않아."

"예를 들어서 어떤 과학자의 계산에 의하면 1kg의 석탄에는 230억 칼로리의 열량이 포함되어 있어. 내 생각에는 그 과학자가 약간 과장을 하고 있는 듯 여겨져."

"틀림없이 그럴 거야."

"나는 이론적으로 70억까지는 갔어. 하지만 그것만으로도 1kg의 석탄을 완전히 연소시키면 적당한 공장을 수백 시간 가동시킬 수 있을 거야!"

"맙소사!" 본디가 외치며 펄쩍 뛰어올랐다.

"정확한 시간의 숫자는 말할 수가 없어. 나는 지금 2분의 1kg짜리 석탄을 20킬로그램미터의 하중으로 6주 동안 태우고 있는데 말이지, 그게 계속, 계속, 계속 움직이고 있어." 마레크 기사가 창백한 얼굴로 속삭였다.

본디 사장은 당황스러워서 어린아이의 엉덩이처럼 매끈매끈하고 동그란 턱을 쓰다듬었다. "내 얘기도 좀 들어보게, 마레크." 망설이며 입을 열었다. "자네는 아마도……, 그래, 약간……, 일을 너무 많이 한 것 같아."

마레크는 손을 흔들었다. "아아, 그런 건 상관없어. 자네가 물리학에 대해서 조금 더 잘 알고 있다면 내 카뷰레터[3]를 설명해줄 수 있을 텐데. 석탄은 그 안에서 타고 있어, 알겠는

---

3) (원주) 마레크 기사가 자신의 원자로에 부여한 이 이름 Karburátor(기화기, carburetor)는 물론 전혀 정확하지 않은 것이다. 이는 기술자들이 라틴어를 배우지 않는다는 사실의 슬픈 결과 중 하나다. 보다 정확한 이름은 Komburátor(콤부라트로), Atomkettle(아톰케틀), Carbowatt(카보와트), Disgregator(디스그레가토르), Motor M(모터 엠), Bondymover(본디무버), Hylergon(휠에르곤), Molekularstoffzersetzungskraftrad(모레쿠라르슈토프체르제츤그스크라프트라트), E. W.(이 더블유)와 그 외일 것이다. 이러한 것들은 후에 제안되었다. 물론 거의 받아들여지지 않았지만.

가? 그 설명은 고등 물리학 1장의 전부만큼 될 거야. 어쨌든 그 장치는 이 아래서, 지하실에서 볼 수 있어. 나는 그 기계 안에 2분의 1kg짜리 석탄을 던져넣고 뚜껑을 닫은 다음, 증인의 눈앞에서 공증할 수 있도록 봉인했어. 누구도 석탄을 추가하지 못하도록. 가서 그걸 봐주게. 가게, 어서 가게! 그래도 자네는 이해하지 못할 테지만, 지하실로 가서 봐주게! 이보게, 어서 가보게!"

"그럼, 자네는 가지 않을 건가?" 본디가 이상히 여기며 물었다.

"가지 않을 거야. 자네 혼자서 가보게. 그리고, -잘 들어야 하네, 본디⋯⋯. 거기에 오랜 시간 머물러서는 안 되네."

"어째서?" 본디가 조금 의심스럽다는 듯 물었다.

"그냥 그러는 거야. 글쎄, 그곳은⋯⋯, 몸에 좋지 않다고 생각해두게. 그리고 거기에 가면 전등을 켜게. 스위치 버튼은 문 바로 옆에 있어. 지하실에서 들리는 소음은 내 기계에서 나는 소리가 아니야. 내 기계는 아주 조용히, 쉴 새 없이, 악취도 풍기지 않고 움직이고 있어. ⋯⋯거기서 시끄러운 건, 흠, 공조기뿐이야. 자, 가도록 하게. 나는 여기서 기다리고 있을 테니. 나중에 내게 그곳의 모습을 들려주기 바라네⋯⋯."

　　　　　*　　　　　*　　　　　*

　본디 사장은 지하실로 들어갔다. 그 정신이 이상해진 사나이
(미쳤다는 데는 의심의 여지도 없었다.)와 잠시 떨어져 있을
수 있다는 사실을 조금은 기뻐하며, 하지만 어떻게 해야 한시라
도 빨리 여기서 벗어날 수 있을지, 조금은 낙담하면서 생각에
잠겨 있었다. 보라, 지하실에는 무시무시하게 두꺼운 문이
굳게 닫혀 있어서, 은행에서나 볼 법한 한 치의 빈틈도 없는
금고와 조금도 다를 바가 없지 않은가. 그래, 전등을 켜자.
버튼은 문 바로 옆에 있었다. 둥근 천장에 시멘트로 만들어진
지하실은 사원의 승방처럼 청결했으며, 그 한가운데의 시멘트
로 만든 대 위에 동으로 만들어진 거대한 원통이 놓여 있었다.
그것은 전체가 막혀 있었으나, 단지 위쪽에 철로 된 격자가
박혀 있고 그것이 봉인되어 있었다. 기계의 내부는 어둡고
조용했다. 원통에서 규칙적이고 매끄럽게 피스톤이 반복적으
로 나와서 무겁게 보이는 바퀴를 천천히 돌리고 있었다. 그것뿐
이었다. 단지 공조기만이 지하실의 창이 있는 곳에서 질리지도
않는다는 듯 덜그럭덜그럭 소리를 내고 있었다.

　아마도 공조기에서 나오는 바람이나 그런 것이리라. 본디
씨는 특별한 공기의 흐름을 이마에 맞으며 머리카락이 곤두서

는 듯한 것을 느꼈다. 마치 무한한 공간을 떠돌고 있는 듯한 느낌이었다. 이제는 자신의 무게조차 거의 느끼지 못한 채 공중을 날아다니고 있는 것 같았다. G. H. 본디 씨는 어떤 놀랍고 밝은 행복감에 감싸여 무릎을 꿇고 외치기도 하고 노래를 부르기도 하고 싶어졌으며, 헤아릴 수 없이 무수한 천사의 날갯짓 소리가 들려오는 것 같은 느낌이 들었다. 그때 갑자기 누군가가 그의 팔을 힘껏 쥐어 그를 지하실에서 끌어냈다. 그것은 마레크 기사였다. 마치 잠수부와 같은 차림으로 머리에 헬멧인지 다이빙 마스크인지 그와 비슷한 것을 쓴 채, 본디를 계단에서 위로 끌어올렸다. 홀로 들어서자 금속 헬멧을 벗고 이마에 구슬처럼 흐르는 땀을 훔쳤다.

"아주 적절한 순간이었어." 마레크는 크게 흥분해서 숨을 내쉬었다.

제3장 범신론

본디 사장은 얼마간 꿈속에 있는 듯한 기분이 들었다. 마레크는 어머니와도 같은 마음씀씀이로 본디를 안락의자에 앉힌 뒤 서둘러 코냑을 찾았다. "자, 얼른 꿀꺽 마시게." 떨리는 손으로 본디에게 조그만 코냑을 건네주며 흥분한 목소리로 말했다. "왜 그러는가, 자네도 기분이 안 좋아졌는가?"

"천만의 말씀." 잘 돌지 않는 혀로 본디가 말했다. "그건……; 굉장히 멋졌어! 마치 하늘을 나는 듯한 기분이었어."

"그래, 맞아." 마레크가 한시의 틈도 주지 않고 말했다. "나도 그렇게 생각해. 하늘을 나는 것 같거나, 아니면 완전히 둥실둥실 떠 있는 것 같아. 그렇지?"

"놀라울 정도로 행복한 기분이었어." 본디 씨가 말했다. "나는 그것이야말로 황홀함이라 불리는 것이라고 생각해. 거기에는 무엇인가─, 무엇인가가 있는 듯해."

"무엇인가 신성한 것, 인가?" 마레크가 망설이듯 물었다.

"아마도. 아니, 정말 확실하게, 야. 나는 오래도록 교회에 간 적이 없어. 루다, 오래도록 간 적이 없었지만, 그 지하실에서는 교회 안에 있는 듯한 느낌이 들었어. 이보게나, 내가 거기서 무엇을 하고 있었지?"

"무릎을 꿇고 있었어." 마레크가 툭 내던지고 방 안을 걷기 시작했다.

본디 사장은 곤혹스러움에 대머리를 쓰다듬었다. "그거 심상치 않은 일이군. 그래도 말해주게, 내가 무릎을 꿇고 있었다고? 부탁일세, 무엇이−, 대체 무엇이−, 그 지하실에서−, 그렇게 기묘하게 사람에게 작용하고 있는 거지?"

"카뷰레터일세." 마레크가 한숨처럼 내뱉고 입술을 씹었다. 그 얼굴은 더욱 침울해져 창백한 것처럼 보였다.

"하지만, 망할 놈의." 본디는 이상히 여겼다. "그건 대체 뭐란 말인가?"

마레크 기사는 그저 양쪽 어깨를 움츠리고 머리를 숙인 채 방 안을 걸을 뿐이었다.

G. H. 본디는 어린아이처럼 말똥말똥 마레크의 모습을 눈으로 좇았다. 마레크는 광인이라고 스스로에게 말했다. 하지만 대체 무엇이 그 지하실에서 사람을 습격하는 것이란 말인가?

참으로 가슴 아플 정도의 행복감, 참으로 어리둥절할 정도의 편안함, 경탄, 압도적인 경건함, 그것이 아니라면 무엇인가―, 본디 씨는 자리에서 일어나 코냑을 조그만 잔에 새로이 따랐다. "이보게, 마레크."라고 그가 말했다. "이젠 알겠네."

"뭘 알겠다는 건가?" 마레크가 큰소리로 외치며 멈춰 섰다.

"저 지하실에 대해서. 그 이상한 정신 상태에 대해서. 그건 어떤 종류의 독이야. 그렇지 않은가?"

"틀림없이 독이야." 마레크가 화난 사람처럼 웃었다.

"나는 단번에 그렇게 생각했어." 본디가 만족스럽다는 듯 선언했다. "그렇다면 자네의 그 기계는 어떤, 흠, 오존과 같은 것을 만들어내고 있는 거야, 그렇지? 그게 아니라면 어떤 종류의 독가스를 말이야. 그걸 마시면, 그래, 약간 중독이 되거나, 혹은 황홀감에 빠지게 되는 거야, 그렇지? 이보게, 그건 틀림없이 유독가스 이외에 아무것도 아니야. 아마도, 어떤 이유에서인지는 모르겠지만, 그……, 자네의 카뷰레터 속에서 석탄을 태움으로 해서 발생한 거겠지. 일종의 석탄가스이거나, 이산화질소가스이거나, 혹은 포스겐[4]이거나, 그런 거겠지. 그래서 자네는 거기에 공조기를 놓은 거야. 그래서

---

4) 무색의 질식성 유독가스.

자네는 가스마스크를 쓰고 지하실에 출입하는 거야. 그렇지? 자네의 지하실에 있는 건 끔찍한 가스야."

"그게 단순한 가스라면 좋겠지만." 마레크가 주먹을 굳게 쥐고 분노를 폭발시켰다. "알겠는가, 본디? 바로 그렇기 때문에 나는 그 카뷰레터를 팔아치우지 않을 수 없는 거야! 그저, 그저, 그것을 견딜 수가 없어서. 견딜 수가, 견딜 수가 없어서!" 마레크가 거의 울음을 터뜨릴 것처럼 외쳤다. "나는 나의 카뷰레터가 이런 짓을 할 줄은 조금도 예상하지 못했어. 이렇게 ─, 끔찍한─, 나쁜 짓! 한번 생각해보게. 나는 거기에 처음부터 질질 끌려다녔어! 거기에 다가가는 사람은 누구나 그걸 느껴. 자네는 아직 아무것도 몰라, 본디. 하지만 우리 집의 관리인은 이미 그에 대한 보상을 받았어."

"그거 참 딱하게 됐군." 사장이 동정을 하며 궁금해 했다. "그것 때문에 목숨을 잃었는가?"

"아니, 마음을 고쳐먹고 새사람이 됐어." 마레크가 절망적으로 외쳤다. "자네에게 말해두겠네. 내 발명, 내 카뷰레터에는 끔찍한 결함이 있어. 그래도 자네는 내게서 그것을 사거나, 아니면 선물로 받아야 할 거야. 본디, 자네는 분명히 그렇게 할 거야. 설령 거기서 악마가 솟아나온다 할지라도. 자네에게 있어서는, 본디, 자네에게 있어서는 마찬가지야. 그저 몇 십억 코루나나 되는 돈만 만들어내면 되는 거야. 자네는 그렇게 만들어낼 수 있어. 그건 굉장한 일이야. 나는 더 이상 그것과 관계를 맺고 싶지 않아. 하지만 자네는 나만큼 민감한 양심을 가지고 있지 않아. 듣고 있는 건가, 본디? 저게 몇 십억, 몇 천억이나 되는 돈을 가져다줄 거야. 하지만 그 대신 양심에 무시무시한 독소를 받아들이지 않으면 안 돼. 각오하게!"

"날 너무 그렇게 몰아세우지 마." 본디는 저항했다. "그게 정말로 독가스를 내뿜는 거라면 관청에서 금지를 할 거고 그걸로 끝이야. 자네는 우리나라의 우습지도 않은 상황을 알고 있겠지? 미국에서는 이런 식으로—."

"아니, 결코 독가스 같은 게 아니야." 마레크 기사가 외쳤다. "그보다 천 배나 더 좋지 않은 거야. 조심해야 하네, 본디, 내가 자네에게 하는 말에. 그것은 인간의 이성을 초월한 것이지만 속임수는 조금도 없어. 나의 그 카뷰레터는 정말로 물질을 연소시켜. 깨끗하게 연소시켜서 물질의 가루조차 남기지 않아. 혹은, 오히려 물질을 분해하고 증발시키고, 전자로 분리하고 소모시켜서 일소한다. 그것을 뭐라고 부르면 좋을지 나는 잘 모르겠어. 요컨대 물질을 완전히 소비해버리는 거야. 자네는 상상할 수도 없을 거야, 얼마나 방대한 에너지가 원자 속에 있는지. 보일러 속에 석탄을 50㎏ 넣으면 기선을 전 세계일주

항해시키기도 하고, 프라하 전체를 조명할 수도 있고, 프라하의 루스톤카 기계공장5) 전체를 조업시킬 수도 있고, 하고 싶은 일을 마음대로 할 수 있어. 호두알만 한 석탄 덩어리만 있으면 가족 전체의 난방과 조리용으로 충분할 거야. 심지어 더 이상은 석탄조차도 필요 없게 돼. 집에서 나와 바로 주워 모을 수 있는 평범한 돌멩이나 한 줌의 흙으로 난방을 할 수 있어. 각 물질의 조각 그 자체 속에 거대한 증기보일러보다 훨씬 더 다량의 에너지가 있으니까. 그저 그것을 짜내기만 할 수 있다면! 단지 물질을 완전히 연소시킬 수만 있다면! 본디, 나는 그렇게 할 수 있어. 나의 카뷰레터는 그렇게 할 수 있어. 이해할 수 있겠지, 본디. 이건 20년 동안의 연구에 값하는 결과라는 사실을."

"이보게, 루다." 사장이 천천히 입을 열었다. "아주 이상한 일이야. 하지만 나는 어쨌든 자네의 말을 믿어. 영혼을 걸고 자네를 믿어. 이해할 수 있겠지? 자네의 그 카뷰레터 앞에 섰을 때 나는, 여기에는 뭔가 끔찍할 정도로 커다란 것, 단번에 인간을 압도하는 것이 있다고 느꼈어. 나로서는 달리 방법이 없어. 나는 자네를 믿어. 자네는 그 계단 아래의 지하실에

---

5) 당시의 커다란 공장.

뭔가 비밀스러운 것을 가지고 있어. 뭔가, 전 세계를 전복시킬 만한 것을."

"아아, 본디." 마레크가 걱정스럽다는 듯 속삭였다. "바로 거기에 함정이 있는 거야. 잠깐 기다려보게, 자네에게는 모든 것을 털어놓을 테니. 자네는 스피노자[6])를 읽은 적이 있는가?"

"읽지 못했어."

"나도 마찬가지야. 하지만 지금은, 알겠는가, 지금은 그런 것을 읽기 시작했어. 잘 이해가 되지는 않아. 우리 기술자에게는 아주 어렵지만 거기에는 무엇인가가 있어. 자네는 신을 믿는가?"

"나? 흠." G. H. 본디는 생각했다. "솔직히 말해서 난 모르겠어. 신이 존재한다 할지라도 어딘가 다른 별 위일 거야. 우리의 별에는 존재하지 않아. 그런 일은 있을 수 없어! 우리 시대에 그런 것은 아무런 도움도 되지 않아. 안 그런가? 신이 여기서 무엇을 할 수 있겠는가?"

"나는 신을 믿지 않아." 마레크가 단호하게 말했다. "나는 신을 믿고 싶지 않아. 나는 지금까지 무신론자였어. 물질과 진보, 그것 외에는 아무것도 믿지 않았어. 나는 과학적인 사람이

---

6) 네덜란드의 철학자. 범신론을 주창했다.

야, 본디. 그리고 과학은 신을 인정할 수가 없어."

"상업이라는 입장에서 보자면," 본디 씨가 단언했다. "그런 건 아무래도 상관없는 얘기야. 그렇게 하고 싶다면, 신의 뜻대로 행하시길. 상업과 신은 서로를 배제하거나 하지 않아."

"하지만 과학의 입장에서 보자면, 본디." 기술자가 엄격한 어조로 외쳤다. "그런 것은 절대로 견딜 수가 없어. 신, 아니면 과학이야. 나는 신이 존재하지 않는다고는 주장하지 않아. 나는 단지, 신은 존재해서는 안 된다, 혹은 적어도 모습을 나타내서는 안 된다고 주장하고 있을 뿐이야. 나는 믿고 있는데, 과학이 신을 한 걸음 한 걸음 내몰고 있어. 혹은 적어도 신의 현현을 제한하고 있어. 그리고 그것이 과학의 가장 커다란 사명이라고 나는 믿고 있어."

"있을 법한 일이야." 사장이 조용히 말했다. "계속해주게."

"한번 생각해보게, 본디. 그래 —아니 기다려주게, 자네에게는 이렇게 말하기로 하지— 범신론이란 무엇인지, 자네는 알고 있는가? 그건 신앙이야. 즉, 존재하는 모든 것의 내부에는 어떻게 부르든 상관없지만, 일종의 신, 혹은 절대가 나타나 있다고 믿는 거야. 인간의 내부에도 돌 속에도 풀 속, 물 속, 온갖 곳에. 그리고 자네는 스피노자가 어떤 말을 했는지 알고 있는가? 물질성이란 신의 실재를 나타내는 것 중의 하나,

혹은 하나의 면에 지나지 않으며, 다른 한 면은 혼이라는 거야. 그리고 자네는 페히너[7]가 뭐라고 했는지 알고 있는가?"

"몰라." 본디 사장이 자백했다.

"페히너는 만물, 만물은 전부 영혼을 가지고 있다, 신은 이 세상의 모든 물질에 영혼을 주었다고 말했어. 그리고 라이프니츠[8]를 알고 있는가? 라이프니츠의 말에 의하면, 물질은 영혼의 모든 점, 즉 신의 본질인 모나드[9]로 성립됐다는 거야. 그에 대해서 자네는 어떻게 말하겠는가?"

"모르겠네." G. H. 본디는 말했다. "난 그런 거 이해하지 못해."

"나도 모르겠어. 아주 복잡하게 얽혀 있으니까. 하지만 상상해보게, 예를 들어서 정말로 어떤 물질 속에나 신이 존재한다는 사실, 물질 속에 어떤 방법으로 갇혀버렸다는 사실을. 따라서 그 물질을 완전히 파괴하면 신이 말쑥한 모습으로 튀어나오는 거야. 신은 갑자기 해방된 느낌이 들어. 마치 석탄에서 석탄가스가 증발하듯 물질 속에서 증발하는 거야. 원자를 하나 연소시키면 지하실 가득한 절대를 단번에 얻을 수 있어. 절대가 순식간에

---

7) 독일의 철학자.
8) 독일의 철학자.
9) Monad. 단자.

퍼지는 데에는 깜짝 놀라지 않을 수 없어."

"잠깐 기다려보게." 본디 씨가 잘 들리는 목소리로 말했다. "다시 한 번 말해주게. 천천히."

"한번 생각해보게." 마레크가 되풀이했다. "예를 들어서 각각의 물질 속에 일종의 구속 상태로, 말하자면 속박된 불활성 (不活性) 에너지로 절대가 포함되어 있다는 사실을. 혹은 단지 신은 편재적이다, 즉 어느 곳에나 존재한다는 사실을. 따라서 어떤 물질 속에도 물질의 어떤 부분에도 존재한다는 사실을. 그리고 또 상상해보게, 한 조각의 물질을 완전히 무엇 하나 눈에 띄지 않게 소멸시킨다는 사실을. 그런데 어떤 물질도 실제로는 물질 더하기 절대이기 때문에 단지 물질만을 소멸시 킨 것만으로는 소멸시킬 수 없는 물질 이외의 부분이 남는 거야. 즉, 순수한, 해방된, 활성화된 절대를 말하는 거지. 남은 것은 화학적으로 분해 불가능한 비물질적 잔재로, 그건 스펙트 럼의 선도, 원자량도, 화학 친화력도, 마리오트의 법칙[10]도, 그 무엇도, 그 무엇도, 물질의 성질에 속하는 그 어떤 것도 나타내지 않아. 이른바 순수한 신이 남는 거야. 화학적으로는 아무것도 없지만, 방대한 에너지로 일을 하는 거지. 비물질적인

---

10) 프랑스의 물리학자인 마리오트가 발견한 보일마리오트의 법칙.

존재이기 때문에 물질의 법칙에는 구애받지 않아. 이미 거기서 반자연적으로, 그야말로 기적적으로 신이 나타나는 거야. 이 모든 것은 신이 물질 속에 존재한다는 전제하에서 생겨나는 거야. 예를 들자면, 물질 속에 신이 존재한다고 자네는 생각할 수 있겠는가?"

"생각할 수 있어." 본디가 말했다. "그래서, 그 다음은?"

"그래." 마레크는 이렇게 말하고 자리에서 일어났다. "그러니 그것은 이처럼 진실이야."

제4장 신의 지하실

본디 사장은 깊은 생각에 잠긴 듯 담배를 피웠다. "그런데 자네는 어떻게 해서 그것을 인식한 거지?"

"내 자신의 경험으로." 마레크 기사가 다시 방 안을 서성거리며 말했다. "나의 완전 카뷰레터는 물질을 완전히 분해함으로 해서 부산물을 만들어낸다, ―순수하고 속박받지 않는 절대를. 화학적으로 순수한 형태의 신을. 말하자면 한쪽 끝으로는 기계적인 에너지를, 반대편 끝으로는 신의 본질을 내뱉는 거야. 물을 수소와 산소로 분해하는 것과 완전히 같은 거야. 단지 그것보다 훨씬 더 대규모일 뿐이지."

"흠." 본디 씨가 반응했다. "그대로 계속해주게!"

"나는 이렇게 생각해." 마레크가 주의 깊게 이야기를 계속했다. "몇 명인가의 예외적인 인물은 자신 내부에서 물질적인 본질과 신적인 본질을 스스로 분리할 수 있어. 즉, 자기 자신의 물질에서 절대를 해방시키거나, 혹은 만들어내는 방법을 알고 있어. 그리스도, 기적 수행자들, 파키르11)들, 영매자들, 그리고 예언자들은 어떤 심령의 힘으로 그렇게 할 수 있는 거야. 나의 카뷰레터는 순수하게 기계적으로 그 일을 하고 있는 거지. 일종의 절대제조공장이라고 할 수 있을 거야."

"무엇보다 사실이 제일 중요해." G. H. 본디가 말했다. "사실을 지켜주게."

"그게 사실이야. 나는 나의 완전 카뷰레터를 처음에는 단지 이론적으로 디자인했어. 그런 다음 조그만 모형을 만들었지만 움직이지 않았어. 네 번째 모형을 만들었을 때 비로소 실제로 회전했어. 그것은 그렇게 커다란 크기에도 불구하고 아주 멋지게 움직였어. 그리고 아주 조그만 규모로 그것을 움직였을 때 이미 특별한 정신적 효과를 느꼈어. 신비한 기쁨과 마력이야. 하지만 나는 단지 발명했다는 데서 오는 기쁨이거나, 혹은 지나친 과로 때문일 것이라고만 생각했어. 그런데 바로 그때부터 나는 예언을 하거나 기적을 일으키기 시작한 거야."

"뭐라고?" 본디 사장이 외쳤다.

"예언을 하거나 기적을 일으켰다고." 마레크가 어두운 말투

---

11) 아랍이나 인도의 수행자.

로 되풀이했다. "나는 깜짝 놀랄 만한 깨달음의 순간을 얻었어. 예를 들자면 미래에 무엇이 일어날지를 아주 분명하게 알게 됐어. 자네의 방문까지도 예견했어. 한번은 선반에서 손톱이 벗겨진 적이 있었어. 다친 손가락을 가만히 바라보고 있자니 점점 새 손톱이 자라기 시작했어. 틀림없이 내가 그렇게 바라기는 했지만 그건 특별한, 무엇보다 끔찍한 일이었어. 혹은 상상해 보게, 나는 공중을 걸어다녔어. 알겠는가? 이른바 공중부양이야. 그런 난센스를 믿었던 적은 한 번도 없었어. 한번 생각해보라고, 내가 얼마나 무서웠을지를."

"그래, 믿어." 본디가 진지하게 말했다. "그건 틀림없이 고통일 거야."

"커다란 고통이야. 이건 어떤 신경작용 때문이다, 자기암시나 그런 거다, 라고 생각했어. 그러는 사이에 지하실에 그 커다란 카뷰레터를 설치해서 가동시켰어. 자네에게 말한 것처럼 벌써 6주 동안, 밤낮없이 움직이고 있어. 그제야 비로소 사건의 전모를 인식하게 됐어. 그날 중으로 지하실에 절대가 넘쳐나서 미어터질 것처럼 되었고, 집 안 전체를 배회하기 시작했어. 알고 있는가? 순수한 절대는 어떤 물질에도 침투할 수 있어. 딱딱한 물질의 경우에는 조금 시간이 걸리지만, 대기 속에서는 빛처럼 빠르게 확산해. 내가 지하실에 들어갔을 때는 말이지, 마치 발작처럼 덮쳐왔어. 나는 커다란 소리로 아우성쳤어. 달아날 만큼의 힘이 어디서 솟아올랐는지 알 수 없었지. 그런 다음 여기, 위층 방에서 모든 일들을 가만히 생각했어. 처음에 그것은 사람을 취한 기분으로 만들어 흥분하게 하는 새로운 가스나 그런 것으로, 물질의 완전연소에서 생겨난 것이라는 생각이 들었어. 그랬기에 밖에서 공조기를 달게 했어. 인부 3명 가운데 2명이 작업 중에 계시를 받고 환영을 보았어. 세 번째 사람은 알코올중독이었는데, 아마도 그 때문에 얼마간 면역력이 있었던 거겠지. 그게 단순한 가스라고 믿었던 동안에는 그에 대한 여러 가지 실험을 했어. 흥미롭게도 절대 안에서는 어떤 빛도 훨씬 더 밝게 타올라. 절대를 배 모양의 유리용기 안에 밀봉할 수 있다면 전구로 만들고 싶을 정도야. 하지만 그건 더할 나위 없이 엄중하게 밀폐된 어떤 용기에서도 증발을 해버려. 그랬기에 나는 그것을 일종의 초방사능물질이라고 생각했어. 하지만 전기의 궤적이 전혀 없었고, 감광판에도 아무런 흔적이 없었어. 사흘째 되는 날에는 집의 관리인을 요양소로 보내지 않을 수 없었어. 관리인은 지하실 바로 위에서 살고 있었어. 그리고 그의 아내도."

"무슨 일이 있었던 거지?" 본디 씨가 물었다.

"사람이 변해버렸어. 영감을 얻어서 종교적 설교를 하고 기적을 행한 거야. 그의 아내는 예언자가 되었어. 우리 관리인은 아주 견실한 인물로 일원론자에 자유사상을 가진 사람이고 매우 예의바른 사람이었는데. 생각해보라고, 그 사람이 갑자기 손을 내미는 것만으로 사람들의 병을 치료하기 시작했어. 당연한 일이지만, 바로 고발당했어. 이 고장의 의사는 내 친구인데 노발대발 화를 냈어. 사태가 악화하지 않도록 나는 관리인을 요양소로 보냈어. 다행히 순조롭게 회복하고 있다고 해. 병도 나았고 기적을 일으키는 힘도 사라졌어. 이제는 그 사람을 회복기 환자로 시골에 보낼 예정이야. 그런데 그 후, 내 자신이 기적을 행하고 먼 곳을 보기 시작했어. 특히 신기한 동물들이 살고, 속새가 무성하고, 늪지가 많은 원시림의 환영을 보았어. 그 원인은 아마도 내가 카뷰레터 안에서 상슐레지엔의 가장 오래 된 석탄을 태웠기 때문일 거야. 그 속에는 석탄의 신이 있는 것 같아."

본디 사장은 몸을 떨었다. "마레크, 그건 끔찍한 일이야!"

"맞아." 마레크가 슬프다는 듯 말했다. "점점 깨닫게 되었는데 그건 가스가 아니라 절대야. 나는 무시무시한 현상에 시달리고 있었어. 나는 사람들의 생각을 읽게 되었고, 내 속에서 빛이 흘러나왔어. 기도 속에 침몰하지 않도록, 신에 대한 신앙을 설교하기 시작하지 않도록 필사적으로 노력해야 했어. 카뷰레터를 모래에 묻어버리고 싶었는데 그 순간 내게 공중부양이 일어났어. 기계는 아무리해도 멈추지 않았어. 이제 나는 집에서 자지 않아. 그리고 공장 노동자들 사이에서도 중대한 계시의 사례가 몇 번이고 일어났어. 난 어떻게 해야 좋을지 모르겠어, 본디. 물론 절대가 지하실에서 밖으로 새어나오지 않도록 가능한 한 모든 차단물을 전부 시험해봤어. 재, 모래, 금속 벽, 어느 것도 그것을 막을 수는 없었어. 나는 크레이치[12], 스펜서[13], 헤겔[14] 등 온갖 실증주의자들의 저작물을 지하실 전부에 붙여보았어. 알고 있는가? 절대는 그런 것까지도 통과해버린다네! 신문지, 기도서, 『성 보이테흐[15]』, 애국가곡집, 대학의 강의록, Q. M. 비스코칠[16]의 작품, 정치적 팸플릿, 그리고 국회의 의사속기록도 절대에게 있어서는 침투 불가능한 것이 아니야. 나는 그저 절망하고 있을 뿐이야. 가둘 수도 건조 · 흡수 시킬 수도 없어. 그건 해방된 악이야."

"글쎄, 그럴까?" 본디 씨가 말했다. "그건 정말로 그렇게 악한 걸까? 설령 모든 것이 사실이라 할지라도……; 그렇게

---

12) 카렐 대학 교수.
13) 영국의 철학자.
14) 독일의 일원론 철학자, 생물학자.
15) 가톨릭의 잡지.
16) 당시 체코의 대중작가.

불행한 것일까?"

"본디, 나의 카뷰레터는 어처구니없는 것이야. 이 세계를 기술적으로도, 사회적으로도 전복시킬 거야. 생산물의 가격을 한없이 내릴 거야. 빈곤과 기아를 내몰 거야. 우리의 유성인 지구를 언젠가는 동결에서 지켜줄 거야. 그러나 한편으로는 부산물로 신을 이 세상에 내놓을 거야. 맹세하겠는데, 본디, 그 사실을 과소평가해서는 안 돼. 우리는 현실의 신을 계산에 넣는 데 익숙해져 있지 않아. 그 현현이 어떻게 받아들여질지 우리는 알 수 없어. ―예를 들자면 문화적, 논리적으로. 이보게, 이런 점에서 인류의 문명이 문제가 되는 거야!"

"잠깐 기다려보게." 본디 사장이 생각에 잠긴 채 말했다. "그건 일종의 마술일 거야. 자네는 그 일로 성직자를 불러본 적이 있는가?"

"어떤 성직자를?"

"어떤 성직자든 상관없어. 교파와는 상관없어. 어떻게든 그것을 막게만 하면 되는 거잖아."

"미신이야." 마레크가 외쳤다. "사이비 신자는 사절이야! 우리 지하실에 기적의 순례지라도 만들라는 말인가! 나를 위해서, 내 의지로!"

"알겠네." 본디 씨가 선언했다. "그럼, 내가 스스로 성직자들을 부르기로 하지. 나는 결코 이해할 수 없는……; 맞아, 그걸 해칠 수는 없어. 결국 내게는 신에 반대할 이유가 아무것도 없으니까. 단지 신에게 일을 방해받고 싶지는 않아. 신과 화해를 해보려는 어떤 시도를 해보았는가?"

"아니." 마레크 기사가 항의했다.

"그건 잘못한 거야." G. H. 본디가 매정하게 말했다. "신과 어떤 계약을 맺으면 될 거야. 아주 엄밀한 계약을. 예를 들자면, ―우리는 당신을 눈에 띄지 않도록 끊임없이 계약의 범위 안에서 제조하겠다; 그에 대해서 당신은 제조지점에서 몇 미터 범위 안에서는 신으로서의 현현을 전부 포기할 것을 약속한다. 자네는 어떻게 생각하는가? 협상이 되겠는가?"

"모르겠어." 마레크가 떨떠름하게 대답했다. "절대는 물질에 의지하지 않고 늘 독립해서 존재하는 것이 마음에 든 모양이야. 아마도……; 그럴 마음만 든다면……; 협상에도 응할 거야. 하지만 내게 그런 건 요구하지 마."

"알겠네." 사장은 동의했다. "우리 공증인을 보내기로 하지. 아주 영리하고 실력이 좋은 사람이야. 그리고 세 번째로―, 흠, 절대를 위해서 어떤 교회를 제공할 수 있을 거야. 실제로 공장의 지하실과 그 부근은 절대에게는 조금―, 흠, 조금 위엄이 부족한 장소야. 절대의 취향을 연구하지 않으면 안 되겠군.

자네는 벌써 연구를 해보았는가?"

"아니. 나는 지하실을 홍수에 잠기게 해서 흘려보내고 싶어."

"조급해하지 마, 마레크. 나는 그 발명을 살 생각이야. 물론 자네가 이해를 해주었으면 하는데……; 우리 기술자들도 부를 거야……; 사태를 조사해야 하니까. 그것이 실제로 단순한 독가스인지 아닌지. 하지만 그것이 정말 신 그 자체라 할지라도 카뷰레터가 틀림없이 작동해주기만 한다면 그것으로 상관없어."

마레크는 자리에서 일어났다. "자네는 카뷰레터를 굳이 메아스의 공장 안에 설치하겠다는 건가?"

"나는 굳이," 본디 사장이 일어서며 말했다. "대규모적인 카뷰레터를 생산해야겠네. 열차와 기선용 카뷰레터를, 난방을 위한 가정용과 회사용, 공장과 학교용 카뷰레터를. 10년 뒤 이 세상에 카뷰레터 이외의 난방기는 존재하지 않게 될 거야. 자네에게는 판매액에서 매입 금액을 뺀 금액의 3%를 제공하겠네. 첫 번째 연도에만 해도 아마 몇 백만은 될 걸세. 그리고 자네는 여기서 이사를 해주었으면 하네. 여기로 우리 사람들을 보낼 수 있도록. 내일 아침에 이곳으로 보좌주교를 보내기로 하겠네. 주교에게 자리를 비워주었으면 하네, 루다. 어쨌든 자네는 그 자리에 없었으면 해. 자네는 약간 거칠어. 나는 일의 직전에 절대를 화나게 만들고 싶지 않아."

"본디." 마레크가 겁에 질려 속삭였다. "자네에게 마지막으로 경고하겠네. 자네는 신을 이 세상으로 끌고 오는 결과를 맞이하게 될 거야!"

"그렇다면," G. H. 본디가 엄숙하게 말했다. "신은 내게 대해서 스스로가 책임을 져야 할 거야. 내게 오점이 되지 않기를 바라네."

제5장 보좌주교

새해가 찾아온 지 14일쯤 지났을 때, 마레크 기사는 본디 사장의 집무실에 앉아 있었다.

"어디까지 진행되었는가?" 어떤 서류에서 막 머리를 들며 본디 씨가 말했다.

"나는 이미 준비를 마쳤어." 마레크 기사가 말했다. "자네의 기사들에게 카뷰레터의 상세한 도면을 넘겨주었어. 그 머리가 벗겨진, 이름이 뭐였더라……."

"크롤무스야."

"그래, 크롤무스 기사가 내 원자력모터를 아주 멋지게 간소화했어. 드디어 전자에너지 가동으로의 이행이야. 정말 대단한 사람이야, 그 크롤무스는. 그 외에 다른 새로운 일은?"

G. H. 본디 사장은 무엇인가를 쓰며 말이 없었다. "지금 건설 중이야." 잠시 후 말했다. "벽돌공 7천 명이, 카뷰레터

제조공장을."

"어디에?"

"비소차니[17])에. 그리고 회사의 주식자본을 늘렸어. 15억이야. 신문에서 우리의 새로운 발명에 대해서 이러쿵저러쿵 떠들어대고 있어. 이걸 좀 봐." 이렇게 덧붙이며 50종쯤 되는 체코와 외국의 신문을 마레크의 무릎에 던져주고 자신은 무엇인가의 서류에 몰입했다.

"벌써 14일이나. 아아, 나는." 마레크가 어두운 목소리를 냈다.

"왜 그래?"

"벌써 14일이나, 나는 브제브노프에 있는 내 조그만 공장에 가지 못했어. 나는−, 나는, 거기에 갈 용기가 없어. 거기서는 무슨 일이 벌어지고 있지?"

"흠."

"그렇다면……, 내 카뷰레터는 어떻게 됐지?" 마레크가 걱정스러움을 억누르며 물었다.

"계속 움직이고 있어."

"그리고……, 다른 것은……, 어떻게 됐지?"

---

17) 프라하의 공업지구.

사장은 한숨을 내쉬며 펜을 놓았다. "믹소바 거리를 폐쇄하지 않으면 안 되었다는 사실은 알고 있는가?"

"어째서?"

"사람들이 거기로 기도를 하러 가게 됐어. 거리 전체가 사람들로 북적였어. 경찰이 해산시키려 했지만 거리에 7명 정도의 유체가 남아 있었어. 마치 양처럼 마구 두들겨맞았어."

"알고 있었을 텐데. 알고 있었을 텐데."

마레크가 절망적으로 중얼거렸다.

"거리를 철조망으로 둘러쌌어." 본디가 말을 이었다. "주위의 집들은 이주를 시키지 않을 수 없었어. 참으로 중대한 종교적 현상이야. 지금은 거기에 보건부와 문화부의 위원회가 설치되어 있어."

"내 생각에," 마레크는 일종의 구원을 얻어 마음이 조금 놓였다. "정부에서는 내 카뷰레터를 금지하겠지?"

"아니, 그렇지 않아." G. H. 본디가 말했다. "성직자들은 자네의 카뷰레터에 대해서 맹렬히 공격을 퍼붓고 있어. 그렇기 때문에 진보적인 사람들은 의도적으로 카뷰레터를 옹호하고 있어. 실제로는 어떻게 될지 아무도 몰라. 그래, 자네가 신문을 읽고 있지 않다는 사실은 금방 알아볼 수 있어. 사태는 성직자주의에 대한 전혀 쓸모없는 논쟁으로 떨어져버리고 말았어.

이 점을 통해서 교회는 우연히도 조금은 진리를 얻게 되었어. 그 혐오스러운 보좌주교가 대주교 추기경에게 보고했는데—."

"보좌주교, 누구?"

"틀림없이 린다 주교라고 했던 것 같은데, 다른 점에 있어서는 분별력을 갖춘 사람이야. 어쨌든 나는 그곳으로 주교를 데리고 갔어. 거기서 그 기적적인 절대를 전문가로서 관찰하라고. 주교는 거기서 꼬박 사흘 동안 탐구했는데 그 동안 계속 지하실에 있었어. 그리고—."

"—개심했는가?" 마레크가 외쳤다.

"말도 안 되는 소리! 신에 관해서 그만큼 훈련을 받은 것인지, 아니면 자네보다 훨씬 더 완고한 무신론자인지, 나는 알 수 없어. 하지만 사흘 뒤에 나를 찾아와서 가톨릭의 입장에서는 신이라고 말할 수 없다, 교회는 범신론의 가설을 근본적으로 부정하고 있으며 이교로 금지하고 있다고 말했어. 다시 말해서 그것은 교회가 권위에 의해서 나타내는 합법적이고 진정한 신이 절대로 아니다, 성직자의 입장에서 그것은 사기, 속임수, 이단이라고 선고하지 않을 수 없다는 것이었어. 아주 이성적으로 이야기했어, 그 주교는."

"그렇다면 그 사람은 초자연적인 계시를 아무것도 느끼지 못했던 건가?"

"그는 거기서 모든 것을 경험했어. —깨달음, 기적의 실행, 황홀 상태 전부를. 그런 사태가 거기서 벌어지고 있다는 사실을 그는 부정하지 않아."

"그걸 어떤 식으로 설명하던가?"

"하지 않았어. 설명은 하지 않고 교회는 금기, 혹은 금지한다고 했어. 그러니까 교회는 새롭고 아직 경험해보지 못한 어떤 신과 타협하기를 결정적으로 거부한 거야. 적어도 나는 그렇게 이해했어. —내가 빌라 호라[18]에 있는 한 교회를 사들였다는 사실을 알고 있는가?"

"어째서?"

"브제브노프에서 가장 가깝기 때문이지. 30만이라는 돈이 들었다고. 나는 문서로도, 구두로도 그 지하실의 절대에게 그 교회로 옮겨달라고 요청했어. 그 교회는 아주 깨끗한 바로크 교회야. 그리고 나는 절대가 나타나지 못하도록 하는 데 필요한 모든 적절한 조치에 미리 동의했어. 그렇게 해서 신기하게도 교회에서 몇 걸음 떨어진 곳에 있는, 토지등기번호 457에 있는 연관공(鉛管工)의 집에서 그저께 멋진 황홀 상태가 일어났음에도 불구하고 교회 안에서는 기적이 무엇도, 그 무엇도

---

18) 하얀 산이라는 뜻의 프라하 서쪽 외곽에 있는 옛 전장. 1620년에 이곳에서 프라하 귀족단이 패해서 합스부르크 왕가의 절대지배가 시작되었다.

일어나지 않았어! 보코비치에서도 벌써 하나의 사례가 있었고, 코시제에서는 2개가 있었어. 페트시니 무선국에서는 종교에 대한 열풍이 마치 전염병처럼 일어났어. 거기서 근무하고 있는 무선통신사들 전원이 갑자기 전 세계를 향해서 일종의 새로운 복음으로 황홀의 메시지를 보낸 거야. 신은 이 세상을 구원하기 위해서 다시 강림하실 것이라는 둥. 생각해보게, 이 무슨 수치란 말인가! 진보파 신문은 지금 체신부가 갈기갈기 찢길 정도로 공격을 퍼붓고 있어. 그리고 '성직자주의는 궁지에 몰린 쥐처럼 고양이를 물려하고 있다.'는 속담을 떠들어대고 있어. 지금까지는 사건이 카뷰레터와 관계가 있다는 사실을 깨달은 사람은 아무도 없어, 마레크." 본디가 속삭이는 듯한 목소리로 덧붙였다. "자네에게 한 가지 사실을 이야기하겠네만, 이건 비밀이야. 사실은 일주일 전에 그게 국방부 장관을 찾아갔었어."

"누구를?" 마레크가 외쳤다.

"조용히 해. 국방부 장관 말이야. 그는 디비체[19]에 있는 자신의 별장에서 갑자기 계시를 받았어. 이튿날 이른 아침 프라하 수비대를 그 일로 소집해, 영구평화에 대해서 일장연설

---

19) 프라하 북서부.

을 한 다음 병사들에게 순직할 것을 명령했어. 물론 그 자리에서 사퇴할 수밖에 없었지만. 신문에는 갑자기 병에 걸렸다고 보도됐어. 그렇게 된 거야."

"벌써 디비체까지 와 있단 말인가." 기사는 어두운 얼굴을 했다. "어쨌든 끔찍한 일이야, 본디. 그렇게까지 퍼져 있다니!"

"한없이, 야." 본디 사장이 말했다.

"한번은 어떤 사람이 감염지대인 믹소바 거리에서 판크라 츠[20]까지 피아노를 이송했어. 24시간 만에 온 집안이 그것에 점령당해서-."

사장은 말을 끝까지 잇지 못했다. 안내를 담당하고 있는 남자가 들어와서 린다 주교가 왔다는 사실을 고했기 때문이었다. 마레크는 서둘러 작별인사를 했으나 본디가 강하게 잡아끌어 앉히고 말했다. "그냥 말없이 앉아 있기만 해. 매력적인 신사야, 그 주교는."

그 순간 린다 보좌주교가 들어왔다. 조그만 체구의 명랑한 신사로 금테안경을 쓰고 쾌활해 보이는 입을 가지고 있었으나 그것은 성직자답게 가지런히 꾹 다물어져 있었다. 본디가 주교에게 불행한 브제브노프 지하실의 소유자로 마레크를

---

20) 프라하의 남부.

소개했다. 주교는 기쁘다는 듯 두 손을 비볐으나, 한편 마레크는 오가는 이야기를 원망스럽게 받아들여 화난 듯한 모습으로 어딘가 기묘한 대면의 기쁨을 중얼거렸다. '지옥에나 떨어져라, 사이비 신자 놈.' 주교는 입을 뾰족하게 만들며 얼른 본디 쪽을 돌아보았다.

"사장님." 주교가 짐짓 점잖은 투로 빠르게 이야기를 시작했다. "아주 미묘한 일로 당신을 찾아왔습니다. 아주 미묘한 일입니다." 주교가 맛있는 음식을 맛보는 미식가처럼 되풀이했다. "저희는 당신의, 네, 당신에 관한 일을 교회회의에서 검토했습니다. 대주교 예하께서는 그 바람직하지 못한 우발사건을 가능한 한 눈에 띄지 않게 처리하겠다는 뜻을 가지고 계십니다. 죄송합니다, 저는 이분, 소유자 분의 마음을 상하게 할 생각은 없습니다만—."

"괜찮습니다, 말씀을 계속하세요." 마레크가 거친 목소리로 고개를 끄덕였다.

"요컨대 이것이 이번 스캔들의 전부입니다. 예하께서 말씀하시기를, 이성과 진리의 관점에서 볼 때, 불경하고 직접적으로 독신적(瀆神的)인 자연법칙 위반 이상의 악 이외에 아무것도 아닌……."

"실례인 줄은 알지만," 마레크가 분노에 가득 차서 외쳤다.

"모쪼록 자연법칙은 저희에게 맡겨주시기 바랍니다. 저희도 당신들의 교리는 받아들이고 있지 않으니."

"그건 잘못입니다." 보좌주교가 쾌활하게 외쳤다. "잘못입니다. 교리가 결여된 학문은 단지 회의(懷疑)의 집적일 뿐입니다. 더욱 좋지 않은 것은 당신들의 절대가 교회의 법률에 반한다는 사실입니다. 진정함의 가르침에 대한 저항입니다. 교회의 전통을 헛되게 하는 것입니다. 삼위일체의 가르침에 대한 난폭한 침범입니다. 성직자들의 사도적인 복종에 대한 무시입니다. 교회의 퇴마에조차 따르지 않는, 그 외에도 여러 가지로, 요컨대 저희가 단호하게 거부하지 않으면 안 될 행동을 하고 있습니다."

"잠시만, 잠시만" 본디 사장이 열기를 식히려는 듯 중간에서 끼어들었다. "지금까지는 예의바르게 행동하고 있습니다……, 충분히 엄숙하게."

보좌주교가 경고하듯 손가락을 내밀었다.

"지금까지는요. 하지만 모를 일입니다, 다음에는 어떤 식으로 나올지. 조심하시기 바랍니다, 사장님." 주교가 갑자기 친근감이 느껴지는 투로 이야기하기 시작했다. "당신에게 좋지 않은 일이 일어나지 않도록 말이죠. 그리고 저희에게도, 당신은 실무적인 사람으로서 그것을 눈에 띄지 않게 소멸시키기를 바라시겠죠? 저희도 신의 대리인이자 종으로서, 같은 생각입니다. 저희는 어떤 새로운 신이나, 새로운 종교의 발생을 인정할 수 없습니다."

"고맙습니다." 본디 씨는 마음이 놓였다. "저희는 합의를 할 것이라 생각하고 있었습니다."

"훌륭합니다." 주교님이 행복한 듯 안경을 반짝이며 커다란 목소리로 말했다. "그럼, 합의를 합시다! 존경하는 교회회의는 다음과 같은 결정을 내렸습니다. 교회의 이익이라는 관점에서 교회회의는 임시로 당신의, 음―, 음―, 절대에 대한 보호를 맡기로 합의했습니다. 교회회의는 가톨릭의 교리와 일치하도록 절대에 대한 지도를 시도하겠습니다. 교회회의는 브제브노프의 등기번호 1651 지점을 기적과 순례의 장소로 선언하겠습니다. ―."

"오오." 마레크가 외치며 뛰어올랐다.

"계속하겠습니다." 주교가 지도자답게 지휘했다. "기적과 순례의 장소로 삼는 데는 물론 조건이 있습니다. 첫 번째 조건은 앞서 이야기한 등기번호의 지점에서는 절대의 생산을 최소한의 범위로 한정하고, 효력이 약한, 독성이 비교적 적은, 충분히 관리된 절대를, 이른바 프랑스의 성지인 루르드에서처럼 너무 무질서하지 않게, 가끔씩만 나타나게 할 것. 그렇게 하지 않으면 책임을 질 수 없습니다."

"알겠습니다." 본디 씨가 동의했다. "그 다음은?"

"그 다음은," 주교가 말을 이었다. "그 생산에는 말레 스바토 뇨비체에서 채굴한 석탄만을 사용할 것 아시는 것처럼 말레 스바토뇨비체는 기적의 마리아님 교회가 있는 곳이니 그 석탄의 도움으로 브제브노프 1651번 지점에 마리아님의 예배를 위한 오두막을 설치할 수 있을 겁니다."

"물론입니다." 본디는 승낙했다. "그 외에는 무엇이?"

"세 번째로, 약속을 해주셨으면 합니다. 요청한 장소 이외에서는 현재에도, 미래에도 절대를 생산하지 않을 것을."

"어떻게," 본디 사장이 외쳤다. "우리의 카뷰레터는—."

"—성스러운 교회가 소유하고 조업하게 될 유일한 브제브노프의 공장 이외에서는 일절 활동에 들어가지 말 것."

"무의미합니다." G. H. 본디가 말을 가로막았다. "카뷰레터는 활동을 할 겁니다. 3주일에 10대를 조립할 수 있습니다. 처음 6개월 동안 1,200대. 1년에 1만 대. 거기까지 벌써 준비를 해두었습니다."

"덧붙여 말씀드리겠습니다만," 보좌주교가 조용하고 달콤한 투로 말했다. "카뷰레터는 1년 만에 1대도 일을 하지 않게 될 것입니다."

"어째서죠?"

"그야, 믿음이 깊은 사람도, 믿지 않는 사람도 현실 속의, 그리고 행동하는 신에는 견딜 수 없어지게 될 것이기 때문입니다. 견딜 수 없게 됩니다, 여러분. 그것은 있을 수 없게 됩니다."

"그렇다면 저도 당신께 말씀드리겠습니다만," 여기서 마레크가 열의가 담긴 목소리로 말했다. "카뷰레터는 일을 할 겁니다. 지금은 제 자신이 카뷰레터의 아군입니다. 왜냐하면 바로 제가 카뷰레터를 원하고, 당신들은 원하지 않기 때문입니다. 당신들의 뜻에는 반대합니다, 주교님. 신자들 전부에게 반대하고, 로마 교회 전체에 반대합니다! 그리고 저는 최초의 선언자입니다." 여기서 마레크 기사는 숨을 들이마시고, 너무나도 뜨거운 열정 때문에 음정에서 벗어난 듯한 목소리를 냈다. "완전 카뷰레터, 만세!"

"아무튼, 어떻게 될지 지켜보기로 합시다." 보좌주교 린다가 가볍게 한숨을 내쉬며 말했다. "당신들은 머지않아 확신하시게 될 겁니다, 존경스러운 교회회의가 옳았다는 사실을. 1년이 지나면 당신들 스스로가 절대의 생산을 중지할 겁니다. 하지만 안타깝구나, 안타까워. 그 전에 커다란 소동이 벌어져야 하다니! 여러분, 제발 부탁이니 교회가 신을 이 세상에 두는 것이라고는 생각지 마시기 바랍니다! 교회는 단지 신을 존중하고 규제할 뿐입니다. 그리고 믿음이 없는 여러분, 당신들은 신을 마치 홍수처럼 풀어놓으려 하고 있습니다. 하지만 베드로의 배는 이 새로운 홍수에도 견딜 수 있습니다. 노아의 방주처럼 절대의 홍수를 건널 것입니다. 그러나 당신들의 현대사회는," 주교가 힘을 주어 외쳤다. "그 대가를 치르게 될 것입니다!"

제6장 메아스

　"여러분." G. H. 본디 사장이 2월 20일에 개최된 메아스 공장의 경영회의에서 말문을 열었다. "여러분께 보고할 것이 있습니다. 비소차니에 있는 새로운 공장조직의 새로운 건물 중 하나는 어제 조업을 중지했습니다. 아주 가까운 시일 안에 카뷰레터의 연속생산을 개시할 것입니다. 처음에는 하루에 18대를 생산할 예정입니다. 4월에는 벌써 65대가 될 것이라 내다보고 있습니다. 7월 말에는 매일 200대. 15㎞나 되는 독자적 궤도를 주로 석탄수송을 위해서 부설했습니다. 12기의 증기보일러를 지금 설치 중에 있습니다. 새로운 노동자 거주지구를 건설하기로 방침이 결정되었습니다."

　"12기의 증기보일러라고요?" 반대파의 수령인 후프카 박사가 내뱉듯이 물었다.

　"그렇습니다. 당장은 12기." 본디 사장이 보증했다.

"그거 참 묘한 얘깁니다." 후프카 박사가 의견을 이야기했다.

"여쭙겠습니다만, 여러분." 본디 씨가 말했다. "12기의 증기 보일러의 어디가 묘하다는 겁니까? 그처럼 커다란 공장조직에 있어서—."

"옳소." 목소리가 들려왔다.

후프카 박사는 비아냥거리는 듯한 미소를 지었다. "그렇다 면 그 15㎞에 걸친 궤도는 무엇을 위한 것입니까?"

"석탄과 원료를 수송하기 위한 것입니다. 공장 전체가 정상 조업에 들어가면 매일 화물열차 8대분의 석탄이 필요할 것이라 는 계산이 나왔습니다. 후프카 박사께서 왜 석탄 수송에 반대하 시는지 그 이유를 알 수 없습니다."

"이 계획에는 반대입니다." 후프카 박사가 외치며 벌떡 일어났다. "이 일 전체가 매우 의심스럽습니다. 그렇습니다, 여러분. 매우 의심스럽습니다. 본디 사장님께서는 우리에게 카뷰레터 공장을 세우라고 압력을 가하셨습니다. 사장님께서 보증하신 말씀대로라면 카뷰레터는 미래의 유일한 동력기관 입니다. 사장님께서 분명하게 말씀하신 바에 의하자면 카뷰레 터는 한 양동이만큼의 석탄으로 1천 마력을 낼 수 있습니다. 그런데도 지금은 증기보일러 12기와 그들 보일러에 쓸 화물열 차 몇 대분인가의 석탄을 말씀하시고 계십니다. 여러분, 죄송하

지만 제게 가르쳐주기 바랍니다. 어째서 우리 공장의 동력용으로는 한 양동이만큼의 석탄으로는 부족한 것인지? 어째서 증기보일러를 설치하는 것인지, 원자력모터를 가질 수 있음에도 불구하고. 여러분, 카뷰레터 전체가 공허한 속임수 아닐까요? 저는 이해할 수 없습니다. 사장님께서는 어째서 우리의 새로운 공장에 카뷰레터 동력을 이용하시지 않는 것인지. 저는 그 점을 이해할 수 없으며, 아무도 알지 못합니다. 사장님은 어째서 우리 자신의 공장에 당신의 카뷰레터를 들여올 만큼 충분한 신뢰를 품고 계시지 않으신 것일까? 여러분, 이 사실은 우리의 카뷰레터에게는 아주 좋지 않은 선전이 될 것입니다. 그 생산 자체에는 그것을 사용하려 들지 않는다, 혹은 사용할 수 없다고 한다면! 여러분, 죄송하지만 어떤 이유가 있는 것인지 본디 사장님께 여쭙기 바랍니다. 저는 이미 스스로 판단을 내렸습니다만. 이상입니다, 여러분!"

이렇게 말하고 후프카 박사는 우쭐한 기분으로 콧방귀를 뀌며 결연히 자리에 앉았다.

중역회의 멤버들은 불안하다는 듯 말이 없었다. 후프카 박사의 비난은 너무나도 명쾌했다. 본디 사장은 자신의 서류에서 눈을 들지 않았다. 그 얼굴에는 아무런 움직임도 없었다.

"흠흠흠." 나이 많은 로젠탈이 분위기를 가라앉히려는 듯 말했다. "사장님께서 우리에게 설명하고 계십니다. 그렇습니다, 여러분, 그것은 명백합니다. 저는 좀 더 좋은 의미에서, 흠흠흠, 일리 있는 말이라고 생각합니다. 후프카 박사가 틀림없이 저희에게 말씀하신 입장에서는, 흠흠흠, 에헴, 에헴, 그렇습니다."

본디 사장이 마침내 눈을 들었다. "여러분." 하고 조용히 말했다. "저는 여러분께 카뷰레터에 관한 기사들의 전문적 의견을 제시했습니다. 사태는 실제로 말씀드린 그대로입니다. 카뷰레터는 속임수가 아닙니다. 우리는 실험적으로 10대를 조립했습니다. 그 어느 것도 결함 없이 움직이고 있습니다. 증거는 여기에 있습니다. 카뷰레터 1호는 체코 중부에 있는 사자바 강의 배수펌프 동력으로 도입된 이후 벌써 14일 동안이나 고장 없이 움직이고 있습니다. 2호는 블타바 강 상류의 준설선에서 훌륭하게 가동되고 있습니다. 3호는 브르노 공업대학의 실험연구소에 있습니다. 4호는 수송 중에 손상을 입었습니다. 5호는 흐라데츠 크랄로베 시의 조명용으로, 이것은 10킬로 타입입니다. 5킬로 타입인 6호는 체코의 중부에 있는 슬라니의 제분소. 7호는 체코 동부의 강가 부근, 노베 메스토에 있는 주택지구의 중앙난방용으로 설치했습니다. 주택지구의 소유자는 오늘 참석해주신 공장주 마하트 씨이십니다. 마하트 씨, 부탁드리겠습니다!"

그 이름의 나이 든 신사가 꿈에서 깨어난 사람처럼 몸을 일으켰다. "무슨 일이십니까?"

"당신께 여쭙겠습니다. 당신의 새로운 중앙난방은 어떻습니까?"

"무슨 말씀이십니까? 어떤 난방?"

"당신의 새로운 주택지구에 있는 것 말입니다." 본디 사장이 온화하게 말했다.

"어떤 주택지구?"

"몇 채인가 되는 당신의 새로운 집을 말하는 겁니다."

"몇 채인가 되는 저의 새로운 집? 저는 한 채도 가지고 있지 않습니다."

"뭐, 뭐, 뭐라고?" 로젠탈 씨가 소리를 높였다. "당신이 작년에 짓지 않았습니까?"

"제가?" 마하트가 이상하다는 듯한 표정을 지었다. "그 말씀대로 저는 지었습니다. 하지만 저는, 아시겠습니까? 그 집들을 지금은 다른 사람들에게 주었습니다. 아시겠습니까? 나눠준 겁니다."

본디 사장이 주의 깊게 마하트를 보았다.

"누구에게 주었지, 마하트?"

마하트의 얼굴이 살짝 빨갛게 물들었다. "네, 그러니까, 가난한 사람들에게. 저는 가난한 사람들을 그곳으로 이사하게 했습니다. 저는─, 저는 그러니까, 그렇게 해야 한다는 확신을 얻었습니다. 그래서─, 요컨대 가난한 사람들에게 주었습니다. 이해하시겠습니까?"

본디 씨는 그에게서 시선을 떼지 않았다. 마치 심문 중에 있는 재판관처럼. "어째서지, 마하트?"

"저는─, 저는 어쨌든 그렇게 할 수밖에 없었습니다." 마하트는 횡설수설했다. "그런 마음이 들었습니다─, 우리는 성인이 되어야만 한다는. 아시겠지요?"

사장이 신경질적으로 책상을 두드렸다. "그렇다면 당신의 가족은?"

마하트가 기분 좋다는 듯 미소 짓기 시작했다. "오오, 가족들도 모두 같은 마음입니다. 그 가난한 사람들은 그렇게도 성스러운 사람들입니다. 그 가운데는 병든 자도 있습니다. 제 딸은 그 사람들에게 봉사하고 있습니다. 저희 가족은 모두 개심했습니다!"

G. H. 본디는 시선을 떨구었다. 마하트의 딸 엘렌, 금발의 엘렌, 자산 7천만 코루나를 가진 엘렌이 병든 자에게 봉사하다니! 엘렌, 본디 부인이 되어야 할, 그래야 할, 거의 그렇게

약속한 것이나 다를 바 없는 엘렌이! 본디는 입술을 씹었다. 이건 너무나도 잘 짜여진 각본이야!

"마하트 씨." 본디가 감정을 억누르는 듯한 목소리로 말하기 시작했다. "제가 알고 싶은 것은 단지, 당신의 집에 있는 새로운 카뷰레터의 난방이 어떤가 하는 것입니다."

"아아, 훌륭합니다! 그 집의 안도 아주 쾌적하고 따뜻합니다! 한없는 사랑에 의해서 덮혀지고 있는 것 같습니다! 아시겠습니까?" 마하트가 열심히, 눈가를 닦으며 말했다. "그곳에 발을 들여놓은 사람은 곧 다른 사람이 되어버립니다. 그곳은 마치 낙원 같습니다. 저희는 모두 천국에 있는 것처럼 생활하고 있습니다. 아아, 저희들과 함께 하시기 바랍니다!"

"어떻습니까?" 본디 사장이 애써 노력하며 말했다. "카뷰레터는 제가 당신들께 약속한 것처럼 일을 하고 있습니다. 이만 다른 문제로 넘어가도록 하겠습니다."

"저희는 단지 알고 싶을 뿐입니다." 후프카 박사가 도발하듯 거친 목소리로 말했다. "그럼 어째서 새로운 공장에 카뷰레터 동력을 설치하지 않는 것인지. 저희는 어째서 값비싼 석탄으로 열을 얻지 않으면 안 되는 것인지. 다른 곳에서는 원자에너지에 손을 내밀고 있는데, 본디 사장님, 그 이유를 저희에게 알려주실 마음은 없으십니까?"

"그럴 마음은 없습니다." 본디는 선언했다. "저희는 석탄을 열원으로 삼겠습니다. 저는 잘 알고 있는 원인 때문에 저희의 생산에 카뷰레터 동력은 맞지 않습니다. 이거면 충분합니다, 여러분! 가장 중요한 것은 저에 대한 신뢰라고 저는 생각하고 있습니다."

"만약 여러분이 아신다면," 마하트가 말했다. "성스러운 상태에 있는 사람이 얼마나 아름다운지를! 여러분, 저는 진심으로 여러분께 권고하겠습니다. 자신이 가지고 있는 것을 전부 사람들에게 나누어주시기 바랍니다! 가난하지만 성스러운 상태에 계시기 바랍니다! 천박한 부를 버리고 유일한 신을 생각하시기 바랍니다!"

"자, 자." 그를 달랜 것은 로젠탈 씨였다. "마하트 씨, 당신은 참으로 상냥하고 훌륭한 사람입니다, 물론. 아주 훌륭합니다. 어쨌든 본디 씨, 저는 당신을 신용합니다. 이해할 수 있으시겠지요? 제게 그 카뷰레터를 한 대, 중앙난방용으로 보내주시기 바랍니다! 여러분, 제가 그것을 시험해보겠습니다. 어떻습니까? 얼마나 멋진 이야기였는지를! 이상입니다, 본디 씨!"

"저희는 신 아래서 모두 형제입니다." 후광이 반짝이는 마하트가 계속해서 이야기했다. "여러분, 공장을 가난한 사람들에게 바치시기 바랍니다! 저는 메아스 회사를 '겸허한 마음'

이라는 종교단체로 변경할 것을 제안합니다. 저희는 그 핵심이 되고, 거기서 신의 나무가 자랄 것입니다. 어떻습니까? 지상에 있는 신의 왕국입니다."

"발언권을 요구합니다." 후프카 박사가 외쳤다.

"어떻습니까, 본디 씨." 늙은 로젠탈이 말했다. "보시는 것처럼 저는 당신 편입니다. 그러니 제게 그 카뷰레터를 1대 빌려주시기 바랍니다! 본디 씨!"

"왜냐하면 신, 당신께서 지상에 강림하실 것이기 때문입니다." 마하트가 여전히 흥분해서 말했다. "신의 말씀을 들으시기 바랍니다. 성스럽고 간소하라. 자신의 마음을 영원히 열고 스스로의 사랑에 절대복종하라. 아시겠습니까? 여러분ㅡ."

"발언권을 요구합니다." 갈라진 목소리로 후프카 박사가 외쳤다.

"조용히." 창백해진 얼굴에 눈을 반짝이며 본디 사장이 커다란 목소리로 외치고 체중 100㎏의 전신을 일으켜 세웠다. "여러분, 카뷰레터 생산공장이 마음에 들지 않는다면 제가 저의 지배하에 두도록 하겠습니다. 여러분께는 지금까지 출자하신 금액을 한 푼도 남김없이 돌려드리도록 하겠습니다. 제가 이번 일을 처리하도록 하겠습니다. 그렇게 하겠습니다."

후프카 박사가 몸을 벌떡 일으켰다. "아니, 여러분, 저는 항의합니다! 저희는 항의합니다! 저희는 카뷰레터의 생산을 팔지 않을 것입니다! 여러분, 이렇게 유명한 공장의 제품인데! 저희는 이렇게 커다란 수익을 가져다주는 것을 포기하라는 말을, 어떤 사람에게서도 듣고 싶지 않습니다! 실례합니다만, 여러분─."

본디 사장이 벨을 울렸다. "여러분." 어두운 목소리로 말했다. "이 문제는 당분간 내버려두기로 합시다. 친구인 마하트는 약간, 흠, 약간 몸이 좋지 않은 듯합니다. 카뷰레터에 대해서는 여러분, 150%의 배당을 보증하겠습니다. 이것으로 회의 종료를 제안합니다."

후프카 박사가 발언했다. "여러분, 저는 다음과 같은 것을 제안합니다. 경영회의의 각 멤버는 각각 카뷰레터 1대를 테스트용으로 받을 것!"

본디 사장이 참석자 전원을 둘러보았다. 그 얼굴은 굳어 있고 무엇인가 말하려는 듯했으나, 그저 어깨를 들썩이고 이 사이로 소리를 내뱉었을 뿐이었다. "알겠습니다."

제7장 전진!

"런던에서의 우리 상황은 어떤가?"

"메아스사의 주식은 어제 1,470파운드. 그제는 720파운드."

"알겠네."

"마레크 기사는 70개나 되는 학회로부터 명예회원으로 지명되었습니다. 틀림없이 노벨상을 받게 될 것입니다."

"알겠네."

"독일에서의 주문 쇄도. 카뷰레터 5천 대 이상."

"오호."

"일본에서 900대 발주."

"것 보라고!"

"체코에서의 관심은 잘 모르겠습니다. 신규 청구 3대."

"흠. 드디어 왔군. 이해할 수 있겠지? 이 좋지 않은 상황을!"

"러시아 정부에서는 200대를 당장 달라고 합니다."

"좋았어. 총계는?"

"주문 수 13,000입니다."

"알겠네. 건설은 어디까지 진행되었지?"

"원자력 자동차 부문은 완공되었습니다. 원자력 비행기 부문은 일주일 안으로 조업개시. 원자력 기관차 공장용 기초를 건설 중. 선박용 엔진부의 일부는 이미 가동 중."

"잠깐만. 아토모빌, 아토모토, 아토모티바라는 말을 쓰도록 하게, 알겠는가? 크롤무스 기사는 원자력 포와 관련해서 무엇을 하고 있지?"

"이미 플젠에서 모델을 조립작업 중입니다. 저희 회사의 원자력 사이클카는 브뤼셀 자동차경기장에서 3만㎞의 주행을 하고 있습니다. 시속 270㎞를 냈습니다. 500g 원자력 오토바이는 지난 이틀 동안 7만 대의 주문이 있었습니다."

"조금 전에 주문 총수 13,000이라고 하지 않았나?"

"고정원자로만 13,000입니다. 중앙난방용 설비세트 8,000. 아토모빌 약 1만 대. 원자력 비행기 620대. 저희 회사의 A7형 비행기가 프라하에서 오스트레일리아의 멜버른까지 무착륙 비행을 달성했습니다. 승무원은 모두 건강합니다. 이것이 속보입니다."

본디 사장은 몸을 똑바로 했다. "이보게, 이거 정말 대단하군!"

"농업기계 부문에서는 주문이 5천. 구동용 소형 모터 부문에서는 2만 2천. 원자력 펌프 150. 원자력 인쇄기 3대. 고열용 원자로 12. 원자력 무선전신 스테이션 75. 원자력 기관차 110대, 전부 러시아에서. 48군데 수도에 총대리점 설치. 미국의 스틸트러스트, 베를린의 AEG, 이탈리아의 피아트, 독일의 마네스만 철강회사, 프랑스의 크뢰조 무기회사, 그리고 스웨덴의 철강회사가 제휴를 신청했습니다. 독일의 무기회사에서는 저희 회사의 주식을 어떤 가격에도 사들이고 있습니다."

"새로운 주식의 발행은?"

"35회 새로 발행했습니다. 신문에서는 200%의 초고배당을 예상하고 있습니다. 그리고 신문에서는 저희 회사에 관한 것 외에는 아무것도 보도하고 있지 않습니다. 사회, 정치, 스포츠, 기술, 과학 전부가 카뷰레터 일색입니다. 독일의 통신원이 스크랩해서 보낸 양은 7톤에 이릅니다. 프랑스에서는 400kg, 영국에서는 화물차 1대 분량. 원자력모터에 대해 올해 출판 예정인 과학적·전문적 문헌은 60톤으로 예상되고 있습니다. 영국과 일본의 전쟁은 아무도 관심을 갖고 있지 않기에 중지되었습니다. 단, 영국에서는 90만 명의 석탄채굴 인부가 일자리를 잃었습니다. 벨기에의 탄광에서는 폭동이 일어나 약 4천 명의 사망자가 나왔습니다. 세계의 석탄채굴 갱도의 절반 이상이 작업을 중지했습니다. 펜실베이니아의 석유는 잉여 재고를 소각처분했습니다. 불은 아직도 타오르고 있습니다."

"불은 아직도 타오르고 있다ㅡ." 본디 사장이 황홀하다는 듯 천천히 되풀이했다. "불은 아직도 타오르고 있다! 신이시여, 저희는 승리했습니다!"

"탄광회사의 사장이 총으로 자살했습니다. 주식거래소는 지금 광란상태입니다. 베를린에서는 오늘 아침에 저희 회사의 주식이 8천 마르크를 넘어섰습니다. 정부는 각료회의를 상시 개최 중으로 경제적 농성상태를 선언하려 하고 있습니다. 사장님, 이건 발명이 아닙니다. 쿠데타입니다!"

본디 사장과 메아스의 전무이사는 말없이 서로를 바라보았다. 이쪽이나 저쪽이나 시인이라고는 전혀 말할 수 없었으나, 그 순간 두 사람의 마음은 노래로 가득했다.

전무가 의자를 사장 가까이로 끌고 가서 낮은 목소리로 말했다. "사장님, 로젠탈이 발광하기 시작했습니다."

"로젠탈이?" G. H. 본디가 외쳤다.

전무가 어두운 목소리로 증언했다. "그 사람은 정통파 유대인이 되었습니다. 탈무드의 신비주의와 카발라[21]에 푹 빠져 있습니다. 시오니즘 운동에 1천만 코루나나 기부했습니다. 얼마 전에는 후프카 박사와 격렬하게 말다툼을 했습니다. 후프카가 '보헤미아 형제단[22]'에 들어간 건 알고 계시지요?"

"결국은 후프카까지!"

"그렇습니다. 그 마하트라는 놈이 우리 회사의 중역회의에 그런 것을 끌어들인 것이라고 저는 생각합니다. 사장님, 당신은 먼젓번 회의에는 참석하지 않으셨습니다. 그건 끔찍한 것이었습니다. 전원이 아침까지 종교적 언사를 지껄여댔습니다. 후프카는 저희 회사를 우리 손으로 노동자에게 제공하자고 제안했습니다. 다행스럽게도 그것을 투표에 부치기를 중역들이 잊고 말았습니다만. 모두가 마치 미친 것 같았습니다."

본디 사장은 손가락을 씹었다. "전무, 그 사람들에게 어떻게 대처해야 할까?"

"흠, 손을 쓸 방법이 없습니다. 이건 말하자면 시대의 신경이상 현상입니다. 이미 곳곳의 신문에서도 그 사실을 언급하기 시작했습니다. 하지만 카뷰레터에 관한 이야기뿐, 그런 뉴스가 차지할 자리는 없습니다. 종교적인 사건이 무시무시할 정도로

---

21) 유대의 비교집(秘敎集).
22) 프로테스탄트의 교단.

많이 일어나고 있습니다. 일종의 정신병리적인 전염과도 같은 것입니다. 얼마 전에 저는 후프카 박사를 우연히 봤습니다. 산업은행 앞에서 군중을 향해 각자의 내면을 계발해서 신으로 가는 길을 개척해야 한다고 설교하고 있었습니다. 사람들로 매우 북적이는 연설이었습니다. 심지어는 기적까지 행해 보였습니다. 포르스트도 거기에 있었습니다. 로젠탈은 완전히 미친 상태입니다. 밀레르, 호모라, 그리고 코라토르는 스스로 가난한 사람이 되라는 제안을 들고 나왔습니다. 더는 중역회의를 소집할 수 없게 되었습니다. 마치 정신병원 같습니다, 사장님. 사장님께서 직접 이번 소동에 대처하셔야 합니다."

"전무, 끔찍한 일이 벌어졌군." G. H. 본디는 한숨을 내쉬었다.

"그렇습니다. 설탕은행에 대해서는 들으셨습니까? 거기서는 은행원 전부에게 갑자기 이상이 전염되었습니다. 금고를 열어 찾아온 사람 모두에게 돈을 나누어주었습니다. 심지어는 메인 홀에 돈다발을 산더미처럼 쌓아놓고 전부 불태웠습니다. 종교상의 볼셰비키적 행위라고 말하고 싶습니다."

"설탕은행에서……. 설탕은행에 우리 회사의 카뷰레터는 없지 않나?"

"있습니다. 중앙난방용이. 설탕은행은 그것을 최초로 설치한 은행입니다. 지금 경찰이 은행을 폐쇄했습니다. 아시는 바와 같이 대표권자와 중역들까지 그 녀석들에게 당했으니."

"전무, 나는 카뷰레터를 은행에 공급하는 것을 금지하겠네."

"어째서입니까?"

"금지해야 돼. 단지 그것뿐이야! 석탄으로 난방을 하라고 해!"

"이미 늦었습니다. 이미 어느 은행에나 저희 회사의 난방장치가 설치되어 있습니다. 지금은 의회와 정부의 모든 부처에도 설치 중입니다. 슈트바니체 섬23)에 있는 중앙 카뷰레터는 프라하 전체에 조명을 공급할 준비를 하고 있습니다. 그것은 50킬로용 초대형으로, 정말 훌륭한 모터입니다. 모레 6시에 국가원수, 시장, 시의회의장, 메아스사 대표자 등이 참석해서 화려한 조업에 들어가기로 되어 있습니다. 사장님도 가셔야만 합니다. 사장님이 주인공입니다."

"신이시여, 구원하소서." 본디 씨가 착란 상태에 빠진 사람처럼 외쳤다. "싫어, 싫어. 신이시여, 저를 지켜주소서! 나는 가지 않을 거야."

"가셔야 합니다, 사장님. 로젠탈이나 후프카를 거기에 보낼

---

23) 프라하 시의 블타바 강 위에 있는 섬.

수는 없습니다. 실제로 그 사람들은 심하게 이상해졌으니. 등골이 오싹한 연설을 할 겁니다. 저희 회사의 명예가 걸린 일입니다. 시장은 저희 회사의 사업을 칭찬하는 연설을 준비하고 있습니다. 여러 외국의 외교단과 외국 신문의 대표들도 참석할 예정입니다. 커다란 축제입니다. 시의 거리에 불이 들어오자마자 군의 악대가 거리에서 서곡과 팡파르를 연주하고, 흐라홀 · 크시슈코프스키 · 제드라스보르, 그리고 교원클럽의 각 합창단이 축하의 노래를 부르고, 불꽃놀이가 시작되고, 101발의 축포가 발사되고, 프라하 성이 일루미네이션으로 반짝이는 등 저도 모르는 일들이 예정되어 있습니다. 사장님, 당신은 그 현장에 계셔야만 합니다."

G. H. 본디가 비통한 얼굴로 자리에서 일어났다. "신이시여, 오오, 신이시여. 혹시 할 수만 있다면,"하고 중얼거렸다. "거두어주시기 바랍니다. 이 술잔을."

"가셔야 합니다." 전무가 가차 없이 되풀이했다.

"신이시여, 신이시여. 어찌 저를 버리시나이까!"

제8장 준설선 위에서

황혼 빛 속, 슈체호비체 강변 근처에 준설선 ME28호가 움직임도 없이 떠 있었다. 줄줄이 묶여 있는 준설기는 벌써 오래 전부터 블타바 강 속 차가운 바닥의 모래 긁어내기를 중단하고 있었다. 저물녘의 공기는 따뜻하고 바람도 없었으며, 베어낸 마른 풀과 숲이 숨 쉬는 향기로 가득 차 있었다. 북서쪽 하늘에는 기분 좋은 오렌지색 저녁노을이 아주 조금 불타오르고 있었다. 여기저기서 하늘을 비치는 거울 속에서 성스럽게 빛나는 물결이 반짝이고 있었다. 물결은 빛을 발하며 술렁이고, 또 희미하게 밝은 강 위로 퍼져가고 있었다.

슈체호비체 거리 쪽에서 조그만 배가 준설선 쪽으로 다가왔다. 조그만 배는 급류를 거스르며 천천히 나아갔는데 밝은 수면에서는 마치 물땅땅이처럼 보였다.

"누군가가 이쪽으로 오고 있어." 선미에 앉아 있던 선원 쿠젠다가 조용한 목소리로 알렸다.

"두 사람이야." 잠시 후 기관원인 브리흐가 말했다.

"나는 이미 누구인지 알고 있어." 쿠젠다 씨가 말했다.

"슈체호비체의 연인이야."라고 브리흐 씨.

"저 사람들에게 커피를 대접해야지." 쿠젠다 씨는 이렇게 결정하고 밑으로 내려갔다.

"이보게, 자네들!" 브리흐 씨가 작은 배를 향해서 외쳤다. "왼쪽으로! 왼쪽으로! 아가씨, 내게 손을 내밀어, 그래. 그리고 팔짝 뛰어올라!"

"저하고 페포우슈24)는," 갑판 위로 올라온 아가씨가 시원시원한 목소리로 말했다. "저희는―, 저희는―, 말이죠―."

"안녕하세요." 아가씨에 이어서 배에 오른 젊은 노동자가 인사를 했다. "쿠젠다 씨는 어디에 계신가요?"

"쿠젠다 씨는 커피를 끓이고 있어." 기관원이 말했다. "앉게. 저길 봐, 누군가가 이리로 오고 있어. 누구지? 제빵사인가?"

"나야." 목소리가 들려왔다. "잘 있었는가, 브리흐. 우편배달부와 사냥터 감시인을 데리고 왔어."

"어서 올라오시게, 형제들." 브리흐 씨가 말했다. "쿠젠다

---

24) 요셉의 애칭 중 하나.

씨가 커피를 가져오면 시작하기로 하지. 이 외에 누가 또 올 예정이지?"

"접니다." 배 바로 옆에서 목소리가 들려왔다. "여기에 있는 후데츠가 당신들의 말씀을 듣고 싶어 합니다."

"어서 오십시오, 후데츠 씨." 기관원이 아래를 향해 말했다. "위로 올라오세요. 사다리는 이쪽입니다. 잠깐만 기다리십시오. 제가 손을 빌려드리겠습니다, 후데츠 씨. 당신은 이곳이 아직 처음이시니."

"브리흐." 물가에 있는 세 사람이 불렀다. "우리에게도 작은 배를 보내줘. 그렇게 해줄 거지? 우리도 그곳으로 가고 싶어."

"아래에 계신 여러분, 사람들이 있는 곳에 다녀와 주시기 바랍니다."라고 브리흐 씨. "누구나 신의 말씀을 들을 수 있도록 합시다. 형제·자매들이여, 그만 자리에 앉아주시기 바랍니다. 카뷰레터로 난방을 하고 난 뒤부터 여기에는 부정한 것이 전혀 없습니다. 형제 쿠젠다가 커피를 가져오면 시작하기로 하겠습니다. 어서 오십시오, 젊은이들. 위로 올라오십시오." 이렇게 말하고 브리흐 씨는 해치 위로 올라갔는데 거기서부터 계단이 배 안쪽으로 이어져 있었다. "이봐, 쿠젠다. 갑판 위에는 10명이 있어."

"알겠네." 안쪽에서 수염을 기른 사내의 목소리가 들려왔다.

"금방 갈게."

"어서 앉으세요." 브리흐가 목소리를 바꾸어 열의를 담아 말했다. "후데츠 씨, 여기에는 커피밖에 없습니다. 불쾌해하시지는 않으리라 여겨지기는 합니다만."

"불쾌하다니, 말도 안 됩니다." 후데츠 씨는 부정했다. "저는 단지 당신들의－, 당신들의－, 당신들의 회의를 보고 싶은 것일 뿐입니다."

"저희들의 기도회입니다." 브리흐가 정중하게 바로잡았다. "보십시오, 여기에 있는 저희들은 모두 형제입니다. 후데츠 씨, 반드시 이해해주기 바랍니다. 저는 알코올중독 환자였고, 쿠젠다는 정치꾼이었습니다. 그런 저희에게 신의 은총이 내려왔습니다. 그리고 여기에 있는 형제·자매는," 브리흐가 주위를 가리키며 말했다. "저녁이 되면 저희를 찾아와서 같은 정령의 선물을 바라며 기도합니다. 이 제빵사는 천식환자였으나 쿠젠다가 고쳐주었습니다. 그래, 무슨 일이 있었는지 제빵사가 직접 말해보게."

"쿠젠다가 제 몸에 두 손을 댔습니다." 제빵사가 조용한 목소리로 감정을 그대로 드러내며 말했다. "그러자 갑자기 가슴 속으로 아주 따뜻한 것이 흐르기 시작했습니다. 네, 그리고 몸속에서 탁 하는 소리가 들리더니 저는 숨을 쉬기 시작했습니다. 마치 하늘을 날고 있는 듯한 기분이었습니다."

"제빵사, 잠깐만." 브리흐가 바로잡았다. "쿠젠다는 두 손을 대지 않았어. 당신은 깨닫지 못했을지도 모르겠지만, 기적을 행한 거야. 당신을 향해서 그저 한 손을 이렇게 했을 뿐이야. 그랬더니 당신이 숨을 쉴 수 있게 되었다고 말했어. 대충 그렇게 된 거야."

"저희도 그 자리에 있었어요." 슈체호비체의 아가씨가 말했다. "그때 제빵사의 머리 주위에서 빛이 반짝였어요. 그런 다음 쿠젠다 씨는 저의 결핵을 내쫓아 고쳐주었어요. 그렇죠, 페피25)."

슈체호비체의 젊은이가 말했다. "그건 한마디의 거짓도 없는 사실입니다, 후데츠 씨. 하지만 내게 일어난 일이 훨씬 더 신비롭지. 저는 좋은 사람이 아니었습니다, 후데츠 씨. 저는 그러니까, 감방에 갔다 온 적도 있습니다. 도둑질이네, 뭐네 해서. 여기에 계신 브리흐 씨가 당신께 이야기해드릴 겁니다."

"글쎄, 그럴 필요 있을까?" 브리흐가 손을 흔들었다. "자네에게는 은총이 부족했던 것뿐이야. 여기, 이 자리에서는 말입니

---

25) 요셉의 애칭.

다, 후데츠 씨, 신비한 일들이 일어납니다. 아마 당신도 느끼실수 있을 겁니다. 쿠젠다 형제가 거기에 대해서 이야기할 겁니다. 예전부터 모임에 참석했었으니까요. 보십시오, 벌써 오고 있습니다."

모두가 갑판에서 기계실로 이어지는 해치 쪽을 돌아보았다. 해치에서 떠오른 것은 곤란한 일이라도 당한 듯 멋쩍은 웃음을 짓고 있는 남자의 수염을 기른 얼굴로, 등 뒤에서 누군가가 떠밀고 있는 것 같았으나 아무런 일도 없다는 듯한 표정을 짓고 있는 것처럼 보였다. 그 쿠젠다의 모습이 허리 부근까지 보였다. ―두 손에 커다란 양철판을 들고 있었는데 그 위에는 몇 잔의 커피와 캔이 놓여 있었다. 그는 애매한 웃음을 지으며 계속 올라왔다. 벌써 발꿈치와 갑판이 같은 높이가 되는 것이 보였으나, 쿠젠다 씨는 컵 들과 함께 더욱 높이 솟아올랐다. 해치에서 50㎝ 높이에 이르더니 마침내 멈췄고, 두 다리로 자기 아래쪽을 더듬었다. 공중에 둥실둥실 뜬 채, 바닥에 두 발을 대려 노력하고 있는 것처럼 보였다.

후데츠 씨는 마치 꿈을 꾸고 있는 듯한 기분이었다. "어떻게 된 일입니까, 쿠젠다 씨?" 거의 공포에 질려서 외쳤다.

"아무것도 아닙니다, 아무것도 아닙니다." 쿠젠다가 안심시키듯 말하고 두 다리를 공중에서 버둥거렸다. 그 순간 후데츠 씨는 어렸을 때 작은 침대 위에 어느 날 '그리스도의 승천'이라는 그림이 걸렸다는 사실, 그 그림 속에서는 그리스도와 사도들이 마치 지금처럼 두 다리를 저으며 공중에 떠 있었으나 그렇게 괴로워하는 듯한 얼굴은 하고 있지 않았다는 사실이 떠올랐다.

쿠젠다 씨가 갑자기 산들바람에 올라타기라도 한 듯 공중에 뜬 채 저물녘의 대기를 가르며 갑판 위 상공을 둥실둥실 떠다니기 시작했다. 순간적으로 한쪽 다리를 들어 발걸음을 맞추려는 것처럼 보였는데, 양손에 들고 있는 컵 들을 걱정하고 있다는 사실도 분명히 알 수 있었다. "미안하지만 커피를 좀 받아줘."라고 당황해서 말했다. 브리흐 기관원이 두 손을 들어올려 컵이 놓여 있는 양철판을 받아들었다. 그러자 쿠젠다가 두 다리를 늘어뜨리고 양 손을 가슴 위에서 교차시킨 뒤 공중에 뜬 채로 머리를 조금 숙이며 말했다. "형제들이여, 잘 오셨습니다. 제가 하늘을 날고 있다고 해서 두려워하실 필요는 없습니다. 이건 단지 전조에 지나지 않습니다. 아가씨, 꽃무늬 컵을 집으세요."

기관원 브리흐가 컵과 캔을 나누어주었다. 굳이 입을 열려는 자는 아무도 없었다. 여기에 처음 온 사람들은 쿠젠다의 공중부양을 호기심 가득한 눈빛으로 바라보고 있었다. 이미 온 적이 있었던 손님들은 한 모금 한 모금 천천히 커피를 마시며 그

사이사이에 기도를 올리는 것처럼 보였다.

"이제 다 마시셨습니까?" 잠시 후, 쿠젠다가 이렇게 말하고 황홀한 듯 어슴푸레한 눈동자를 커다랗게 떴다. "그럼 제가 시작하기로 하겠습니다." 이렇게 말하고 헛기침을 한 뒤, 잠시 생각에 잠겼다가 다시 이야기를 시작했다. "아버지의 이름으로! 형제들이여, 그리고 자매여, 저희는 은총으로 가득한 이 준설선 위에 기도를 위해서 모였습니다. 저희는 심령주의자들이 하는 것처럼, 믿지 않는 자나 조롱하는 자들을 쫓지 않아도 됩니다. 후데츠 씨는 믿지 않는 사람으로 찾아왔으며, 사냥터 감시인은 틈만 나면 남을 비웃음거리로 삼으며 즐거워했었습니다. 두 분을 환영합니다. 단지 알아주셨으면 하는 것은, 저는 은총으로 인해서 당신들을 알게 되었다는 사실입니다. 그런데 감시인, 당신은 술에 정신없이 취해서 가난한 사람들을 숲에서 내쫓고, 필요하지 않을 때에도 욕지거리를 해댑니다. 그러지 마시기 바랍니다. 그리고 당신, 후데츠 씨는 솜씨 좋은 도둑입니다. 하지만 제가 어떤 생각을 가지고 있는지 알고 계시겠지요? 당신은 화를 아주 잘 내는 사람이기도 합니다. 믿는 마음이 당신들을 교정하고 구원해주실 것입니다." 갑판 위는 깊은 침묵에 지배당했다. 후데츠 씨가 어두운 눈으로 바닥을 바라보았다. 감시인이 흐느껴 울며 코를 훌쩍이고,

손을 떨며 주머니 속을 뒤졌다.

"저는 알고 있습니다, 감시인이여."

쿠젠다가 공중을 떠다니며 부드러운 목소리로 말했다. "담배를 피우고 싶으신 거죠? 자, 불을 붙이세요. 여기서는 집에 있을 때처럼 행동해도 됩니다."

"물고기다." 아가씨가 중얼거리며 블타바 강의 수면을 가리켰다. "저기 좀 봐, 페피. 저 잉어들도 설교를 들으러 온 거야."

"저건 잉어가 아니란다." 신의 은총을 받은 쿠젠다가 말했다. "황어 아니면, 농어야. 그런데 후데츠 씨, 당신의 죄 때문에 괴로워하지 마십시오. 저를 보세요. 저는 정치 외에는 아무것도 눈에 들어오지 않았습니다. 당신께 말씀드리겠습니다만, 그것도 죄입니다. 그리고 감시인이여, 울지 마십시오. 저는 당신의 행동이 그렇게 나쁜 것이었다고는 생각지 않습니다. 일단 은총을 알게 된 자는 사람의 마음속 깊고 깊은 곳까지 꿰뚫어보게 됩니다. 브리흐, 자네에게는 모든 사람들의 혼까지 보이는가?"

"보입니다." 브리흐 씨가 말했다. "이 우편배달부는 지금, 쿠젠다 씨가 그런 식으로 자신의 딸을 구해줬으면 좋겠다고 생각하고 있습니다. 딸은 경선결핵에 걸렸습니다. 안 그런가, 우편배달부. 저 분, 쿠젠다 씨가 도와줄 거야. 만약 당신이

딸을 여기로 데려온다면."

"그건 미신이라 불리고 있습니다만." 쿠젠다가 이야기했다. "형제들이여, 예전에는 누군가가 제게 기적이나 신에 대해서 이야기하면 저는 그 사람을 비웃었습니다. 그 정도로 저는 썩은 인간이었습니다. 이 배에 새로운 기계, 연료 없이 움직이는 것을 들여왔을 때, 저희의 지저분한 일은 전부 중단되었습니다. 그렇습니다. 후데츠 씨, 그것이 여기서 일어난 첫 번째 기적입니다. 카뷰레터는 마치 이지(理智)를 가지고 있는 것처럼 모든 것을 자신이 알아서 합니다. 이 배 자체가 스스로 움직여서 가야 할 곳으로 항해하고, 보십시오, 얼마나 조용히 멈춰 있는지를. 보십시오, 후데츠 씨. 닻은 배 위에 있습니다. 닻 없이도 멈춰 있다가 강바닥을 퍼낼 필요가 있는 곳으로 다시 움직입니다. 스스로 움직이고 스스로 멈춰 섭니다. 따라서 저희들, 브리흐와 저는 손가락 하나 까딱하지 않아도 됩니다. 이것이 기적인지 아닌지, 떠들어대고 싶어 하는 사람이 있다면 떠들어 대게 내버려두기로 합시다. 하지만 이 사실을 직접 봤을 때, 안 그런가 브리흐, 저희 두 사람은 깊이 생각하기 시작해서 마침내 분명히 깨달았습니다. 이건 신의 준설선이다, 철제 교회다, 그리고 우리 두 사람은 성직자로 여기에 있는 것이다, 라고. 옛날, 신께서는 샘물 속에, 혹은 고대 그리스의 경우처럼 떡갈나무 속에, 때로는 여성 속에 현현하셨습니다. 그렇다면 준설선 속에 출현하지 말라는 법이 어디 있겠습니까? 무슨 이유로 신께서 기계를 싫어하시겠습니까? 때로 기계는 수녀님보다 더 청결합니다. 게다가 여기에 있는 브리흐는 어떤 기계든 찬장에 놓아도 좋을 정도로 깨끗하게 닦습니다. 물론 이건 여담입니다만. 그런데 알아주셨으면 하는 점은, 가톨릭교도가 말하고 있는 것만큼 신은 무한하지 않다는 사실입니다. 신은 지름 약 600m의 범위를 차지하고 있는데, 끝으로 가면 벌써 힘이 약해집니다. 가장 강한 곳은 바로 이 준설선 위입니다. 여기서는 기적을 행하지만, 강가로 가면 단지 영감만을 주어 믿는 마음이 생기도록 할 뿐이며, 슈체호비체에서는 바람의 방향이 좋을 때 이곳의 이렇게 신성한 향기를 느낄 수 있을 뿐입니다. '번개'와 '체코 조정클럽'의 조정선수들이 이 부근을 저어간 적이 있었는데, 그 일로 인해서 전원이 은총을 받았습니다. 신께서는 그런 힘을 가지고 계십니다. 그 신께서 저희에게 바라시는 것은 오직 여기, 저희들의 마음으로만 느낄 수 있습니다." 쿠젠다가 힘차게 자신의 심장을 가리키며 설교했다. "저는 잘 알고 있습니다만 신께서는 정치와 돈과 지력과 오만함, 그리고 잘난 척하는 데에는 용서가 없으십니다. 또한 신께서는 사람과 동물을 매우 좋아하시어 여러분이 여기에 오신 것을 크게 기뻐하시며, 또 선행을 좋게 보신다는 사실도 알고 있습니다. 형제들이여, 신께서는 뛰어난 민주주의자이십니다. 저희, 즉 브리흐와 저는 찾아오시는 분 모두의 커피를 살 수 없었을 때는 단돈 한 푼이라도 필사적으로 추구하고 있었습니다. 그런데 지난 일요일, 여기로 수백 명의 사람들이 모여들었고, 또 강가에도 사람들이 앉아 있었습니다. 그랬더니 보십시오, 손에 있던 커피가 점점 늘어나서 결국에는 모두에게 충분한 양이 되었습니다. 그것도 얼마나 고급스러운 커피였는지! 그러나 형제들이여, 이건 단순한 현상에 지나지 않습니다. 가장 커다란 기적은 신께서 저희들 마음에 주시는 영향입니다. 그것은 너무나도 아름다워서 등줄기가 오싹해질 정도입니다. 때로는 사랑과 행복을 위해서 죽지 않으면 안 될 것처럼, 이 아래를 흐르는 물과 모든 동물들과 그리고 흙과 돌과 하나가 된 것처럼, 혹은 참으로 커다란 팔 안에 누워 있는 것처럼, 당신은 그렇게 느낍니다. 그렇습니다. 당신이 어떤지는 누구도 이야기할 수 없습니다. 주위의 모든 것이 서로 노래를 부르고, 당신은 온갖 침묵의 말을, 물과 바람의 말을 이해하고, 온갖 것들 속에 있는 각각의 관계, 당신과의 관계를 보고, 인쇄된 것을 읽는 것보다도 더욱 분명하게 모든 것을 단번에 이해합니다. 때로 당신은 경련의 발작을 일으키며 입에서 거품을 뿜는 경우도 있습니다. 그러나 대부분의 경우는 천천히 작용해서 당신 혈관의 말단에까지 침투합니다. 형제들이여, 자매여, 그 무엇도 두려워할 것 없습니다. 지금 여기로 경찰 2명이 오고 있습니다. 집회신청서를 제출하지 않았다는 이유로 저희를 해산시키기 위해서. 하지만 그대로 차분하게 앉아 계시기 바랍니다. 그리고 준설선의 신을 믿으시기 바랍니다."

벌써 어두워져 있었다. 그러나 준설선의 갑판 전체와 참석자들의 얼굴은 부드러운 빛으로 빛나고 있었다. 배 아래의 물이 출렁이더니 보트의 노가 멈췄다. "이봐."하고 외치는 남자의 목소리가 들려왔다. "거기에 쿠젠다 씨 있는가?"

"있습니다." 천사와도 같은 목소리로 쿠젠다가 말했다. "경찰 형제님이여, 어서 올라오시기 바랍니다. 저는 알고 있습니다. 슈체호비체 여관의 주인이 저를 고발했다는 사실을."

경찰 둘이 갑판 위로 올라왔다. "당신들 가운데 누가 쿠젠다지?" 특명을 받은 경찰이 물었다.

"접니다." 쿠젠다가 공중 높이로 떠오르며 말했다. "자, 경관님들, 이 상공으로 올라오시기 바랍니다."

그러자 두 경찰이 헤엄치듯 떠올라 쿠젠다를 향해 공중으로 올라갔다. 두 사람의 다리는 필사적으로 디딜 곳을 찾았고, 두 사람의 손은 부드러운 공기를 쥐었으며, 두 사람의 불안한 듯 분주한 숨소리가 들려왔다.

"두려워하실 것 없습니다, 경관님." 선원 브리흐가 성직자처럼 말했다. "저와 함께 기도하십시오, 이 배의 모습으로 나타나신 아버지 신이시여……."

"이 배의 모습으로 나타나신 아버지 신이시여." 후데츠 씨가 무릎을 꿇으며 소리 높여 외치기 시작하자 갑판 위의 목소리가 합창이 되어 거기에 호응했다.

제9장 축   전

프라하 『인민신문』의 지방통신원인 치릴 케발 편집기자는, 이번에는 검은 정장을 입고 저녁 6시를 막 넘어섰을 무렵, 슈트바니체 섬으로 서둘러 가고 있었다. 대프라하 시의 신 중앙 카뷰레터 발전소의 개소식을 취재하기 위해서였다. 페트르 지구 전체에 인파가 되어 넘쳐나고 있는 구경꾼들 사이를 헤집고 세 겹으로 늘어선 경비진을 통과해서 수많은 깃발이 걸려 있는 조그만 콘크리트 건물에 도착했다. 조그만 건물 안에서는 조립공들의 외치는 소리가 들려왔는데 그 사람들은 물론 기한까지 작업을 마무리 짓지 못해서 지금 다급하게 일을 하고 있는 것이었다. 중앙발전소는 공중화장실만큼의 크기도 되지 않았다. 그런데 거기서 어딘가 철학에 잠긴 왜가리 같은 모습으로 생각에 빠져서 왔다갔다하고 있는 것은 신문 『시골』의 나이 많은 기자인 츠반차라였다.

츠반차라 씨가 젊은 신문기자에게 다정히 말을 걸었다. "여, 동업자, 오늘은 틀림없이 무슨 일인가 일어날 거야. 어떤 한심한 일이 따라다니지 않는 축제 같은 건, 난 아직 한 번도 본 적이 없었으니까. 그것도 말이지, 벌써 40년 동안이나 그래 왔어."

"선배님." 케발이 자신의 견해를 이야기했다. "놀랍지 않습니까, 어떻습니까? 이 조그만 건물 하나로 프라하 전체를 밝히고 전차와 열차를 60㎞나 달리게 하고 수천이나 되는 공장과 또−, 또−."

츠반차라 씨가 의심스럽다는 듯 머리를 흔들었다. "한번 지켜보기로 하세, 동업자. 지켜보기로 하자고. 우리 베테랑들은 이제 어떤 일에도 놀라지 않아. 단지−," 여기서 츠반차라 씨는 목소리를 낮추어 속삭였다. "조심하게, 동업자. 여기에는 예비 카뷰레터가 어디에도 없어. 만약 이게 고장 나거나, 혹은 만약에 하는 말인데, 산산이 터져버리기라도 한다면 그때는−, 그때는 어떻게 될지 짐작할 수 있겠지?"

케발은 스스로 거기까지 생각이 미치지 못했기에 몸이 굳어 버렸다. "그런 건 문제도 아닙니다, 선배님." 그리고 반대의견을 내기 시작했다. "저는 확실한 정보를 쥐고 있습니다. 이 발전소는 전시용으로 지어진 것입니다. 진짜 중앙발전소는 다른 곳에 있습니다. 그것은―, 그것은―." 지하의 깊은 장소를 손가락으로 가리키며 속삭였다. "저는 그곳이 어디인지 말할 수 없습니다. 하지만 잘 살펴보시기 바랍니다, 선배님. 프라하에서는 시도 때도 없이 보도블록을 교체하고 있지 않습니까?"

"벌써 40년도 전부터야." 츠반차라 씨가 어두운 목소리로 말했다.

"그렇습니다. 바로 그 점입니다." 치릴 케발이 우쭐대듯 허풍을 떨기 시작했다. "알고 계십니까? 그건 군사적 이유에서입니다. 거대한 지하통로망이 있습니다. 창고, 화약고 등등. 저는 매우 정확한 정보를 가지고 있습니다. 프라하 주변에는 16개나 되는 카뷰레터 지하요새가 있습니다. 그럼에도 불구하고 땅 위에는 아무런 흔적도 없이 축구장이나 소다수 판매용 가판점, 혹은 애국기념비가 있을 뿐입니다. 하하, 아시겠습니까? 그런 이유로 이렇게 기념비가 서 있는 것입니다."

"젊은이." 츠반차라 씨가 의견을 이야기했다. "지금 세대 사람들이 전쟁에 대해서 무엇을 알고 있단 말인가! 우리 세대 사람들이라면 말할 수 있을 테지만. 아아, 벌써 시장님이 오셨군."

"거기에 새로운 국방부 장관이. 보십시오, 제가 말한 것처럼. 공업기술대학 학장. 메아스의 사장. 최고 지위의 랍비."

"프랑스 대사. 공공사업 장관. 동업자, 그만 안으로 들어가는 게 좋을 것 같네. 대주교. 이탈리아 대사. 참의원 의장. 소콜 협회[26] 회장. 잘 보게, 동업자. 누구 빼먹은 사람은 없는지."

그 순간 치릴 케발 씨는 자신의 자리를 한 여성에게 양보했고, 그 때문에 선배기자와도 입구에서도 멀어졌는데, 입구로는 끊임없이 초대객들이 흘러들어 넘쳐나고 있었다. 그때 국가가 울려 퍼지고 의장병들에게 호령이 떨어지자 실크해트와 제복을 입은 한 무리의 신사들을 따라서 국가원수가 붉은 융단을 밟으며 콘크리트로 만들어진 조그만 건물 안으로 들어갔다. 케발은 까치발을 해가며 자신의 레이디 퍼스트를 저주했다. '이제는,' 하고 마음속에서 자신에게 말했다. '더 이상 안으로 들어갈 수 없어. 츠반차라의 말이 옳았어.' 케발은 계속 생각했다. '언제나 어떤 한심한 일이 따라다닌다. 이렇게 멋진 축하식을 이렇게 조그만 오두막에서 하다니! 어쨌든 『체코슬로바키아 국영통신』 약칭 체테카가 연설을 보도해줄 거고 어떤 식으로 쓸 건지도 이미 생각해두었을 거야. 깊은 감동, 장대한 진보, 국가 원수에 대해서 저절로 끓어오르는 커다란 갈채—.'

건물 내부에서 갑자기 침묵이 퍼지더니 뒤이어 누군가가

---

26) 체육을 중심으로 한 민족운동.

축사를 시작했다. 케발 씨는 하품을 하고 두 손을 주머니에 넣은 채 건물 주위를 걸어가고 있었다. 어둑어둑해졌다. 경비를 맡은 경관들은 하얀 장갑을 낀 손에 축제용 의장을 들고 있었다. 강가에서는 군중들이 서로를 밀치며 복작거리고 있었다. 축사는 너무나도 길었으나 그건 늘 있는 일이었다. 대체 누가 이야기하고 있는 것일까?

그때 케발은 콘크리트 중앙발전소 벽의 약 2m쯤 되는 높이에 조그만 창이 있는 것을 발견했다. 주위를 둘러보고 폴짝. 쇠창살을 붙들고 그 기지에 넘치는 조그만 머리를 작은 창 안으로 밀어 넣었다. "아아, 대프라하의 시장님이 불개미처럼 새빨갛게 돼서 이야기를 하고 있어. 그 옆에서는 메아스의 사장인 G. H. 본디 씨가 기업대표로 서서 입술을 씹고 있어. 국가원수는 기계의 레버에 한손을 올려놓고 신호가 떨어지자마자 당길 준비를 하고 있어. 당기는 순간 프라하 전체에 축하의 조명이 켜지고 음악이 울려 퍼지고 불꽃이 피어오르겠지. 공공사업 장관은 흥분해서 자꾸만 몸을 흔들어대고 있어. 아마도 시장의 축사가 끝나면 다음으로 이야기를 해야 하는 거겠지. 젊은 장교가 짧은 콧수염을 잡아당기고 있어. 여러 외국의 대사들은 한 마디도 못 알아들으면서 온 신경을 연설에 집중하고 있다는 듯한 얼굴을 하고 있고, 노동자 대표 두 사람은 눈 한 번

깜짝이지 않아. 요컨대 사태는 순조롭게 진행 중이라는 거야."
케발 씨는 짧게 자신에게 말하고 뛰어내렸다.

그리고 슈트바니체 섬 전체를 5바퀴 돈 뒤, 중앙발전소로 돌아가 작은 창문으로 폴짝. 시장이 아직 이야기하고 있었다. 케발이 귀를 쫑긋 세우자 말소리가 들려왔다. "……그때 빌라호라의 파국이 다가온 것입니다." 그리고 케발은 서둘러 뛰어내려, 길가에 웅크리고 앉아 담배를 피웠다. 벌써 상당히 어두워져 있었다. 나무들 가지 사이로 보이는 밤하늘에서는 수많은 별들이 반짝이고 있었다. '이해할 수 없군.'이라고 케발은 생각했다. '별들은 어째서 국가원수가 레버를 당길 때까지 반짝이기를 기다리지 않은 것일까? 그랬다면 프라하는 암흑세계였을 거야. 블타바 강은 빛의 반사 때문에 반짝이는 일 없이 검게 물결치며 흐르고 있었을 거야. 모든 것이 몸을 떨며 빛이 도래할 축하의 순간을 기다리고 있었을 거야.' 케발은 버지니아 담배를 피우고 나서 중앙발전소로 돌아가 작은 창문이 있는 곳까지 기어올랐다. 시장은 아직도 축사를 하고 있었으나, 이제는 얼굴에 자줏빛이 감돌아 거뭇하게 보일 정도가 되었다. 국가원수는 한 손을 레버에 놓고 선 채였으며, 참석한 높으신 양반들은 서로 소곤소곤 이야기를 주고받았으나, 여러 외국의 대사들만은 미동도 하지 않고 귀를 기울이고

있었다. 제일 뒤쪽에서 츠반차라 씨의 머리가 흔들리고 있었다.

시장은 체력을 전부 소비하고 나서야 드디어 연설을 마쳤다. 뒤이어 연설을 한 것은 공공사업 장관이었다. 자신의 연설을 가능한 한 짧게 하기 위해서 문장의 곳곳을 잘라내는 모습이 보였다. 국가원수는 이미 레버를 왼손으로 바꿔 잡고 있었다. 외교단 주석으로 나이 많은 빌링턴은 똑바로 선 채로 숨이 끊어져 있었으나, 죽어서도 여전히 주의 깊게 경청하는 표정을 유지하고 있었다. 그 순간, 공공사업 장관이 연설을 마쳤는데 그것은 마치 도중에 끊은 것처럼 갑작스러웠다.

G. H. 본디 씨가 머리를 들어 뭔가 마음에 들지 않는다는 듯한 눈빛으로 쓱 둘러본 다음 몇 마디인가를 했다. 아무래도 이런 말, 즉 메아스는 자사의 공공작품을 우리 수도의 재무부담과 사용에 위탁한다는 말인 듯했으나, 그것으로 끝이었다. 국가원수가 자리에서 일어나 레버를 당겼다. 순간 프라하 전체가 무한한 빛으로 반짝이고, 민중이 탄성을 지르고, 모든 탑의 종들이 울리기 시작하고, 마리안스케 요새에서 첫 번째 축포가 울려 퍼졌다. 창살에 매달려 있던 케발이 시가 쪽을 바라보았다. 스트세레츠키 섬에서는 반짝이는 로켓 불꽃이 공중으로 날아오르고, 흐라차니, 페트신, 그리고 레트나는 전구의 화환과 같은 일루미네이션으로 장식되고, 여기저기서

음악이 한꺼번에 울리기 시작하고, 슈트바니체 섬의 상공으로는 번뜩이는 복엽 비행기가 선회하고, 비셰스라트에서는 전구를 늘어뜨린 거대한 V16 비행기가 하늘을 가로지르며 다가오고 있었다. 군중은 모자를 벗었으며, 경비를 맡은 경관들은 헬멧에 손을 대 거수경례를 한 채 조각상처럼 부동자세를 취했다. 요새에서는 이제 두 번째 축포가 울려 퍼졌으며 카를린 부근의 블타바 강 연안에 있던 전함이 거기에 응했다. 케발은 다시 작은 창의 쇠창살 사이로 얼굴을 붙여 내부의 카뷰레터 위에서 행해지고 있는 축전의 마지막 장면을 보려 했다. 그 순간 케발은 소리를 지르며 너무 놀란 나머지 눈알이 튀어나올 뻔했으며, 그야말로 작은 창에 들러붙어버리고 말았다. 그런 다음 "오오, 신이시여."라는 말을 하며 쇠창살에서 떨어져, 털썩 무겁다는 듯 땅 위로 내려왔다. 케발이 땅바닥에 내려선 순간 전력으로 질주해오던 사내가 그와 심하게 부딪쳤다. 케발이 그 사내의 윗도리를 붙잡자 사내가 뒤를 돌아 시선이 마주쳤다. 그 사람은 G. H. 본디 사장이었는데 죽은 사람처럼 창백한 얼굴을 하고 있었다.

"무슨 일이 있었던 겁니까, 사장님?" 케발이 이를 덜덜 떨며 물었다. "사람들은 저기서 뭘 하고 있는 겁니까?"

"놔줘." 본디는 숨을 헐떡이고 있었다. "제발 부탁이니 나를 놔줘! 여기서 달아나!"

"대체 저 사람들한테 무슨 일이 일어난 겁니까?"

"놔줘." 본디가 외치더니 주먹으로 케발을 때리고 나무들 사이로 모습을 감추었다.

케발은 떨리는 몸을 한 그루 나무에 기대어 버티고 있었다. 콘크리트로 지은 조그만 건물 안에서는 마치 미개인들의 노래와도 같은 이상한 소리가 들려오고 있었다.

*   *   *

며칠 후, 『체코 국영통신』은 다음과 같은, 영문을 알 수 없는 특보기사를 전했다.

〈국내의 한 신문이 보도하여 국외에서도 인용되고 있는 뉴스와는 달리, 우리 사는 최선의 정보원에 의해서 카뷰레터 중앙발전소 개소 축하식 때, 불상사는 전혀 일어나지 않았다는 사실을 공고한다. 이들 문제와 관련해서 대프라하 시장은 그 직에서 물러났으며 요양을 위해 다른 곳으로 갔다. 빌링턴 외교단 대표는 앞서 이야기한 뉴스에서와는 달리 건강하게 활약 중이다. 진실은 단지, 참석자 전원이 그렇게 커다란 감동을 지금까지 경험한 적이 없었다고 공언했다는 점뿐이다. 바닥에 엎드려 신을 예배하는 것은 각자 시민들의 권리이자, 기적을 실행하는 것은 민주주의 국가에서 어떤 공직의 지위에 있든 모순되는 행동이 아니다. 따라서 국가원수를, 단순한 공조장치의 미비와 신경적 과로에 기인한 유감스러운 일에 끌어들이는 것은 참으로 부적절하다.〉

제10장 성녀 엘렌

중앙발전소에서의 일 이후 며칠이 지나서 G. H. 본디 씨는 담배를 물고 프라하의 거리를 거닐며 생각에 잠겨 있었다. 그를 본 사람들은 그가 보도를 바라보고 있는 것이라고 생각했으리라. 그러나 본디 씨는 미래를 보고 있었던 것이다. 마레크의 말이 옳았어, 라고 그는 자신에게 말했다. '그리고 그 린다 주교는 훨씬 더 정확했어. 다시 말해서 끔찍한 결과를 수반하지 않고 신을 이 세상에 도입하기란 불가능한 일이야. 어쨌든 사람들은 그들이 하는 대로 내버려두기로 하자. 단, 그건 은행을 감동시킬 거고, 그게 산업에 어떤 영향을 줄지는 악마만이 알고 있을 거야. 오늘 산업은행에서 종교적 스트라이크가 발발했어. 우리 사에서 그 은행에 카뷰레터를 설치했는데 겨우 이틀 만에 은행원들이 은행의 자산은 가난한 사람들을 위한 신의 기금이라고 선언했어. 하지만 프라이스 은행장에게

그런 일은 일어나지 않을 거야. 아니, 틀림없이 일어나지 않을 거야.'

본디는 힘없이 담배를 빨았다. '그야 어찌 됐든, 이 문제를 어떻게 정리해야 하는 걸까? 오늘까지 주문은 2,300만 대에 달했어. 이미 중단할 수는 없어. 이 일로 이 세상의 종말과도 같은 것이 보여. 2년 후면 모든 것이 잿더미로 변하고 말 거야.

지금은 이미 전 세계에서 몇 만이나 되는 카뷰레터가 가동되고 있고, 하나같이 밤낮으로 절대를 뱉어내고 있어. 게다가 절대는 끔찍할 정도로 지적이야. 그리고 한심할 정도로 무엇인가 일을 하고 싶어 해. 그것도 어쩔 수 없는 일이지. 몇 천 년 동안이나 일이 없었는데, 지금 우리가 쇠사슬에서 해방시켜 주었으니. 일이란, 예를 들자면 지금 산업은행에서 실행하고 있는 것과 같은 거야. 절대는 자신이 직접 장부를 기록하고, 계산하고, 갱신하고 있어. 중역회의에 문서로 명령을 내리고 있어. 계약자들에게는 사랑의 권유에 대해서 불처럼 뜨거운 편지를 보내고 있어. 그 덕분에 산업은행의 주권은 지금 종잇조각이 되어버리고 말았어. 지독한 냄새가 나는 치즈 한 조각을 사려면 주권이 1㎏이나 있어야 해. 신이 은행업무에 개입하면 이런 꼴이 되어버리고 말아.

우피체의 섬유공장인 오베랜델 사는 절망적인 메시지로 끊임없이 우리를 공격하고 있어. 그 회사는 1개월 전에 몇 대나 되는 보일러 대신 카뷰레터 1기를 설치했어. 그리고 기계는 순조롭게 움직였어. 만사 오케이. 그런데 갑자기 자동방적기와 기계가 제멋대로 움직이기 시작했어. 실이 끊어지면 자기가 알아서 실을 잇고 다시 일을 시작하고 있어. 노동자들은 그저 주머니에 손을 넣은 채 그냥 바라보고 있기만 할 뿐. 6시에 업무가 끝나기로 되어 있기 때문에 방적공과 직공들은 집으로 돌아가. 그런데 기계는 제멋대로 움직여서 하룻밤 내내, 하루 종일, 꼬박 3주일 동안이나 계속 멈추지 않고 끝도 없이 짜고, 짜고, 닥치는 대로 짜대고 있어. 회사는 긴급 통신을 보내오고 있어. 제길. 우리 물건을 받아주었으면 한다, 원료를 보내주었으면 한다, 기계를 멈추게 해주었으면 한다! 지금은 이와 같은 사태가 우피체의 북스바움 형제 회사, 모라베츠 주식회사에서도 완전한 원격전염에 의해서 일어나고 있어. 그 지역에는 더 이상 원료가 없어. 혼란 상태로 사람들은 낡은 천 조각, 지푸라기, 점토 등 손에 넣을 수 있는 물건을 닥치는 대로 자동방적기 안에 던져 넣고 있어. 그러면 놀랍게도 그런 것들에서도 타올이나 옥양목이나 면직물, 그 외의 생산 가능한 모든 천을 몇 ㎞나 짜내고 있어. 끔찍하기 짝이 없는 소동이야. 섬유제품의 가격은 폭락할 거야. 영국은 관세 장벽을 높일 거야. 인근 여러 나라들은 보이콧으로 위협할 거야. 그러면 각 공장은 비탄에 잠기겠지. 제발 부탁이니 그냥 물건을 받아주기만이라도 해줘! 결국 그들은 손해배상을 청구할 거야. 저주받은 생활이야! 그런데 이러한 뉴스들이 카뷰레터가 설치된 모든 곳에서 들려오고 있어. 절대는 일을 찾고 있어. 맹렬하게 생에 집착하고 있는 거야. 예전에 절대는 세상을 창조했어. 지금은 물건 만들기에 덤벼들었어. 이미 체코 국내의 리베레츠 시, 브르노의 방적업, 트루트노프의 거리, 20개의 정제설탕 공장, 제재소, 프르제뉴의 시영 맥주 양조장이 그 손에 넘어갔어. 그리고 같은 시의 슈코다 기계공장을 위협하고 있어. 야브로네츠에서도 야히모프 계곡에서도 일을 하고 있어. 어떤 곳에서는 노동자들이 해고당했고, 다른 곳에서는 공장이 폐쇄되었는데 끔찍한 일이지만, 폐쇄상태에서도 계속되는 조업은 그대로 방치되고 있어. 광기와도 같은 과잉생산이야. 절대가 없는 공장에서는 생산을 중단했어. 그야말로 붕괴야.'

'하지만 나는,' 하고 본디 씨는 자신에게 말했다. '애국자야. 우리 모국이 황폐해지는 것을 그대로 보고만 있을 수는 없어. 게다가 우리에게는 우리의 회사가 있어. 그래, 오늘부터 체코 국내에서의 주문은 취소하기로 하자. 이미 일어난 일은 일어난 일이니 어쩔 수 없어. 하지만 이 순간부터 체코 국내에는 카뷰레터를 단 한 대도 새로 설치하지 않겠어. 독일인과 프랑스인을 카뷰레터에 푹 빠져들게 만들겠어. 그리고 영국을 절대로 폭격해주겠어. 영국은 보수적이어서 우리의 카뷰레터에 대해서 폐쇄적이야. 카뷰레터를 비행선에 잔뜩 싣고 가서 커다란 폭탄처럼 투하하기로 하자. 모든 산업계와 재계를 신으로 오염시키는 거야. 그리고 우리나라에만 문화적으로 신에 오염되지 않은, 그와 같은 정직한 노동자의 섬을 남겨두는 거야. 말하자면 이건 애국자의 의무이고, 그뿐만 아니라 우리 공장의 문제이기도 해.'

G. H. 본디는 이와 같은 전망에 기분이 좋아졌다. '우리는 그렇게 해서 얼마간 시간을 벌어 절대에 저항하는 마스크를 발명하는 거야. 분하기는 하지만 신에 대한 방호를 위한 연구에 300만 코루나를 개인적으로 내기로 하자. 아니, 아니야. 우선은 200만으로 하자. 모든 체코인들이 마스크를 쓰고 다니게 될 거야. 그리고 그 사이에 다른 나라 녀석들은, 하하, 신의 홍수에 빠져 죽는 거야. 적어도 녀석들의 산업은 그것 때문에 파괴될 거야.'

본디 씨는 세계를 밝은 눈으로 보기 시작했다. 그때 젊은 여성이 걸어갔다. 아름답고 부드러운 걸음걸이였다. 앞에서

보면 어떨까? 본디 씨는 발걸음을 재촉해서 여성을 앞질렀다가, 갑자기 경계하듯 호를 그리며 그 자리에서 멀어졌다. 그러다 생각이 바뀐 듯 갑자기 방향을 바꾸었기에 여성에게 코를 부딪칠 뻔했다.

"아아, 엘렌" 빠른 어조로 말했다. "정말 우연의 일치로군, 그러니까―, 그러니까―."

"저는 알고 있었어요. 당신이 제 뒤를 따라오고 있었다는 사실을." 아가씨는 눈을 약간 내려뜨고 이렇게 말한 뒤, 멈춰 섰다.

"당신은 예감하고 있었던 거야?" 본디가 기뻐하며 말했다. "나도 마침 당신을 생각하고 있었어."

"전 당신의 동물적 욕망을 느꼈던 거예요." 엘렌이 조용한 목소리로 말했다.

"나의 뭐라고?"

"당신의 동물적 욕망이요. 당신은 저라는 사실을 몰랐어요. 마치 팔려고 내놓은 물건이라도 보듯 저를 눈으로 훑어봤어요."

G. H. 본디는 어두운 얼굴을 했다. "엘렌, 어째서 나를 모욕하는 거지?"

엘렌은 머리를 흔들었다. "모두가 그렇게 보는 걸요. 모두

똑같아요. 깨끗한 눈은 거의 볼 수가 없어요."

본디 씨는 휘파람을 불듯 입을 뾰족하게 했다. '아아, 그렇게 된 거로군. 마하트 노인의 종교단체야!'

"맞아요." 본디 씨가 머릿속에서 생각하고 있는 사실에 엘렌이 대답했다. "당신도 저희의 친구가 되어야 해요."

"그야 물론!" 본디 씨는 외쳤다. 그리고 동시에 생각했다. '안타깝군, 이렇게 아름다운 아가씨인데.'

"뭐가 안타깝다는 거죠?" 엘렌이 조용하게 말했다.

"한번 들어봐, 엘렌" 본디가 항의했다. "당신은 다른 사람의 생각을 읽을 수 있어. 그건 공정하지 못해. 모두가 서로의 생각을 읽게 된다면 사람을 제대로 사귈 수 없게 될 거야. 내가 마음속으로 생각하고 있는 사실을 알다니, 조심스럽지 못한 행동이야."

"어떻게 하면 좋다는 거죠?" 엘렌이 말했다. "신을 인정한 사람은 누구든 그 능력을 받게 돼요. 당신이 하는 생각 전부가, 동시에 제 속에서도 생각되어지고 있는 거예요. 제가 그걸 읽는 게 아니라 제 자신이 그 생각을 갖게 되는 거예요. 숨겨진 사악함을 그런 식으로 모두 심판할 수 있다면 인간이 얼마나 정화될지, 당신도 아신다면!"

"흠." 본디 씨는 몸을 떨며 아무것도 생각하지 않으려 했다.

"틀림없이," 엘렌이 확신에 넘쳐서 말했다. "신의 도움으로 그 사실이, 부를 사랑하는 저의 병을 고쳐주었어요. 당신의 눈에서도 그 어둠이 걷힌다면 저 역시 아주 기쁠 거예요."

"신이시여, 구원하소서." G. H. 본디는 당황스러웠다. "그럼 한 가지 묻겠는데, 당신은 동시에 그렇게, 그래, 그렇게 여러 사람들의 마음속에 보이는 것 전부를 이해할 수 있다는 말인가?"

"맞아요. 완전하게."

"내 말 좀 들어봐, 엘렌." 본디는 말했다. "당신에게만은 모든 것을 말할 수 있어. 그렇게 하지 않아도 당신은 내 마음속을 읽을 수 있을 테지만. 내 생각을 읽을 수 있는 여성을 아내로 삼다니, 그건 도저히 할 수 없는 일이야. 그런 여성은, 그럴 마음만 있다면 성녀가 되겠지. 가난한 사람들에게 한없이 자비심 깊은 사람이 될 거야. 나도 그를 위해서 돈을 벌 거고, 그건 남들이 보기에 좋은 일이야. 그리고 순결함도 엘렌, 당신의 사랑을 위해서라면 견딜 수 있을 거야. 무슨 일이든 견딜 수 있어. 엘렌, 나는 내 나름대로의 방식으로 당신을 사랑해왔어. 맞아, 내가 이렇게 말하는 건 당신 자신이 그 사실을 읽고 있기 때문이야. 엘렌, 생각을 숨기지 않으면 사업도 회사도 유지할 수가 없어. 특히 부부생활은 생각을 숨기지 않으면 유지할 수가 없어. 그건 말도 되지 않는 일이야, 엘렌. 그래도 만약 흠 잡을 데 없는 성인이라고 할 수 있을 만한 남자를 당신이 찾아냈다 할지라도, 당신이 그 사람의 생각을 읽는 한 남편으로 삼아서는 안 돼. 조그만 허위만이 유일하게 실패하지 않는 사람과 사람 사이의 연결고리야. 성녀 엘렌, 당신은 절대로 결혼해서는 안 돼."

"어째서 안 된다는 거죠?" 성녀 엘렌이 달콤한 목소리로 말했다. "저희의 신께서는 인간의 본성에 반대하지 않으세요. 단지 본성을 정화할 뿐이에요. 저희에게 금욕을 바라시지는 않으세요. 생명과 번식력을 따로따로 주셨어요. 신께서 바라시는 것은 저희가……."

"잠깐." 본디 씨가 엘렌의 말을 가로막았다. "당신들의 신은 그 사실을 이해하지 못하고 있어. 신이 우리에게서 허위를 제거하려 한다면 그건 끔찍하게도 본성에 반하는 일이 될 거야. 그건 절대로 있을 수 없는 일이야, 엘렌. 결코 있을 수 없는 일이야. 신에게 분별력이 있다면 스스로 그것을 인정할 거야. 당신들의 신은 세상물정을 전혀 모르거나, 완전히 범죄자라고 해도 좋을 정도로 파괴적이야. 정말 안타까워, 엘렌. 나는 종교를 조금도 반대하지 않아. 하지만 당신들의 신은 무엇을 바라야 하는지 모르고 있어. 속세를 떠나 황야로 가도록 해,

성녀 엘렌 자신의 독심술과 함께. 독심술은 우리 인간들 속에서는 어울리지 않는 것이야. 신과 함께 머물도록 해, 엘렌 그럼 건강하기를. 아니, 다시 만나는 일이 없기를."

제11장 첫 번째 충돌

그 일이 어떻게 일어났는지는 지금까지도 확인되지 않았다. 하지만 R. 마레크 기사의 조그만 공장(브제브노프 믹소바 거리 1651)이 수사원들에게 점령당하고 경찰의 경계망에 둘러싸인 바로 그 무렵, 정체를 알 수 없는 범인들이 마레크의 실험용 카뷰레터를 훔쳐갔다. 필사적인 수색에도 불구하고 도둑맞은 기계에 대한 단서는 아무것도 발견되지 않았다.

그로부터 얼마 지나지 않아서, 회전목마의 주인인 얀 빈데르는 자신이 가지고 있는 회전목마와 오케스트리온27)에 쓸 소형 석유엔진을 사기 위해, 하슈탈스케 광장에서 고물을 취급하고 있는 상인을 찾아갔다. 상인은 빈데르에게 관성 바퀴가 달린 커다란 실린더를 보여주고 이건 효율이 아주 좋은 엔진이

---

27) 커다란 음악연주 박스.

라고 말했다. 그 안에 석탄을 아주 조금만 넣어도 1개월은 너끈히 움직일 수 있다는 것이었다. 얀 빈데르는 이 동으로 만들어진 실린더에 대해서 기묘한, 맹목적이라고 해도 좋을 정도의 신뢰를 품게 되어 300코루나를 주고 그것을 샀다. 그리고 자신이 직접 짐수레에 실어, 구동장치가 고장 났기에 즐리호프에 놓아둔 자신의 회전목마까지 가지고 갔다.

얀 빈데르는 코트를 벗고 동으로 만들어진 실린더를 짐수레에서 내려 조용히 휘파람을 불며 작업에 착수했다. 관성 바퀴 대신 회전축에는 활차를 달고, 활차에 벨트를 걸어 그 벨트를 다른 하나의 회전축에 연결했는데 그 회전축의 한쪽 끝은 오케스트리온을, 다른 한쪽 끝은 회전목마를 움직이게 되어 있었다. 그런 다음 굴대에 기름을 발라 활차 하나에 찔러 넣고는 두 손을 주머니에 넣은 채 입술을 뾰족하게 해서 휘파람을 불며 굵은 줄무늬 트리코셔츠 차림으로 서서 이게 어떻게 될까 하는 생각과 함께 기다리고 있었다. 활차는 3바퀴 정도 빙글빙글 돌더니 멈췄다. 그런 다음 덜컹덜컹 흔들리고 출렁이다가 이번에는 안정적으로 조용히 회전하기 시작했다. 오케스트리온은 장착되어 있는 조그만 북과 피리를 전부 울리기 시작했으며, 회전목마는 꿈에서 깨어난 것처럼 몸을 떨고 연결된 부분 전부를 삐걱거리면서도 미끄러지듯 회전했다. 은색

술이 넘실넘실 반짝이고 화사한 마구로 꾸며진 빨간 고삐를 단 백마들은 마치 왕자님의 마차를 끌고 있는 듯했으며, 야성적인 눈으로 응시하고 있는 수사슴은 마치 도약하는 것 같은 모습으로 빙글빙글 돌았고, 우아한 목을 가진 백조들은 원을 그리며 눈부실 정도의 흰색과 감청색으로 칠해진 조그만 배를 끌고 있었다. ―회전목마는 떠들썩한 음악에 둘러싸여 반짝반짝 빛나며, 자신의 음악에 반해버린 듯한 오케스트리온 위에 그려진 그리스 신화의 세 미의 여신의 움직이지 않는 눈앞에서 그 천국과도 같은 아름다움을 회전시키고 있었다.

앤 빈데르는 여전히 입술을 뾰족하게 내밀고 두 손을 주머니에 넣은 채 서 있었다. 자신의 회전목마를 마치 꿈속에서처럼 어떤 새로운 것에, 그리고 더할 나위 없이 아름다운 것에 매료된 듯 바라보고 있었다. 거기에 있는 것은 더 이상 빈데르한 사람이 아니었다. 울부짖으며 콧물을 흘리고 있던 아이가 젊은 유모를 그곳으로 끌고 와서는 회전목마 앞에 멈춰 섰는데, 눈을 있는 대로 크게 뜨고 입을 떡 벌린 채 너무나도 놀라서 몸이 굳어버리고 말았다. 유모도 눈을 뱅글뱅글 돌리며 도저히 믿을 수 없는 일이라는 듯한 얼굴로 서 있었다. 회전목마는 신비한 빛을 내뿜으며 마치 축제라도 벌어진 양 경건하고 엄숙한 모습으로 돌고 있었다. 정열적인 속도로 마치 회오리바람처럼 선회하고 있다 싶었는데, 이번에는 인도의 향료를 실은 무거운 대형 선박처럼 전후좌우로 흔들리는가 싶더니 하늘 높이 흘러가는 금색 구름처럼 천천히 하늘을 떠다녔다. 그것은 마치 땅 위에서 뜯겨 올라가 불타오르며 노래를 하고 있는 것처럼 보였다. 아니, 노래를 하고 있는 것은 오케스트리온이었다. 지금은 여자 목소리의 합창이 기쁨을 노래하고, 하프 소리가 은빛 비를 거기에 내리고 있었다. 다음에는 원시림의 술렁거림을 떠오르게 하는 파이프오르간 소리가 울려 퍼졌고, 원시림 깊은 곳에서 새들이 플루트 소리에 맞춰 노래하며 당신의 어깨에 내려앉았다. 황금 나팔이 승리자의, 혹은 불타오르는 듯한 검을 번뜩이는 전군의 등장을 알렸다. 그리고 그 장엄한 찬송가를 부르는 것은 누구일까? 천 명이나 되는 사람들이 승리를 축하하기 위해 종려나무의 작은 가지를 흔들었고, 하늘이 열려 헤아릴 수도 없는 드럼이 울리는 가운데로 신 자신의 노래가 강림했다.

얀 빈데르가 한 손을 올리자 회전목마가 멈췄고, 그 손을 아이 쪽으로 뻗어주었다. 아이는 마치 문이 열린 낙원으로 들어가듯 파닥파닥 그 위로 올라갔으며, 유모는 꿈속에라도 있는 것처럼 아이의 뒤를 따라가서 백조 모양의 작은 배 안에 아이를 앉혔다. "오늘은 공짜로 태워줄게."하고 빈데르가 잠긴 목소리로 말하자, 오케스트리온이 밝게 울려 퍼지고 회전목마가 하늘에라도 오를 듯 돌기 시작했다. 얀 빈데르는 비틀거렸다. "대체 어떻게 된 거지?" 회전목마는 더 이상 회전하지 않고 지면 전체가 빙글빙글 맴돌아 즐리호프의 교회가 아주 커다란 원을 그렸으며, 포돌리의 요양소는 비셰흐라토 지구와 함께 이동해서 블타바 강 건너편으로 굴러갔다. 그렇게 지면 전체가 회전목마를 중심으로 빙글빙글 맴돌며 점점 속도를 더해 마치 터빈처럼 선회했다. 회전목마는 그 중심에 그냥 멈춰 서서 배처럼 조용히 흔들릴 뿐이었으며, 그 갑판 위에서는 어린아이가 유모의 손을 끌고 백마들과 수사슴들과 백조들을 쓰다듬으며 산책을 하고 있었다. 아아, 그렇다. 대지는 맹렬하게 회전하고 있었으나 회전목마만은 평온해서 휴식을 주는 사랑스러운 섬과 같았다. 얀 빈데르는 메슥거리는 위를 누르고 비틀거리다 빙글빙글 도는 대지에 이리저리 나뒹굴었으며, 회전목마로 간신히 기어가 두 손을 높이 들어 난간을 잡고 그 갑판 위로 뛰어올랐다.

이제야 대지가 마치 폭풍에 휩싸인 바다처럼 꿈틀대며 회전하고 있는 모습이 보였다. 그리고 사람들이 허둥지둥 조그만 집에서 뛰쳐나와 손을 흔들며 마치 회전하는 거대한 자동차에 타고 있는 것처럼 비틀거리다 쓰러지는 모습이 보였다. 빈데르가 난간을 단단히 붙들고 사람들을 향해 몸을 기울이며 외쳤다. "여기야, 모두 여기로 와!" 그러자 사람들은 빙글빙글 맴돌고 있는 대지 위에 조용히 떠 있는, 반짝이는 회전목마를 보고 비틀거리며 다가왔다. 빈데르는 한 손으로 난간을 단단히 붙들고, 다른 한쪽 손을 사람들에게 내밀어 대지의 파도 속에서 그들을 끌어올렸다. 어린이들, 할머니들, 할아버지들을. 그렇게 끌어올려진 사람들은 회전목마의 갑판 위에 서서 빙글빙글 맴도는 세계를 바라보며 그 커다란 공포와 놀라움 뒤의 한숨을 내쉬었다. 빈데르는 이제 모든 사람들을 끌어올렸으나, 아직 검은 강아지가 한 마리 무서워서 멍멍 짖어대며 달려와 끌어올려주기를 기다리고 있었다. 그러나 회전목마 주변의 대지는 더욱 빠르게 강아지를 데리고 갔다. 이에 빈데르는 몸을 한껏 구부리고 팔을 있는 힘껏 아래로 뻗어서 간신히 강아지의 목을 붙들어 자기 쪽으로 끌어올렸다.

오케스트리온은 이제 감사를 바치는 노래를 부르고 있었다. 그것은 난파선에서 살아남은 사람들의 합창과도 같이 들렸는데, 그 가운데는 선원들의 억센 목소리와 어린이들이 기도하는 목소리도 섞여 있었다. 미친 듯이 날뛰는 폭풍을 내려다보며 멜로디의 무지개(나단조)가 걸리고, 하늘은 축복받은 바이올린의 피치카토에 의해서 열렸다. 난파선에서 살아남은 자들은

모자를 벗은 채 말도 없이 빈데르의 회전목마 위에 서 있었다. 여자들은 조용한 기도로 입술을 떨고 있었으며, 아이들은 조금 전에 맛본 공포조차 잊고 수사슴의 굳은 입가와 백조의 부드러운 목을 쓰다듬을 정도로 기운을 회복했다. 백마들은 인내심 강하게 아이들이 발을 사용해서 안장에 오르려는 것을 그대로 내버려두었다. 여기저기서 말들이 영리해 보이는 얼굴로 울부짖었으며, 발굽으로 바닥을 긁었다. 그때 주위의 지면은 이미 회전의 속도를 늦추고 있었는데, 얀 빈데르가 굵은 줄무늬의 민소매 트리코셔츠 차림으로 벌떡 일어나 서툰 솜씨로 말하기 시작했다.

"자, 여러분. 저희는 이 세상의 회전과 혼란에서 벗어나 이곳에 모였습니다. 여기에는 폭풍의 한가운데와도 같은 신의 평화가 있고, 여기서 저희는 마치 침대 속에 있는 것처럼 평안히 신의 품속에 있습니다. 그러니 이는, 이 세상의 회오리바람에서 벗어나 신의 팔 속에서 보호받아야 한다는 가르침입니다, 아멘" 얀 빈데르는 이러한 내용의 설교를 했고, 회전목마 위의 사람들은 마치 교회 안에서처럼 귀를 기울였다. 잠시 후 대지는 드디어 멈추었고 오케스트리온은 조용히, 그리고 경건하게 즉흥연주를 시작했으며, 사람들은 회전목마에서 뛰어내렸다. 얀 빈데르는, 이건 공짜라는 사실을 다시 밝혀서 사람들이 신에게 마음을 향해 고양된 기분으로 그 자리를 떠나게 했다. 곧 오후 4시가 다가오려는 시각, 아이들을 데리고 나온 어머니들과 연금생활을 하는 나이 든 사람들이 즐리호프와 스미호프 사이를 산책하고 있을 무렵, 오케스트리온이 다시 울리기 시작하고 대지가 회전을 시작했다. 얀 빈데르는 다시 모든 사람들을 회전목마 갑판 위로 끌어올려 보호하고 그 자리에 어울리는 설교로 사람들의 마음을 진정시켰다. 6시에는 일을 마치고 집으로 가는 노동자들이 찾아왔으며, 8시에는 연인들이 모습을 드러냈고, 다시 10시에는 술집에서 집으로 가는 술주정뱅이들과 영화관에서 나온 사람들이 찾아왔다. 그들은 모두 차례차례로 대지의 회전을 만나 회전목마의 축복받은 팔 속에서 보호받으며 얀 빈데르의 적절한 말에 의해 다음 인생을 위한 신앙을 굳건히 했다.

이런 구원활동 일주일 후, 즐리호프를 떠나 블타바 강가의 길을 거슬러오른 빈데르의 회전목마는 후흐레로 들어갔고, 다시 즈브라슬라프로 들어갔다가 마침내 슈체호비체로 갔다. 그런데 슈체호비체에서 나흘 동안 아주 커다란 종교적 성과를 올리며 일을 하고 있을 때, 약간 어두운 사건에 휘말리게 되었다.

얀 빈데르는 마침 설교를 마치고 축복을 전해주며 새로운 제자들을 배웅하고 있었다. 그때 어둠 속에서 검게 입을 다문 사람들의 무리가 다가왔다. 그 선두에는 키가 크고 수염을 기른 얼굴의 남자가 있었는데, 빈데르를 향해 똑바로 다가왔다.

"그만," 남자가 흥분을 억누르는 듯한 목소리로 말했다. "모든 것을 접고 여기서 나가도록 하시오. 그렇게 하지 않으면……."

빈데르의 신자들이 그 소리를 듣고 자신들의 스승이 있는 곳으로 되돌아왔다. 빈데르는 등 뒤에 자신의 아군들이 있다는 사실을 느끼며 단호하게 선언했다. "나갈 수 없소. 무슨 소리를 하는 거요."

"자자, 조금 침착하세요, 이봐요." 다른 남자가 흥분한 어조로 말했다. "당신과 이야기를 나누고 있는 이 분은 쿠젠다 씨에요."

"얌전히 있어, 후데츠." 얼굴에 수염을 기른 사내가 말했다. "내가 직접 이 남자와 이야기를 마무리 지을 테니. 다시 한 번 말하겠소. 모든 것을 접고 여기서 나가도록 하시오. 그렇게 하지 않으면 주의 이름으로 당신의 이 움막을 때려 부수겠소."

"그렇다면 당신이야말로," 얀 빈데르가 말했다. "집으로 돌아가시오. 아니면 주의 이름으로 당신의 그 이를 뽑아버리도록 하겠소."

"이놈이!" 기관원 브리흐가 고함을 지르며 무리 가운데서 가장 앞으로 나섰다. "어디 한번 해봐라!"

"형제여." 쿠젠다가 온화한 목소리로 말했다. "우선은 무엇보다 우호적으로. 빈데르, 당신은 여기서 부끄러워해야 할 마술을 부리고 있소. 우리는 그걸 참을 수 없는 거요. 우리의 이동 신전인 준설선과 이렇게 가까운 곳에서 그런 행동을 하다니."

"부정한 준설선이야." 빈데르가 결연히 말했다.

"당신 지금 뭐라고 했소?" 상처받은 쿠젠다가 외쳤다.

"부정한 준설선이야."

그 이후 벌어진 일을 일관된 과정으로 풀어낸다는 것은 불가능한 일이다. 아무래도 처음으로 달려든 것은 쿠젠타 진영의 제빵사인 듯했으며, 빈데르가 제빵사의 머리를 주먹으로 내리쳤다. 사냥터 감시인이 개머리판으로 빈데르의 가슴에 일격을 가했으나 눈 깜빡할 사이에 총을 잃었으며, 슈체호비체의 한 젊은이(빈데르 진영)가 그 총으로 브리흐의 앞니를 부러뜨렸고, 후데츠 씨의 모자를 쳐서 떨어뜨렸다. 우편배달부(쿠젠다 진영)가 빈데르 측의 한 소년의 목을 졸랐다. 빈데르가 소년을 구하기 위해 뛰쳐나갔으나 슈체호비체의 아가씨가 뒤에서 달려들어 체코의 상징인 사자 문신이 있는 빈데르 씨의 어깨를 깨물었다. 빈데르 측의 누군가가 나이프를 뽑아들었기에 쿠젠다 측 무리는 뒷걸음질을 치는 듯했으나, 그 가운데 소수파가 회전목마를 습격해서 수사슴의 뿔과 백조 한 마리의 우아한 목을 부러뜨렸다. 그러자 회전목마가 신음소리를 내며 기울어지기 시작하더니 그 지붕이 격투 중인 사람들 위를 덮쳤다. 쿠젠다는 난간에 부딪쳐 의식을 잃었다. 이 모든 일들이 은밀하게 어둠 속에서 행해졌다. 근처에 있던 사람들이 달려왔을 때 빈데르는 갈비뼈가 부러져 있었으며, 쿠젠다는 혼수상태로 쓰러져 있었고, 브리흐는 부러진 이와 피를 토해내고 있었고, 슈체호비체의 아가씨는 신경질적으로 울고 있었다. 그 외의 사람들은 뿔뿔이 흩어져 달아나고 없었다.

제12장 사강사

55세가 되어서야 마침내 카렐 대학 비교종교학 강좌의 사강사[28] 지위를 얻은 젊은 학자 브라호우슈 철학박사는 사절판 원고용지를 앞에 두고 앉아 양손을 비볐다. 『최근의 종교적 현상』이라는 제목을 슥 써내려간 뒤 독자적 논문을 다음과 같은 말로 시작했다. 〈'종교'의 개념적 정의에 관한 논쟁은 이미 키케로 시대부터 계속되어 왔다.〉 여기까지 쓴 뒤 생각에 잠겼다. "이 논문은," 하고 박사는 혼자 중얼거렸다. "『시대』지에 보내기로 하자. 동료 여러분, 잠깐만 기다리시오. 이 논문이 어떤 소동을 일으킬지! 바로 지금 이런 종교적 열광이 폭발적으로 발생했다는 것은, 내게 행운이야! 이건 최고의 시대에 어울리는 논문이 될 거야. 신문에서는 이렇게 떠들어댈 거야.

---

28) 교수 자격을 가진 무급의 대학 강사.

〈우리나라의 젊은 학자 브라호우슈 철학박사가 통찰로 가득 찬 연구를 발표했다. ……〉 그렇게 해서 내가 준교수의 지위를 손에 넣으면 라이벌 사강사인 레그네르는 미친 듯이 화를 내겠지."

그리고 젊은 학자는 쭈그러든 손을 손가락이 울릴 정도로 활기차게 비빈 다음 글쓰기에 몰두했다. 저녁이 되어 하숙집의 안주인이 찾아와 저녁에 뭐 먹고 싶은 것 없느냐고 물었을 때는 벌써 60쪽째 용지에 고위 성직자에 대해서 쓰고 있었다. 오후 11시에(115쪽에서) 종교적 개념에 대한 자신의 정의에 도달했는데, 그 정의 가운데서 옛 사람들의 주장과 다른 것은 딱 한마디뿐이었다. 그리고 (몇몇 재기 넘치는 논의를 더한 뒤) 종교학의 정확한 방법론을 다룬 다음, 거기서 자기 논문의 짧은 서론을 마무리 지었다.

자정이 조금 지났을 무렵, 우리의 강사는 이렇게 적었다. 〈최근 들어 여러 가지 종교적 · 초자연적 현상이 일어나고 있는데, 이러한 것들은 정통 종교학의 관심을 끌 만한 가치가 있는 것이다. 종교학의 주요한 과제는 틀림없이 먼 옛날에 사멸한 각 민족의 종교적 과정에 대한 연구인데, 현재에도 현대적(브라호우슈 박사는 이 단어에 밑줄을 그었다.)인 연구자들에게 여러 가지 정보를 제공해주고 있기 때문이다. 그들

정보는 필요한 변경이 가해져, 단지 추측에 의해서만 접근되고 있던 종교의식에 일정한 빛을 던져주고 있다.〉

그런 다음 강사는 신문의 뉴스와 구술에 의한 증언을 인용해 쿠젠다교에 대해서 기술하고, 이 교의에서는 페티시즘, 그리고 토테미즘(슈체호비체의 토템신으로서의 준설선)의 흔적까지 찾아볼 수 있다고 말했다. 빈데르교 신자들의 경우에 대해는 이슬람 신비주의단의 무용수도승들과 고대 술의 신인 바쿠스에게 바치는 제사의 종교의식과의 친근성을 시사했다. 프라하의 발전소 축전에서 일어났던 여러 가지 현상에 대해서 이야기하고, 그것들을 예민하게도 조로아스터교의 배화의식과의 관계로 이끌었다. 마하트의 종교단체에서는 고행승과 탁발승의 특징을 발견했다. 천리안과 기적적인 치료의 여러 가지 예를 인용하고, 고대 중앙아프리카 흑인 종족의 마술과 적절하게 비교했다. 그리고 넓은 범위에 걸친 심리적 감염과 군중적 암시에 대해서 언급했다. 역사 속에서 편달(鞭撻) 고행자, 십자군의 원정, 천년왕국설, 그리고 말레이인의 아모크29)와의 일련의 연관성을 이끌어냈다. 그리고 최근의 종교운동을 2개의 심리학적 관점에서 해명했다. 하나는 변성 히스테리 환자의

---

29) 극단적인 공격적 정신착란.

병리학적 증례로, 다른 하나는 미신을 잘 믿고 지적으로 열등한 대중의 심리적 집단감염으로. 그 양쪽의 경우 모두에서 다음과 같은 여러 가지 현상, 즉 원시적인 종교의식 형태로의 회귀 발생, 정령신앙적(범신론적) 경향, 그리고 재세례파를 떠오르게 하는 샤먼적 · 종교적 공산주의, 또한 전체적으로 미신적이며 마술에 의존하고, 초자연적이고 신비주의적이며, 거기에 우상숭배적인, 더없이 거친 본능의 융성에 의한 이성적 활동의 쇠퇴를 볼 수 있다는 사실을 증명했다.

〈우리에게 주어진 것은〉 브라호우슈 박사는 붓을 더욱 전진시켰다. 〈민중의 그릇된 믿음을 파고드는 개인의 속임수나 사기가 여기서 어느 정도까지 통용되는가를 판정하는 것이 아니다. 과학적인 검증을 행하면, 오늘날 주술사들의 '기적'이라 여겨지고 있는 것은 단지 옛날부터 알려져 있던 날조와 암시에 지나지 않는다는 사실을 분명히 보일 수 있을 것이다. 이러한 면에서 우리는 공안당국 및 정신분석의들에게 연일 새로이 발생하고 있는 '종교단체', 종파, 서클에 대한 주의를 촉구한다. 정확한 종교학은, 다음과 같은 사실의 확인에 스스로를 한정한다. 즉, 이들 종교적 현상 전부는 핵심에 있어서, 사람들의 환상 속에 잠재의식으로 살아 있는 야만적인 선조로의 회귀와 가장 오래된 종교의식의 짜깁기에 지나지 않는다.

문명의 두꺼운 화장 뒤에 숨어서 유사 이전의 이들 종교적 신앙의 동기를 유럽 사람들에게 느끼게 하는 데에는 몇 명의 광신자, 사기꾼, 어떤 사연을 가진 마니아만 있으면 충분하다.〉

브라호우슈 박사는 책상에서 일어났다. 독자적 논문의 346쪽까지 썼으나 그래도 여전히 피로를 느끼지 못했다. 효과적인 결말을 준비해야 한다고 스스로에게 들려주었다. '진보와 학문에 대해서, 종교적 불명료화에 대한 정부의 의심스러운 관용에 대해서, 반동에 대한 전선 설립의 필요성 등에 대해서, 몇 가지 생각을.'

여기서 젊은 학자는 정열의 날개를 짊어진 채 창가로 다가가 고요한 밤 가운데로 몸을 기울였다. 새벽 4시 반이었다. 브라호우슈 박사는 차가운 기운에 약간 몸을 떨며 어두운 거리를 바라보았다. 부근 전체에 죽음과도 같은 정적이 맴돌고 있었으며 인가의 창에는 조그만 등 하나조차 보이지 않았다. 사강사는 눈을 들어 하늘을 보았다. 하늘은 이미 얼마간 희붐해져 있었으나 한없는 고상함으로 수많은 별을 반짝이고 있었다. 얼마나 오랜 시간 하늘을 보지 않았는지, 라고 학자는 문득 생각했다.

─신이시여, 30년 이상이나!

그때 기분 좋은 냉기가 학자의 이마로 불어왔다. 마치 누군가가 매우 깨끗하고 열기를 식혀주는 손으로 머리를 감싸주고 있는 것 같은 느낌이었다. 나는 이렇게도 고독하다. 나이를 먹은 남자는 외로워졌다. 오래 전부터 이렇게도 고독했다! 그래, 나의 머리를 좀 쓰다듬어줘. 아아, 벌써 30년 동안이나 내 이마에 손을 얹어준 사람이 아무도 없었어!

두려움에 떨며 브라호우슈 박사는 창가에 서 있었다. 무엇인가가 여기에 있어. 갑자기 달콤하고 애달픈 포옹 속에 있다는 사실을 깨달았다. 오오, 신이시여. 나는 여기에 혼자 있는 게 아니다! 나는 누군가의 팔 속에 있어. 누군가가 내 옆에 있어. 이대로 거기에 있어줘!

만약 얼마 뒤에 하숙집 안주인이 강사의 방으로 들어왔다면 강사가 창가에 서서 두 손을 높이 치켜들고 머리를 뒤로 젖힌 채, 더할 나위 없이 황홀한 표정을 짓고 있는 모습을 보았을 것이다. 그는 그러다가 몸을 부르르 떨고 눈을 떠서 꿈속에 잠긴 듯한 표정으로 원고지가 있는 책상 쪽으로 돌아갔다.

〈그러나 한편으로는 다음과 같은 사실도 의심할 수 없다.〉 강사는 지금까지 쓴 내용에는 전혀 구애받지 않고 빠르게 써내려갔다. 〈이제 신은 원시적인 종교의식의 형태 이외로는 현현할 수 없게 된 것이다. 신시대의 신앙적 쇠퇴로 인해 고대 종교생활과의 상관관계는 끊어지고 말았다. 신은 현대인인 우리를, 예전 미개인들의 경우와 마찬가지로, 신 자신에게 마음을 돌리게 하기 위해서는 처음부터 다시 시작할 수밖에 없는 것이다. 무엇보다 먼저 신은 우상이자 물신(物神), 즉 사물의 모습이어야 한다. 신은 집단, 씨족, 또는 부족에 소속된 작은 신이어야 한다. 신은 자연에게 생명을 주고 주술사를 통해서 작용해야 한다. 우리의 눈앞에서 되풀이되고 있는 것은 이와 같은 종교적 발전으로, 유사 이전의 형식에서 시작하여 서서히 보다 높은 단계로 나아갈 것이다. 현재의 종교적인 물결이 여러 방향으로 분산되고 각각이 다른 파의 편견을 제압하여 주도권을 쥐기 위해 집중될 가능성이 있다. 따라서 종교전쟁 시대의 도래를 예견해볼 수 있는데, 그 전쟁은 열기와 집요함 면에서 십자군 원정을 능가하고 그 커다란 규모에 있어서는 최근의 세계대전30)을 뛰어넘을 것이다. 신이 부재하는 우리의 이 세계에 신의 왕국을 건설하려면 커다란 희생과 독단적 교리의 혼란이 반드시 필요하다. 그럼에도 불구하고 나는 당신들에게 고한다. '당신의 모든 존재를 들어 절대에게 귀의하라. 신을 믿어라. 신께서 어떤 방식으로 당신에게 말을 걸든. 이제 알아야 할 것이다. 신은 이미 가까이로 다가오고 있으며 우리의 지구를, 그리고 틀림없이 우리 태양계의 다른

---

30) 제1차 세계대전.

모든 행성까지도 영원한 신의 왕국, 절대의 제국으로 만들려 하시고 있다는 사실을.' 나는 곧 당신들에게 다시 한 번 고하겠다. '순종하라!'〉

*   *   *

사강사 브라호우슈 박사의 이 논문은 실제로 출판되었다. 하지만 전부는 아니었다. 편집자는 단지 새로운 여러 종파에 대한 설명 부분과 결론 전체만을 출판하고, 거기에 이 젊은 학자의 논설은 틀림없이 시대의 기운에 있어서 상징적인 것이라는 신중한 주석을 덧붙였다.

그러나 브라호우슈의 논문은 아무런 소동도 일으키지 못했다. 다른 여러 가지 사건들에게 자리를 내주고 만 것이다. 단, 마찬가지로 젊은 철학자인 사강사 레그네르 씨만은 커다란 흥미를 가지고 브라호우슈의 논문을 통독하고 난 다음 여기저기서 공언했다.

"브라호우슈는 언급할 가치도 없는 사람이다. 단 한마디도 언급할 가치가 없다. 그렇지 않은가. 자기 자신이 신을 믿고 있는 사람이 종교에 대해서 전문적으로 이야기하다니, 어떻게 그렇게 뻔뻔할 수 있단 말인가?"

제13장 연대기작가의 변명

그럼 이쯤에서 절대의 연대기작가에게 자신의 고통에 대해서 털어놓을 기회를 주셨으면 한다. 우선 나는 지금 막 '제13장'이라고 썼는데 이 불길한 숫자가 내 이야기의 명쾌성과 완전성에 운명적인 영향을 행사할 것이라는 사실을 의식하고 있다. 이 불행한 장 속에서는 어떤 문제가 일어날 것이라고 각오해두시기 바란다. 작가는 (아무 일도 없었다는 듯) '제14장'과 그 제목을 쓸 수도 있었을 테지만, 주의 깊은 독자라면 제13장에 대해서는 작가에게 속았다고 느낄 것이다. 그건 당연한 일이다. 이야기 전체에 대해서 돈을 지불했으니. 그렇기는 하지만 13이라는 숫자가 두렵다면 이번 장은 건너뛰시기 바란다. 그렇게 한다고 해도 절대제조공장의 어두운 사건들 가운데서 그렇게 많은 빛을 잃을 염려는 없으니.

작가는 다른 여러 가지 일들 때문에 더욱 당혹감을 느끼고 있다. 독자 여러분께는 가능한 한 정리해서 공장의 성립과 번영에 대해서 이야기해왔다. 마하트 씨의 집에서, 산업은행에서, 우피체의 섬유공장에서, 쿠젠다의 준설선 위에서, 그리고 빈데르의 회전목마에서 몇몇 카뷰레터가 어떤 효과를 나타냈는지를 설명했다. 자유롭게 떠다니는 절대의 영향에 의한 원격전염이라는, 브라호우슈의 비극적인 예도 이야기했다. 지금까지 보신 것처럼 절대는 특별히 명확한 계획이 있는 것도 아닌데, 그럼에도 불구하고 제멋대로 확산하기 시작했다.

그러나 한번 생각해보시기 바란다. 사건 전체의 시작에서부터 온갖 종류의 몇 천, 몇 만이나 되는 카뷰레터의 공포가 만들어지기 시작한 셈이다. 열차, 비행기, 자동차 그리고 배가 이 무엇보다도 값싼 엔진으로 구동되어, 그 궤적에 따라서 지구 전체에 걸쳐 절대의 구름을 뿌리고 있다. 그것은 이전부터 그러한 것들이 등 뒤에 단순히 먼지, 연기, 그리고 악취만을 남겼던 것과 완전히 똑같은 일이다. 생각해보시기 바란다. 전 세계의 몇 천, 몇 만이나 되는 공장들이 벌써 낡은 보일러를 뜯어내고 카뷰레터를 설치했다는 사실을. 수백에 이르는 관청과 사무실이, 수백에 이르는 은행, 증권거래소, 백화점, 무역회사, 그리고 커다란 찻집, 호텔, 병영, 학교와 극장, 심지어는 노동자의 숙소, 수천에 이르는 출판사와 클럽, 카바레, 그리고 일반 가정이 메아스의 상표가 붙은 최신식 카뷰레터의 중앙난방을 이용하고 있다는 사실을. 생각해보시기 바란다. 독일의 슈틴네스 그룹이 메아스 그룹에 완전히 흡수합병되었다는 사실을. 그리고 미국의 포드사가 카뷰레터의 완성품을 매일 3만 대 뱉어내는 연속생산에 뛰어들었다는 사실을.

그렇다, 이러한 사실들 전부를 잘 생각해보시기 바란다. 그리고 여러분 가까이에 설치된 카뷰레터가 각각 지금까지 어떤 효과를 가져다주었는지를 생각해보시기 바란다. 이들 결과를 10만 배로 확대해본다면, 곧 작가의 입장을 이해하실 수 있을 것이다. 여러분과 함께 이제 막 새로이 탄생한 카뷰레터의 뒤를 따라다니며 그것이 차에 실리는 것을 보고, 그 구리로 만들어진 새로운 실린더를 덜그럭거리는 짐수레에 실어 공장으로 옮겨가는, 당당하게 어깨가 벌어진 말들에게 얼마간의 건초와 빵, 각설탕 하나를 주는, 그런 일들을 얼마나 해보고 싶은지를. 카뷰레터를 설치하는 곳에 뒷짐을 지고 서서 조립에 조언을 하기도 하고, 또 그것이 회전을 개시하기까지 기다리는 그런 일들을 얼마나 해보고 싶은지를. 그 후에 절대가 사람들의 코, 귀, 혹은 어딘가를 통해서 내부로 들어가 사람들의 고집스러운 본성을 깨뜨리고, 편향성을 파괴하고, 도덕적인 상처를 치유하기 시작할 때 볼 수 있는 사람들의 얼굴표정을 얼마나 열심히 탐구하고 싶은지를. 절대가 그 기다란 쟁기로 사람들을 어떻게 갈아엎고, 동강이내고, 산산이 부수어 거듭나게 하는지 얼마나 보고 싶은지를. 절대가 사람들 앞에서 놀랍기는 하지만 인간적으로는 그렇게도 자연스러운 기적, 황홀, 영감, 계시, 그리고 신앙의 세계를 어떻게 펼쳐 보이는지 얼마나 알고 싶은지를! 왜냐하면 보시는 것처럼 연대기작가는 자신이 하는 일이 역사의 기술에는 적합하지 않다는 사실을 여러분께 자백하고 있는 셈이니. 역사학자는 자신의 역사에 대한 박식함 · 발견적 연구법 · 고문서학 · 추상 · 종합 · 통계와 그 외의 역사학적 발명이라는 이름의 압착기, 혹은 압형기를 사용해서 수만, 수십만이나 되는 자잘한, 살아 있는 개인적 사건을 일종의 농밀하고 자의적으로 형성되는 물질로 압축해버리고 그 물질에 '역사적 사실', '사회적 현상', '집단행사', '발전', '문화적인 흐름', 혹은 전체적으로 '역사적 진실'이라는 이름을 붙인다. 그와 같은 장소에서 연대기작가가 보는 것은 단지 개별적인 예뿐이며, 결국에는 그것들 속에서 매력을 찾아낸다. 지금은 예를 들어 1950년 이전의 전 세계에 찾아온 '종교적인 흐름'을, 실제적 · 발전적 · 원리적 · 종합적으로 기술하고 설명하지 않으면 안 되리라. 이 장대한 과제를 의식하며 작가는 그 시대의 '모든 종교적 현상'의 채집작업을 진행한다. 그리고 이 발전적 연구법의 과정에서 작가가 발견한 것은 굵은 줄무늬 셔츠를 입고 자신의 원자력 회전목마와 함께 교구에서 교구로 순례하는 명예로운 버라이어티 예인(藝人)인 얀 빈데르다. 그러나 당연한 일이겠지만 역사적 종합은 굵은 줄무늬셔츠, 회전목마뿐만 아니라 얀 빈데르까지도 무시하고 '역사적 핵심', '학문적인 성과'로서는 단지 다음과 같은 사실, '종교적 현상은 그 최초부터 거의 모든 계층을 사로잡았다.'라는 기술에만 그치라고 작가에게 설교한다. 그런데 여기서 고백하지 않을 수 없는 것은, 연대기작가는 얀 빈데르에게서 멀어질 수 없으며 그 회전목마에 매료되었고 그 굵은 줄무늬셔츠에서조차 '종합적 특징'보다 훨씬 더 많은 흥미를 느끼고 있다는 사실이다. 그러한 태도는 그래, 완전한 학문적 무능, 공허한 딜레탕티슴, 협소한 역사적 시야, 그 외에 얼마든지 폄하할 수 있다. 그럼에도 만약 작가에게 개인적 편향이 허락되었다면 얀 빈데르와 함께 계속 돌아다녀 부제요비체까지, 그리고 크라토비로, 플제뉴로, 즈루티체 등으로 나아갔을 것이다. 그러나 안타깝게도 빈데르와는 슈체호비체에서 헤어졌다. 그리고 손을 흔들며 떠나보냈다. '안녕, 미남자 빈데르여. 안녕, 회전목마여. 다시는 못 만나겠지.'

신이여, 마찬가지로 나는 쿠젠다와 브리흐도 역시 블타바 강의 준설선 위에 놓고 왔다. 몇 밤이고, 몇 밤이고 그들과 함께 더 보내고 싶었다. 왜냐하면 나는 블타바 강을, 물의 흐름 전체를, 그리고 특히 저물녘의 강가 부근을 사랑하고 있으며, 쿠젠다 씨와 브리흐 씨가 아주 마음에 들었기 때문이다. 후데츠 씨, 제빵사, 우편배달부, 사냥터 감시인, 그리고 슈체호 비체의 연인들에게도, 조금 더 친하게 지낼 만큼의 가치가 있다고 믿고 있다. 그건 독자 여러분 한 사람 한 사람, 즉 살아 있는 사람 각자에 대해서도 마찬가지다. 그러나 한편으로 나는 앞길을 더욱 서두르지 않으면 안 된다. 그들을 향해 모자를 흔들 시간조차 내기가 어렵다. 안녕, 쿠젠다 씨. 편안하기를, 브리흐 씨. 그 준설선에서의 하룻밤에 대해서는 감사의 말을 전합니다. 그리고 브라호우슈 박사여, 당신과도 작별하지 않을 수 없습니다. 가능하다면 당신과 오랜 세월을 보내며 당신의 일생을 전부 기술하고 싶었습니다. —사강사의 생애도 나름대로 스릴 넘치고 이야깃거리가 풍성하지 않은가? 아쉽지만 하숙집 안주인에게도 인사를.

존재하는 모든 것에는 주의를 기울일 만한 가치가 있는 법이다.

그렇기에 나는 새로운 카뷰레터 하나하나가 가는 길을 따라가 보고 싶다. 나는, 그리고 독자 여러분도, 새로운, 새로운 사람들과 만나게 될 것이며, 그것은 언제나 그만큼의 가치가 있는 일이다. 적어도 열쇠구멍 너머로 사람들의 생활을 엿보고, 그 마음을 통찰하고, 개인적인 신앙과 구원의 탄생을 낱낱이 관찰하고, 인간의 신성함에 대한 새로운 경이를 따라다니는, 그런 일들은 내게 어떤 의미가 있는 것들이리라! 상상해주시기 바라는 것은 다음과 같은 사람들이다. ─구걸하는 사람, 최고간부회 의장, 은행장, 기관차 운전수, 웨이터, 유대교의 랍비, 소령, 경제관계 편집자, 카바레의 코미디언, 즉 인간으로서 생각할 수 있는 모든 종류의 직업을 가진 사람들. 그리고 생각해주시기 바라는 것은 구두쇠, 호색가, 시건방진 사람, 회의주의자, 기회주의자, 출세주의자 등 인간으로서 생각할 수 있는 모든 종류의 성격을 가진 사람들이다. 그렇게 하면 종교적 은총(혹은 원하신다면 절대에 대한 중독)의 참으로 여러 가지, 한없이 다양하고 특수한, 그리고 놀라운 예와 현상을 만날 수 있을 것이다. 그리고 그 속의 하나하나에 대해서 얼마나 커다란 흥미를 느끼게 될지! 신앙의 정도로 보자면, 평범한 신자에서부터 광신도까지, 참회자에서부터 기적을 행하는 사람까지, 개종자에서부터 열렬한 사도까지, 얼마나 다양한 계급이 있는지! 그 모든 것을 포괄할 것! 모두에게 손을 내밀 것! 그러나 그것은 헛된 소망이다. 그런 일은 결코 이루어질 수 없다. 그리고 작가는 이 역사적 자료 전체를 학문적으로 증류시키는 명예를 포기하고, 내가 이야기하기는 것을 누구도 바람직하게 여기지 않는 여러 실례에서, 안타깝지만 떠나기로 하겠다.

만약 내가 아직도 성녀 엘렌 곁에 머물 수만 있었다면! 만약 내가 슈핀들뮬[31]에서 자신의 마음을 치유하고 있는 R. 마레크를 배신하듯 버리고 오지 않았어도 됐다면! 만약 내가 산업전략가 본디 씨의 멋지게 일하는 뇌를 파헤칠 수만 있었다면! 더는 아무런 도움도 되지 않는다. ─이제 절대는 전 세계에 홍수처럼 넘쳐나고 있어서 이른바 집단현상이 되었다. 따라서 연대기작가는 애도하는 마음으로 과거를 돌아보고, 피할 수 없이 일어나버리고 만 몇몇 사회적 · 정치적 사건을 요약적으로 기술하기로 결심하지 않으면 안 된다.

이제 우리는 여러 가지 사실의 새로운 사이클로 들어가기로 하자.

---

31) 방적공장이라는 뜻.

제14장 풍요로운 나라

연대기작가의 마음에서는(그리고 아마도 대부분의 독자 역시 마찬가지일 테지만) 종종 이런 일이 일어나곤 한다. ―원인이야 어떻든― 밤하늘과 수많은 별들을 바라보며 그것들의 헤아릴 수도 없는 숫자와 상상도 할 수 없는 거리 및 범위에 너무 놀란 나머지 말도 나오지 않을 만큼 감동을 받아, 그들 각각의 점이 불타오르고 있는 거대한 세계이자 혹은 살아 있는 행성체계의 전체이며, 그러한 점들이 예를 들자면 수억 개나 될 것이라고 생각할 때, 또는 높은 산(내게는 타트라의 정상인데)에서 저 멀리로 널리 바라보이는 눈 아래의 초원·숲·산들, 코앞의 깊은 숲과 수풀, 이 모든 것이 너무나도 풍요롭게 우거지고 서로 어우러져 열렬하고 두려울 정도로 풍성한 생명으로 넘쳐나고 있는 모습을 볼 때, 그리고 수풀 속에서 수많은 꽃·갑충·나비를 보고 이 미칠 듯한 풍요로움을 눈앞 어디까지고 펼쳐져 있는 지역 전체에서 볼 수 있는 것이라 여겨 마음속에서 증식시킨 뒤, 다시 그 지역에 우리 지구의 표면을 구성하는 역시 풍족하고 풍요로운 수백만이나 되는 다른 지역을 더해서 생각할 때, 이러한 광경은 종종 작가에게 창조자인 신을 떠오르게 하며, 또 자신에게 다음과 같은 말을 하게 만들곤 한다.

"이 모든 것을 누군가가 무엇인가에서부터 만들었다, 혹은 무에서 창조했다고 한다면, 솔직히 말해서 그건 놀라울 정도의 낭비라고 해야 하는 것 아닐까? 누군가가 창조주로서 자기 힘의 증거를 보인 것이라면, 이렇게 미친 듯이 많은 것들을 창조할 필요는 없었을 거야. 풍요로움이란 혼돈이고, 혼돈이란 광기 혹은 만취 상태야. 그래, 인간의 지성은 이와 같은 창조적 위업의 과잉에 대해서 어리둥절해지는 거야. 이건 단지 너무나도 많을 뿐이야. 광기어린 무한계야. 태어났을 때부터 '무한' 인자는 물론, 언제 어디서든 거대한 크기에 익숙해져 있기에 정당한 척도를 가지고 있지 않거나(왜냐하면 모든 척도는 유한을 전제로 하고 있기 때문에), 혹은 어떤 척도도 가지고 있지 않아."

이와 같은 말을 모쪼록 모독이라고는 생각지 말아주시기 바란다. 단지 인간의 이성과 우주의 풍요로움 사이의 불균형을 표현하려 노력하고 있는 것일 뿐이니. 이 아무런 목적도 없고 질서도 없는, 그야말로 열에 들뜬 것 같은 이 세계에 존재하는 만물의 과잉은, 냉정한 눈으로 보자면 어떤 방법론에 바탕을 둔 양심적인 창조라기보다, 오히려 분방한 활동처럼 보인다. 다시 원래의 이야기로 돌아가기에 앞서, 모든 경의를 담아 나는 이 말을 해두고 싶었다.

이미 아시는 것처럼 마레크 기사에 의해서 발명된 물질의 완전연소는, 모든 물질 속에 절대가 존재한다는 사실을 거의 증명했다. 따라서 다음과 같은 사실(물론 가설에 지나지 않지만)을 상상해볼 수 있을 것이다. 즉, 천지만물 창조 이전에 절대는 '무한한 자유에너지'로 존재하고 있었다. 그리고 그 '자유에너지'가 어떤 중대한 물리적, 혹은 도덕적 원인으로 창조에 착수했다. 마침내 '작업하는 에너지'가 된 것인데, 전치(傳置)에 관한 법칙에 정확히 따라서 '구속된 무한의 에너지' 상태에 도달했다. 그리고 그 작업효과 속으로, 즉 창조된 물질 속으로 모습을 숨겨, 그 내부에 저주받은 잠재적 형식으로 머물렀다. 이 설이 이해하기 어려운 것이라 할지라도 내게는 어떻게 해볼 다른 방법이 없다.

그리고 지금은 마레크의 원자력기관 속에서 물질의 완전연소에 의해 그 구속되었던 에너지가 속박하고 있던 물질의 질곡에서 벗어나 해방되지 않았는가. 그리고 '자유로운 에너지', 혹은 활동적 절대가 되어 '창조' 이전과 같은 자유로운 상태가 되었다. 그것이야말로 예전에 '세계 창조'로 모습을 드러냈던, 탐구 불가능한, '작업하는 능력'의 돌발적인 해방이었다.

우주 전체가 단번에 완전히 연소되었다면 원초의 창조적 위업이 되풀이 될 수도 있었으리라. 그것은 세계의 결정적인 종말, 완전한 청산이니 그것으로 새로운 세계사회 '우주 2'의 설립이 가능했을 것이다. 그러나 아시는 바와 같이 마레크의 카뷰레터 안에서 물질적 세계는 겨우 킬로그램 단위로밖에 연소하지 못한다. 이처럼 소량의 단위로 해방된 절대는 바로 재창조에 들어가기에는 힘이 부족하다고 느꼈거나, 혹은 되풀이하기를 원하지 않았던 것이리라. 다시 말해서 어떤 이유에서인지 절대는 두 가지 방법에 의해 출현하기로 결정한 것이다. 하나는 얼마간 전통적으로, 다른 하나는 의심의 여지도 없이 현대적으로.

쓰이기 시작한 전통적 방법은 이미 아시는 것처럼 종교적인 것이었다. 여러 가지 영감과 개심, 도덕적 효과, 기적, 공중부양, 황홀상태, 점성술에 의한 예언, 그리고 주로 종교적 신앙이다. 여기서 절대는 이미 닦아놓은 길을 지나 개인적 · 문화적인 인간생활 속으로 돌진했는데 그것은 지금까지 볼 수 없었던 규모였다. 그 활동을 시작한 몇 개월 동안 절대가 인간의 혼에 고할 때 쓴 '종교적 충격'을 —적어도 일시적으로라도— 느끼지 못한 사람은 이 세계에 거의 없었다. 절대의 이 심리학적 행위에 대해서는 나중에 그 파국적 결과를 이야기할 필요가 있을 때 다시 언급하게 될 것이다.

'자유로운 절대'의 두 번째 존재 증명은 전혀 새로운 무엇인가를 초래했다. 먼 옛날, 세계의 창조에 종사했던 '무한한 에너지'는 —명백한 상황의 변화를 고려하여— 제조로 돌진했다. 창조한 것이 아니다. 그 대신 제조한 것이다. 순수한 창조 대신에 기계와 마주했다. '무한한 노동력'이 된 것이었다.

생각해보시기 바란다. 어떤 공장이어도 상관없지만 예를 들어서 징을 제조하는 공장에서 '완전 카뷰레터'를 증기기관 대신 가장 값싼 동력으로 채용했다고 하자. 원자력엔진에서 쉴 새 없이 솟아나는 절대는 타고난 지능을 이용하여 단 하루 만에 생산 방법을 보고 배워서 그 억제할 수 없는 활동의욕의 전부, 그리고 아마도 야심을 가지고 이 제조로 돌진했다. 절대는 자신의 손으로 징의 제조를 시작했다. 달리기 시작하자마자 더는 멈출 수 없게 되었다. 기계는 누구의 조작 없이도 징을 토해내기 시작했다. 징 생산을 위해서 준비해두었던 철의 재고까지 작은 단위로 분리되고 차례차례로 들어올려져 공중을 이동해서 적절하게 대응하는 기계 안으로 배치되었다. 처음 본 사람에게 그것은 오싹함이 느껴지는 광경이었다. 재료가 떨어지자 철이 지면에서 싹트기 시작했다. 공장 주위의 지면은 대지의 깊은 곳에서 빨아올려진 듯한 순수한 철의 방울로 마치 땀투성이 상태처럼 되어버렸다. 그런 다음 철은 1m 정도의 높이로 들어올려져 마치 무엇인가에 떠밀리듯 단번에 기계 속으로 미끄러져 들어갔다. 부디 주의하시길. ㅡ나는 '철이 들어올려져'라거나 '철이 미끄러져'라고 말했지만 목격한 증인들 모두는 자신의 인상을 '철은 마치 강한 힘에 의해서 들어올려진 것 같았는데, 그것은 자연스럽지 않았으며 눈에 보이지 않는 힘에 의해서 강제적으로 행해지는 듯하여 섬뜩한 느낌이 들 정도로 집중적인 신경의 긴장을 가져다주었다.'고 말했다. 모든 것을 행하는 데 쓰인 것은 분명히 어떤 굉장한 노력이었다. 그렇다, 여러분 가운데 어떤 분들은 심령술을 경험하여, '책상 들어올리기'를 보신 분도 계실 것이다. 그 사람들이 내 말을 보증해줄 테지만, 책상은 물질로서의 무게를 잃은 가벼움으로 상승하는 것이 아니라 어떤 경련적인 노력에 의해서 상승하는 것이다. 책상의 접합부 전체가 삐걱거리고 덜컹덜컹 흔들리고 긴장해서 그것과 고투를 펼치는 상대의 힘에 의해서 간신히 들어올려지고, 공중 높이로 튕겨져 오르는 것이다. 하지만 어떻게 기술하면 좋을지 모르겠다. 땅의 깊은 곳에서 철을 들어올려 봉 모양으로 프레스 하고 기계 속으로 이동시켜 징으로 절단하는 그 무시무시한 침묵의 격투를! 봉은 채찍처럼 휘어 자신을 이동시키려는 움직임에 저항하며, 서로 부딪히고 있는 비물질의 침묵 속에서 덜컹덜컹, 삐걱삐걱 소리를 냈다. 동시대의 뉴스 전부가 이 광경의 끔찍함을 기록하고 있다. 실제로 그것은 기적이었다. 하지만 기적이란 옛날얘기처럼 가볍고 쉬운 것이라고 생각해서는 안 된다. 현실 속 기적의 본질 가운데에서는 보는 사람에게 자극을 주는 신경의 긴장이 느껴진다. 그러나 절대가 어떤 노력을 이용해서 작업을 했든 그 새로운 일에 있어서 가장 놀라운 점은 방대한 생산량이었다. 징의 사업에만 한정해서 이야기를 해도, 절대에 지배당한 하나의 징 제조공장이 밤낮없이 징을 토해냈기에 앞마당으로 그것이 쏟아져나와 커다란 산을 이루었으며, 결국에는 울타리를 밀어 쓰러뜨리고 길까지 메워버렸다.

지금은 징에 관해서만 이야기하겠다. 여기서 볼 수 있는 것은 세계를 창조했을 때와 다를 바 없는 끝도 없는 풍요로움과 낭비성을 가진 절대의 본성이다. 일단 생산을 시작하면 분배,

소비, 시장, 목적뿐만이 아니라 그 무엇도 생각지 않는다. 어마어마하게 커다란 자신의 에너지를 오로지 징을 토해내는 데에만 사용한다. 무한함이 핵심인 절대는 무엇에 대해서도, 징에 대해서도 척도나 한계를 몰랐던 것이다.

그런 징 공장의 노동자들이 새로운 동력의 작업효과에 얼마나 놀랐을지는 여러분도 상상하실 수 있으리라. 그것은 그들에게 있어서 전혀 생각지도 못했던 부정한 경쟁이었으며, 그들의 노동을 완전히 필요 없는 것으로 만들어버렸다. 그리고 극히 정당한 일이지만 그들은, 일하는 사람들에 대한 이 18세기 영국의 맨체스터식 자본주의의 공격에서 자신들을 지키기 위해, 최소한 공장을 파괴하거나 공장주의 목을 매달려 했을 것이다. ─만약 앞서 이야기한 첫 번째 방법, 즉 종교적인 형태로의 절대에 경탄해서 그 지배하에 놓이지 않았다면. 그런데 그 사람들 속에서 온갖 형태와 단계의 종교적 계시가 갑자기 나타난 것이었다. 그 사이에 사람들은 공중부양, 예언, 기적의 실행, 환시, 기적에 의한 치료, 신성화, 이웃에 대한 사랑, 그 외에도 비슷하게 부자연스러운, 그래 기적적인 상태를 경험했다.

그리고 다른 한편으로, 이 신에 의한 대량생산을 징 공장의 소유자가 어떻게 받아들였을지 여러분도 생각해보실 수 있을

것이다. 공장주는 확실하게 기뻐했고, 어쨌든 거의 죽을 만큼 서로 미워하던 모든 노동자를 내쫓아 생산비용이 한 푼도 들지 않는 징의 홍수를 바라보며 기분이 좋아 두 손을 비벼댔다. 그러나 그 한편으로는 의심의 여지도 없이 그 자신도 절대의 정신적 영향을 받아 바로 그 자리에서 공장 전체를, 신과의 관계에 있어서는 형제인 노동자들에게 공동소유의 형태로 주었으며, 또 한편으로는 시장이 형성되지 않을 테니 그 징의 산더미가 완전히 무가치한 것이 되리라는 사실을 곧 꿰뚫어보았다.

실제로 노동자들은 기계 옆에 계속 서 있거나 철로 된 봉을 옮기지 않아도 되었다. 그뿐만 아니라 공장의 공동소유자가 되었다. 그러나 며칠인가 뒤에 더는 상품이 아니게 되어버린 수백 톤의 산더미 같은 징을 어떤 방법으로든 처리할 필요가 있다는 사실이 명백해졌다. 처음에는 몇 대나 되는 화물차에 가득 실은 징을, 억지로 만들어낸 배송지로 나누어 보내는 시험이 행해졌다. 그 후에는 거리에서 옮겨내어 거대한 징의 산을 쌓는 것 외에는 방법이 없어지고 말았다. 이 징의 일소 작업에 노동자 전원이 매일 14시간씩 쉬지 않고 임했다. 그러나 노동자들은 사랑과 상호봉사라는 종교적 정신에 눈을 떴기에 단 한마디의 불평도 하지 않았다.

내가 이렇게 오랜 시간 징 공장에서 꾸물댔던 것을 용서해주시기 바란다. 절대는 산업에 있어서의 전문화라는 것을 몰랐다. 마찬가지로 방적업에도 열심히 침입했고, 거기서 모래로 로프를 만들어냈을 뿐만 아니라, 모래에서 여러 가지 실을 자아내는 기적까지도 실현했다. 직물 공장, 모직물의 축융공장, 트리코 공장에도 들어가 섬유산업의 모든 라인을 지배했으며, 자를 수 있는 천 전부를 쉬지 않고 몇 백만 킬로미터나 되는 두루마리로 만들었다. 철 공장, 압연 공장, 주물 공장, 농업기계 공장, 제재소, 건축자재 공장, 고무 공장, 제당소, 비료 · 질소 · 기름 등의 화학공장, 인쇄소, 제지 공장, 염색 공장, 유리 공장, 도자기 공장, 신발 공장, 벨트 공장, 요업, 광산, 맥주 양조장, 증류주 양조장, 증기증류 낙농품 공장, 제분소, 조폐소, 자동차 공장, 그리고 연마 공장을 지배하에 두었다. 절대는 짜고, 뜨고, 뽑고, 쇠를 불리고, 주조하고, 조립하고, 꿰매고, 대패질하고, 자르고, 구멍을 파고, 태우고, 인쇄하고, 표백하고, 정제하고, 삶고, 여과하고, 누르고, 매일 24시간에서 26시간이나 일했다. 기관차 대신 농업기계에 연결되면 갈고, 씨를 뿌리고, 쟁기를 끌고, 풀을 뽑고, 베고, 수확하고, 탈곡했다. 각자의 전문분야에서 절대는 스스로 생산재료를 증가시켰고 생산량을 수백 배로 늘렸다. 그 에너지는 끝을 몰랐다. 아낌없이 일을 했다. 그리고 자신의 무한성을 위한 명예로운 표현을 찾아냈다. 즉, 풍요였다.

황야에서의 기적에 의한 생선과 빵의 증가가 기념비적으로 재현되었다. 징, 판자, 질소비료, 타이어, 롤 휴지, 그 외의 모든 공업제품이 기적적으로 증가했다.

이 세계에서 인간에게 필요한 모든 것들이 한없이 풍요로운 상태가 되었다. 그러나 그 모든 것이 인간에게 필요한 것이라 할지라도, 그저 무한하기만 한 풍요로움은 불필요한 것이다.

제15장 뜻밖의 파국

그렇다. 오늘날의 질서 잡힌, 그리고 —이렇게 말하고 싶은데 — 은혜로운 고물가 시대에서, 한없는 풍요로움이 낳는 사회적 해악 따위는 상상할 수도 없다. 우리는 온갖 물건이 단번에 무한으로 비축된다면 그것은 낙원, 지상의 낙원에 다름 아닐 것이라고 생각한다. 모든 사람들에게 모든 것이 충분해지기 때문이라고 우리는 생각한다. 그만큼 좋아지며, 또 물가도 얼마나 내려갈지!

그런데 지금 이야기하고 있는 시대의 세계를 —절대가 산업에 개입했기에— 덮친 경제적 파국의 요인은 다음과 같은 점, 즉 인간이 필요로 하는 모든 것을 저렴하게 손에 넣을 수 있게 되었다는 점이 아니라, 모든 물건이 그저 공짜라는 점에 있었다. 당신은 구두의 뒤꿈치나 바닥에 박기 위한 한 줌의 징을 공짜로 손에 넣을 수 있다. 그러나 또한, 화물차

한 가득만큼의 징도 공짜로 손에 넣을 수 있다. ─하지만 묻겠는데 그것을 어떻게 하겠는가? 100km나 떨어진 곳으로 가져가서 공짜로 나누어주겠는가? 그렇게는 하지 않을 것이다. 왜냐하면 이 징의 홍수 앞에 서게 되면, 징을 더 이상은 비교적 유용한 물건이 아니라 너무나도 풍부해서 완전히 무가치하고 무의미한 물건으로 보게 되기 때문이다. 마치 하늘에 있는 수많은 별처럼 무용한 물건인 것이다. 그래, 그처럼 새롭고 반짝반짝 빛나는 징의 산은, 때로 기분을 고양시키고 하늘에 있는 수많은 별과 마찬가지로 시적인 사상까지 불러일으킬 것이다. 그런 징의 산은 단지 무언의 경탄을 위해서만 만들어진 것이라 여겨지리라. 그건 풍경화 속의 아름다운 바다처럼 그 자신의 존재방식으로 풍경화처럼 아름답다. 그러나 바다는 화물차에 실려 바다가 없는 내륙으로 옮겨지지는 않는다. 바닷물을 위한 경제적 분배는 없다. 이제는 산더미처럼 쌓인 징에도 경제적 분배는 행해지지 않았다.

그리고 여기에는 반짝반짝 빛나는 징의 바다가 펼쳐져 있음에도, 한편 몇 킬로미터 떨어진 곳에서는 징을 손에 넣을 수가 없었다. 경제적으로 가치가 없다는 이유 때문에 가게에서 자취를 감추었다. 그것을 구두의 뒤꿈치에 박고 싶어서, 혹은 이웃의 지푸라기를 넣은 매트리스 아래에 박아주고 싶어서 찾아보아도 소용없는 일이었다. 체코의 중앙에 위치한 슬라니나 차스라프와 같은 도시에 바다가 없는 것처럼, 거기에는 징이 없었다. 그렇다면 필수품을 여기서 값싸게 사들여, 그런 곳에서 비싸게 팔던 옛 시대의 상인들이여, 당신들은 지금 어디에 있는가? 아아, 슬프게도 당신들은 사라져버리고 말았다. 당신들에게 신의 은총이 내려왔기 때문이다. 자신의 이익을 수치라 여기고 형제애를 깊이 생각한 끝에 자기 가게의 문을 닫고 가지고 있는 것 전부를 사람들에게 나누어주었으며, 또한 신과의 관계에 있어서 형제인 모든 이들에게 필요한 물건들을 분배한 뒤 더는 부를 쌓고 싶다고는 결코 바라지 않게 되었다. 가격이 없는 곳에 시장은 없다. 시장이 없는 곳에 분배는 없다. 분배가 없는 곳에 상품은 없다. 그리고 상품이 없는 곳에서는 수요가 발생하고, 가격이 상승하고, 이익이 증대되고, 가게가 늘어나는 법이다. 그러나 당신들은 이익에서 등을 돌렸으며, 모든 숫자 전체에 견딜 수 없는 혐오감을 느끼게 되었다. 물질의 세계를 소비, 시장, 판매의 눈으로 보기를 멈추었다. 합장한 채, 이 세계의 아름다움과 풍요로움을 감탄의 시선으로 바라보고 있었다. 그리고 그러는 사이에 징은 모습을 감추었다. 징은 없었다. 그러나 어딘가 멀리에서는 징이 끝도 없이 쏟아져나와 차례차례로 산을 이루었다.

그리고 당신들 빵집 주인들이여, 당신들은 가게 앞으로 나와서 외쳤다. "이리로 오십시오, 신의 자녀들이여. 그리스도를 위해 이리로 와서 가져가십시오. 빵 몇 그램이든, 밀가루든, 둥근 빵이든, 롤빵이든 저에 대한 자비의 선물로 무료로 가져가십시오." 그리고 당신들 포목점의 상인들이여, 당신들은 옷감 꾸러미와 아마포 시트를 길 위에서 기쁨의 눈물을 흘려가며 굴려 5m나 10m로 재단해서는 지나가는 사람들에게 내밀고 제발 부탁이니 자신들의 조그만 선물을 받아주었으면 한다고 청했다. 그리고 가게가 완전히 비어버리자 마침내 무릎을 꿇고 주인 신에게 감사를 바쳤다. 이웃들을 들판의 백합화처럼 꾸미는 것을 당신들에게 허락해주었다는 이유로. 그리고 당신들 정육점과 훈제요리 상인들이여, 당신들은 고기와 각종 소시지를 넣은 바구니를 머리에 이고 집집마다 돌아다니며, 문을 두드리고 벨을 눌러서 무엇이든 먹고 싶은 것을 고르라고 청했다. 그리고 마찬가지로 당신들 구두, 가구, 담배, 가방, 안경, 보석, 카펫, 채찍, 로프, 함석제품, 도자기, 책, 틀니, 채소, 약품, 그 외의 생각할 수 있는 모든 물건을 팔던 사람들도 모두. 당신들 모두가 신의 숨결에 닿아 거리로 나왔으며, '가지고 있는 물건 전부를 나누어주었다.' 그러한 일들은 신의 은총에 의한 숭고한 공황상태에서 행해졌는데, 그 후 자신들의 텅 비어버린 가게나 창고의 문 앞에서 만나 서로를 마주하게 되면, 당신들은 눈을 반짝이며 서로에게 이렇게 말했다. "자, 형제여. 나는 마음의 짐을 덜었다네."

며칠쯤 지나서 분명해졌는데 더는 팔아야 할 물건이 없어졌다. 그러나 사야 할 물건도 없었다. 절대가 모든 가게의 물건을 약탈했으며, 완전히 일소한 것이었다.

그 사이에 도회에서 멀리 떨어진 곳에서는 몇 백 미터나 되는 옷감과 아마포 시트, 나이아가라 폭포처럼 거대한 흐름이 된 각설탕, 그 외의 온갖 물품들이 들끓어 오르듯 방대하고 끝을 모르는 신의 손에 의해서 과잉생산의 형태로 여러 가지 기계에서 흘러나오고 있었다. 이 필수품을 분배하려는 덧없는 시도는 곧 끊겨버리고 말았다. 더는 어떻게 해볼 수가 없었던 것이다.

그 외에도 경제적 파국을 초래한 또 다른 것이 있었다. 즉, 통화 과잉에 의한 인플레이션이었다. 절대는 국가의 조폐국과 인쇄국까지도 지배하여 매일 수조나 되는 지폐, 동전, 유가증권 등을 세상에 풀어놓았다. 평가절하는 피할 수 없는 일이었다. 삽시간에 5,000코루나 지폐 다발이 얼마간 질긴 화장실용 휴지 정도의 가치밖에 갖지 못하게 되었다. 젖먹이의 젖꼭지를 사는 데 동전 하나를 내나, 50만 코루나를 내나 상업적으로는 같은 일이었다. 똑같이 손에 넣을 수 없었던 것이다. 왜냐하면 그것은 자취를 감추어버렸기 때문에. 모든 숫자는 의미를 전부 잃고 말았다. 이 숫자 체계의 붕괴는 물론 신이 가진 무한성과 전능성의 자연스러운 결과였다.

이 무렵에는 이미 각 도시에서 물자 부족이, 그래, 기아까지 일어났다. 물자공급 조직은 앞서 이야기한 이유로 전혀 도움이 되지 않았다.

물자공급, 상업, 사회복지, 그리고 철도의 각 부처는 틀림없이 존재하고 있었다. 생각해보면 공장에서 일어나고 있는 거대한 제품의 흐름을 적시에 포착하여 파괴로부터 지키고, 통이 큰 신에 의해서 약탈당한 곳에 주의 깊게 분산 수송하는 것도 가능했으리라. 그러나 안타깝게도 그렇게 되지는 않았다. 각 부처의 공무원들은 특히 강력한 신의 은총의 포로가 되어 자신의 근무시간을 기꺼운 기도에 바쳤다. 물자공급청 안에서는 비서인 샤로바 양이 지배권을 쥐고 9개의 사고·행동영역에 대해서 설교를 했다. 상업청에서는 빈크레르 부장이 인도의 요가를 떠오르게 하는 고행을 선언했다. 실제로 이와 같은 열광은 겨우 14일 동안 계속되었을 뿐, 그 후부터는 —아무래도 절대의 특별한 시사에 의한 것인 듯했으나— 기적적인 직무의 식이 출현했다. 책임이 있는 관청에서는 물자공급의 파탄을 해결하기 위해서 밤낮없이 분주하게 일을 했다. 그러나 명백하게 이미 때를 놓치고 말았다. 유일한 성과는 각 부처가 매일 1만 5천에서 5만 3천이나 되는 서류를 작성했으며, 그 서류들을 부처 합동위원회의 결정에 따라서 매일 화물차에 가득 실어 블타바 강에 버린 일이었다.

무엇보다도 가장 두려운 것은 식량공급 문제였으나 다행스럽게도(우리나라의 상황만을 이야기하는 것인데), 여기에는 어떤 것에도 흔들리지 않는 우리의 농촌이 있었다! 여러분, 이 순간에 예부터 전해오는 말을 떠올려주시기 바란다. '우리 농촌의 민중은 온갖 명예는 제쳐두고라도, 민족의 중핵이다.' 이에 관해서는 오래된 노래도 존재한다.

그 사람이 누구인지 알고 있는가?
바로 체코의 백성, 농민으로
우리를 길러주는 사람!

절대의 낭비열을 몸소 막은 사람은 누구인가? 세계 시장의 공황 가운데서도 태연했던 사람은 누구인가? 팔짱을 낀 채 수수방관하지 않고 경거망동하지 않고 '자신의 입장에 충실하게 머물러 있던' 사람은 누구인가? 그 사람이 누구인지 알고 있는가? 바로 체코의 백성, 농민으로 우리를 길러주는 사람!

그렇다, 그들은 우리나라의 농민으로(다른 나라에서도 마찬가지였으나), 그들은 자신들의 방법으로 세계를 기아상태에서 지켰다. 상상해보시기 바란다. 만약 도시사람들처럼 광기에 사로잡혀 없는 자들이나 필요로 하는 자들에게 전부를 나누어주었다면, 만약 자신의 곡물·암소와 송아지·닭과 거위·감자를 전부 나누어주었다면 어떻게 되었을지. 2주일 후에는 도시에서 기근이 일어나 농촌은 피를 빨리고 착취당해 비축분도 남지 않게 되고, 자기 자신들조차 굶주렸을 것이다. 그러나 우리의 활달한 농민들 덕분에 그런 사태는 일어나지 않았다. 사후적이기는 하나 거기에 대한 설명에는 여러 가지가 있다. 우리 농촌의 기적적인 본능에 의한다거나, 우리 농촌의 충실하고 순수하고 땅에 깊이 뿌리내린 전통에 의한다거나, 최종적으로는 다음의 의견, 즉 영세한 농촌경제에서는 공업에서처럼 카뷰레터를 대량으로 사용할 수 없었기에 농촌에서는 절대가 맹위를 떨치는 경우가 적었기 때문이라는 것 등이다. 어떤 식으로든 설명이야 가능할 테지만 중요한 사실은, 경제적·교역적 구조와 모든 시장의 전면적 붕괴에 임해서도 농민은 그 무엇도 나누어주지 않았다는 점이다. 밀짚 한 가닥, 메귀리 한 톨 타인에게 주지 않았다. 오랜 상공업 질서의 폐허 위에서

우리의 농민들은 평온하게, 어떤 방해도 받지 않고 그들이 가지고 있는 물건을 팔았다. 그것도 비싼 값으로 팔았다. 숨겨진 본능에 의해서 풍요의 파국적 도래를 느꼈고, 그랬기에 때를 가늠해서 브레이크를 걸었다. 예를 들어서 자신의 곡물창고가 수확물로 가득 들어차 있었다 할지라도 가격을 올림으로 해서 브레이크를 건 것이었다. 게다가 서로 말을 주고받지도 않고 조직도 만들지 않고 각자의 마음속에서 들려오는 구원의 목소리에만 인도를 받아, 어디서나 무엇이든 가격을 올렸다는 것은 우리 농촌의 민중들이 놀라운 건전함의 중핵이라는 사실을 증명한 일이었다.

모든 음식물의 가격을 올림으로 해서 그것들을 낭비에서 지켜낸 것이었다. 온갖 물건의 미친 듯한 풍요로움 속에서도 결핍과 고가라는 고독한 섬을 유지했다. 농민은 틀림없이 그렇게 해서 세계를 구해야 한다고 예감한 것이었다.

그도 그럴 것이 다른 여러 가지 무가치한, 공짜로 나누어주는 물건이 곧 —자연스러운 수요에 의해— 시장에서 사라진 그 순간에도 식료품은 계속 팔리고 있었기 때문이다. 물론 그것을 구하기 위해서는 농촌으로 가야만 했다. 당신들 도시의 빵집 주인, 정육점 주인, 식량잡화상들은, 당신들에게 주어진 것으로는 형제애와 성스러운 말 이외에는 아무것도 얻지 못했다.

그랬기에 당신들은 자신의 배낭을 짊어지고 120㎞나 멀리 떨어진 곳으로 차동차를 달려야 했다. 농장에서 농장으로 돌아다니며, 여기서는 금시계로 감자 1㎏, 여기서는 쌍안경으로 계란 하나, 여기서는 리드 오르간이나 타자기로 돼지 사료인 밀기울 1㎏ 등과 같은 식으로 물건을 샀다. 이렇게 해서 먹을 것에는 부족함이 없었다. 잘 아시겠지만 만약 농민들이 모든 것을 나누어주었다면 당신들은 먼 옛날에 끝장이 났을 것이다. 그러나 농민들은 당신들을 위해서 버터 1파운드까지 보관해두었다. 그것을 보관해둔 것은 페르시아 융단이나 모라비아 지방 키요프의 귀중한 의상과 교환하기 위해서였을 뿐이었지만.

과연 누구의 손에 의해서 절대의 광기어린 공산주의적 실험이 중지되었는가? 미덕의 공황 속에서도 누가 제정신을 잃지 않았는가? 누가 풍요의 파국적인 홍수에 대항해서 생명과 재산을 포함하여 우리를 파멸에서 지켜주었는가?

그 사람이 누구인지 알고 있는가?
바로 체코의 백성, 농민으로
우리를 길러주는 사람!

제16장 산 위에서

'곰의 계곡'에 있는 산장의 정오. 루돌프 마레크는 등을 둥글게 말고 베란다에 앉아 신문을 읽고 있다가 다시 신문을 접고 크르코노셰 산맥의 널따랗게 펼쳐진 산들을 둘러보려 했다. 산 위에는 정적이, 크고 투명한 정적이 있었다. 자세가 흐트러져 있던 사내는 심호흡을 하기 위해서 기지개를 켰다.

그러자 산기슭 쪽에서 남자의 조그만 모습이 나타나더니 산장을 향해 걸어오고 있었다. '이곳의 공기는 얼마나 맑은지.' 베란다 위에서 마레크는 생각했다. '참으로 고맙게도 여기서는 아직 절대가 겉으로 드러난 적 없이 모든 물건 속에 주문으로 봉인되어 있어. 이 산들 속에도, 숲 속에도, 우아한 수풀 속에도, 파란 하늘 속에도 숨겨져 있어. 여기서는 세상을 돌아다니지도 않고, 무엇인가에 빙의하거나 마법을 쓰는 일도 없이 오직 온갖 사물 속에 갇혀서 깊고 조용히 존재하는 신으로, 호흡도

하지 않고 그저 입을 다문 채 가만히 바라보고 있어. ……'
마레크 기사는 여기서 손을 모아 말없는 감사의 기도에 들어갔
다. '아아, 신이시여. 이곳의 공기는 얼마나 맑은지요!'

산기슭 쪽에서 올라온 남자가 베란다 아래서 멈춰 섰다.
"드디어 자네를 찾아냈어, 마레크!" 마레크는 그쪽을 보았으나
그렇게 기뻐하는 것 같지도 않았다. 그 앞에 서 있는 사람은
다름 아닌 G. H. 본디였다.

"자네를 드디어 찾아냈어!" 본디 씨가 되풀이했다.

"올라오게." 마레크가 불쾌함을 노골적으로 드러내며 말했
다. "자네는 대체 무엇 하러 여기에 온 건가? 자네의 모습은
왜 또 그 모양인가?"

실제로 G. H. 본디는 온몸이 누렇게 떴고, 지쳐 있었다.
관자놀이 위쪽은 허옇고, 눈 주위에는 피로에 의한 주름이
잡혀 있었다. 말없이 마레크의 옆에 앉아 두 무릎 사이에서
양손을 꼭 쥐었다.

"그래, 자네에게는 무슨 일이 있었던 거지?"

숨 막힐 듯한 침묵 뒤에 마레크가 본디에게 물었다.

본디가 한쪽 손을 흔들었다. "난 연금생활에 들어갈 거야.
그러니까……, 나도……, 나도 그것에 씌워버리고 말았어."

"절대의 은총 말인가?" 마레크는 외치고 마치 전염병 환자에

게서 멀어지듯 자세를 고쳐 앉았다.

본디는 고개를 끄덕였다. 저것은 부끄러움의 눈물 아닌가, 그의 눈썹 위에서 떨리고 있는 것은?

마레크는 소리를 죽여 휘파람을 불었다. "그럼 벌써 자네에게도……. 딱하게 됐군!"

"아니." 본디가 당황해서 외치며 두 눈을 닦았다. "지금도 아직 그렇다고는 생각하지 말게……. 나는 그걸, 루다, 간신히 내쫓았어. 나는……, 나는 그걸 극복했어. 하지만 자네도 이해할 수 있겠지? 그것이 내게 씌운 동안이 내 인생에서 가장 행복한 순간이었어. 자네는 상상도 할 수 없을 거야, 루다. 그것을 쫓아내기 위해서 얼마나 끔찍한 의지의 힘이 필요했는지."

"자네의 말을 믿네." 마레크가 진지하게 말했다. "그런데 미안하지만, 자네는 어떤……, 증상이었지?"

"이웃사랑이라는 놈이었어." 본디가 조그만 목소리로 말했다. "이보게, 나는 사랑에 미쳐 있었어. 그런 마음이 되리라고는 꿈에도 생각지 못했었는데."

잠시 침묵의 시간이 흘렀다. "그럼 자네는 그때 그것을……." 마레크가 말했다.

"나는 그것을 극복했어. 이해할 수 있겠지? 덫에 걸린 다리를 스스로 물어뜯어 잘라버리는 여우 같은 거야. 하지만 그 후, 제길, 끔찍할 정도로 약해져버렸어. 그야말로 파멸이야, 루다. 티푸스를 앓고 난 후 같아. 그래서 여기에 온 거야, 이해할 수 있겠지? 다시 한 번 건강을 되찾기 위해서……. 여기는 깨끗하겠지?"

"완벽하게 깨끗해. 지금까지 징후를 나타낸 듯한 것은 아무 것도 없었어……. 그것의, 단지 그것이 존재한다는 사실만은 느껴져……. 자연에서, 그리고 모든 것 속에서. 하지만 그건 예전부터 그래왔어……. 산 속에서는 처음부터 늘 그랬어."

본디는 음울하게 입을 다물었다. "그런데 자네는," 잠시 후, 힘없는 모습으로 입을 열었다. "그것에 대해서 자네 스스로 는 어떻게 생각하고 있는가? 자네는 여기에 머물며, 저 아래쪽 에서 무슨 일이 일어나고 있는지 전부 알고 있는가?"

"신문을 보고 있어. 어느 정도는……; 신문을 통해서도 무슨 일이 일어나고 있는지 조합해서 유추해볼 수가 있어. 아래 세상에서는 틀림없이 모든 것이 엉망이 되어 있어. 하지만……; 제대로 읽을 줄 아는 사람이라면……: 이보게 본디, 그건 정말로 그렇게 무시무시한 건가?"

G. H. 본디는 머리를 흔들었다. "자네가 생각하고 있는 것보다 훨씬 좋지 않아. 모든 것이 절망적이야. 알겠는가?"

참혹하게 속삭였다. "그, 즉 신은 이제 어디에나 있어. 내 생각을 말하자면 그에게는 일정한 계획이 있어."

"계획이라고?" 마레크가 외치며 벌떡 일어났다.

"그렇게 소리 지르지 마. 어떤 계획이 있는 것 같아. 그는 악마처럼 영리하게 그것을 향해 진행 중이야. 말해주게, 마레크. 이 세상에서 가장 커다란 힘을 가진 존재는 무엇이지?"

"영국일세!" 마레크가 망설이지 않고 대답했다.

"아니, 그렇지 않아! 공업이야말로 세상에서 가장 커다란 힘을 가진 존재야. 그리고 이른바 '인민 대중'도 세상에서 가장 커다란 힘을 가진 존재야. 자네도 이미 그의 계획을 파악했는가?"

"모르겠네."

"그는 양쪽 모두를 손에 넣었어. 공업과 대중을 획득했어. 그것으로 모든 것을 손에 넣은 셈이야. 모든 점에서 살펴봤을 때 그는 세계지배를 꿈꾸고 있어. 그렇게 된 걸세, 마레크."

마레크는 자세를 바로했다. "잠깐만, 본디." 마레크가 말했다. "나는 그 일에 대해 이 산 위에서 여러 가지로 생각을 해보았어. 온갖 일들을 되짚어보고, 여러 가지 현상을 비교했어. 본디, 나는 말이지, 다른 일은 아무것도 생각하고 있지 않아. 그가 어디를 향해서 서둘러 가고 있는 것인지는 모르겠지만 본디, 그에게 아무런 계획도 없다는 사실만은 알고 있어. 아직은 나도 뭐가 어떻게 될지는 모르겠어. 뭔가 커다란 것을 바라고 있는 것일지도 모르겠지만, 무엇을 어떻게 하려는 건지는 아직 모르겠어. 본디, 내 자네에게 말해두겠는데, 지금까지 그는 그저 단순한 자연의 힘에 지나지 않았어. 정치적으로는 놀라울 정도로 무지해. 국가 경제적으로는 미개인이야. 그냥 교회에 종속되어 있었으면 좋았을 텐데. 교회에는 교회 자신의 경험이 있으니⋯⋯. 알겠는가? 내게는 때로 그것이 영 어린애 같다는 느낌이 들어⋯⋯."

"그런 건 믿으면 안 돼, 루다." G. H. 본디가 씁쓸한 얼굴로 말했다. "그는 자신이 무엇을 하고 싶은지 잘 알고 있어. 그렇기 때문에 중공업으로 들어간 거야. 우리가 전에 생각하고 있던 것보다 훨씬 더 현대적이야."

"그냥 장난감처럼 생각하고 있을 뿐이야." 마레크가 반론했다. "그냥 무엇인가 일을 해보고 싶은 것일 뿐이야. 무슨 말인지 알겠나? 신의 젊은 혈기의 소치라고 할 수 있을 만한 거야. 아니, 나는 알고 있어. 자네가 무슨 말을 하고 싶은 건지. 신은 활동을 할 때는 어마어마한 일을 해. 그 솜씨에는 그저 놀랄 뿐이야. 하지만 말이지, 본디. 그건 전혀 무의미하니, 그 어떤 계획도 있을 리가 없어."

"역사 속에서 가장 무의미한 것은, 시종일관 추구되어온 계획이야." G. H. 본디가 단언했다.

"이보게, 본디." 마레크가 빠른 어조로 말했다. "이걸 좀 보게. 내가 여기에 이렇게 많은 신문을 가지고 있는 걸. 나는 그의 한 걸음 한 걸음을 쫓고 있어. 자네에게 말하겠는데, 거기에 일관성이라고는 눈곱만큼도 없어. 전부가 전능함에서 나오는 즉흥에 지나지 않아. 그는 어마어마한 트릭을 쓰고 있지만, 어딘가 맹목적이고 맥락도 없고 혼란스러워. 알겠는가? 그의 행위는 어느 하나도 체계화되어 있지 않아. 아무런 준비도 없이 이 세계에 나타난 거야. 바로 거기에 그의 약점이 있어. 다른 점에 있어서는 감탄할 정도지만, 그의 약점이 보여. 그는 좋은 통솔자가 아니야. 그랬던 적이 한 번도 없었잖아. 천재적인 발상을 하기는 하지만 체계적이지는 않아. 본디, 내게는 이상한 일이라 여겨지는데, 자네는 지금까지 그를 제대로 이용하지 못했어. 자네처럼 한 치의 빈틈도 없는 사람이 말이야!"

"그를 상대로는 도무지 어떻게 해볼 수가 없어." 본디가 설명했다. "자네 자신의 영혼 내부에서 자네를 엄습하기 때문에 도저히 맞설 수가 없어. 이성적인 방법으로 자네를 납득시키지 않고도 자네에게 기적적인 계시를 보내는 거야. 자네는 그가 사울에게 무엇을 주었는지 알고 있겠지?"

"자네는 그에게서 도망치고 있어." 마레크가 말했다. "하지만 나는 그를 추적했고 바로 등 뒤에 다다랐어. 그를 조금은 알게 되었기에 수배전단을 만들 수도 있을 거야. 용모는 무한, 보이지 않음, 형태 없음. 주소는 원자력기관 부근 전체. 직무는 신비적 공산주의. 추적해야 할 이유가 되는 범죄는 사유재산의 횡령, 의약업의 비합법적 경영, 집회에 관한 법률위반, 공무집행방해 등. 특수표시, 만능성. 한마디로 그를 감금시켜야만 해."

"자네는 비웃고 있는 건가?" G. H. 본디는 한숨을 쉬었다. "비웃지 말게. 그는 우리를 압도했어."

"아직 아니야!" 마레크가 외쳤다. "알겠는가, 본디? 지금까지 본 바에 의하면 그에게는 통치능력이 없어. 자신의 신기성으로 모든 것을 혼란하게 만들었어. 예를 들어서 우선 기적적인 철도경영을 조직하는 대신 과잉생산에 들어갔어. 그 결과 스스로가 궁지에 몰리고 말았어. 지금은 생산한 물건들이 아무런 가치도 갖지 못해. 그의 기적적인 풍요로움으로 그저 닥치는 대로 헛물만 켜고 있을 뿐이야. 두 번째로 그는 그 신비성으로 관공서를 당황하게 만들어서, 질서를 유지하기 위해 바로 지금 필요한 행정기관 전체에 지장을 주었어. 혁명은 어디서나 마음껏 일으킬 수 있지만, 오직 관공서 안에서만은 일으켜서는 안 돼. 설령 이 세상을 끝장낼 생각이라 해도 우선은 우주를 파괴하고 그 다음에야 비로소 관공서에 착수해야 돼. 그렇게 된 거야, 본디. 셋째, 이론적으로 가장 소박한 공산주의자로서 통화교환제를 배제했지만, 그로 인해서 생산물의 유통이 바로 마비되어버렸어. 시장의 규칙이 신의 규칙보다 더 강하다는 사실을 몰랐던 거야. 매매를 수반하지 않는 생산은 전혀 의미가 없다는 사실을 몰랐던 거야. 아무것도 몰랐던 거야. 그 행동하는 모습은 마치……, 마치……, 요컨대 한쪽 손으로 만든 것을 다른 쪽 손으로 부수는 것과 마찬가지야. 우리는 기적적인 풍요와 파국적 궁핍을 경험했어. 그는 전능하지만, 단지 혼돈밖에 낳지 못했어. 이해할 수 있겠지? 틀림없이 그는 먼 옛날에 자연의 법칙, 원시 파충류, 수많은 산들과 그 외의 모든 것들을 실제로 창조했어. 본디, 하지만 상업은, 우리의 근대적인 상업과 공업은 틀림없이 그의 창조물이 아니야. 그는 그쪽에 관해서는 전혀 아는 바가 없어. 본디, 상업과 공업은 신의 손에 의한 것이 아니야."

"잠깐 기다려보게." G. H. 본디가 목소리를 냈다. "나도 알고 있어……. 그의 행위에 따른 결과는 파국적이고……, 그 손해의 크기는 헤아릴 수 없을 정도야……. 하지만 그에 관해서 우리가 무엇을 할 수 있단 말이지?"

"아직은 할 수 있는 게 아무것도 없어. 본디, 나는 그저 상황을 지켜보며 이것저것 비교를 하고 있을 뿐이야. 이건 새로운 바빌론의 수도야. 이걸 좀 봐. 자네도 알고 있는 것처럼 가톨릭교회의 신문에서는 이런 의혹을 이야기하고 있어. '종교적으로 동요하고 있는 오늘날의 혼란은 프리메이슨[32] 단원들에 의해 준비된 악마적이고 간교한 계책 때문이다.' 국가주의 신문은 유대인에게, 우파사회주의자들은 좌파에게 각각 죄를 덮어씌우고 있고, 농민당원들은 자유당원들을 비난하고 있어. 정말 웃기지도 않는 얘기야. 하지만 들어보게. 이건 아직 참된 난투가 아니야. 내 생각에 이 모든 것은 이제 간신히 윤곽을 드러낸 것일 뿐이야. 이쪽으로 와보게, 본디. 자네에게 하고 싶은 얘기가 있어."

"뭔가?"

"자네는 그가……; 알겠는가? 그가……; 하나밖에 없는 유일한 존재라고 생각하는가?"

"모르겠네." 본디가 말했다. "그게 무슨 문제라도 된다는 말인가?"

---

32) 원래는 석공들의 박애단체이나 종교적 비밀단체라 여겨지는 경우도 있다.

"문제의 전부일세." 마레크가 대답했다. "조금 더 가까이 오게, 본디. 그리고 귀를 빌려주게."

제17장 '해머와 별'

"제1감독 형제여, 동쪽에서는 무엇이 보이는가?" 온통 검은 옷에 하얀 가죽 앞치마를 두르고, 손에 은으로 된 해머를 든 지부장이 물었다.

"구역장들이 작업장에 모여서 일할 준비를 하고 있는 것이 보입니다." 제1감독이 말했다.

지부장이 해머로 책상을 두드렸다. "제2감독 형제여, 서쪽에서는 무엇이 보이는가?"

"구역장들이 작업장에 모여서 일할 준비를 하고 있는 것이 보입니다."

지부장은 해머로 세 번 두드렸다. "작업 개시"

프랑스계 프리메이슨회 지부인 '해머와 별'의 형제들은 자리에 앉아 자신들을 이렇게 임시소집한 지부장 G. H 본디를 주시했다. 작업장 안은 교회 안처럼 조용했으며, 그곳을 둘러싼 사방의 벽에는 이 단체의 기본원칙을 짜 넣은 장식이 걸려 있었다. 본디 지부장은 창백한 얼굴로 무엇인가를 생각하고 있었다. "형제들이여." 잠시 후 지부장이 입을 열었다. "나는 자네들을 특별히 소집했네……. 특별히 이번 일을 위해서……; 이번 일은……; 특별하고……; 우리 결사의 비밀 규정에 반하는 것일세……. 이건 정규 수속이 전혀 아닐세. 이렇게 하는 건 ……; 우리의 명예롭고 신성한 일의 성격에 흠집을 내는 일이라 고 나는 생각하고 있네만……; 나는 자네들에게……; 참으로 중대한……; 그리고 공공적인……; 최대 규모의 사업에 대해 서……; 결정할 것을……; 위탁하네."

"지부장님께서는 일을 지정할 권리가 있습니다." 청중의 전체 적인 동요에 대해서 '두려워해야 할 심판인'이 선언했다.

"그런데," G. H. 본디가 말하기 시작했다. "문제는 우리 결사에 대해서……; 가톨릭교회 쪽이……; 조직적으로 공격을 행하고 있다는 사실일세. 우리가……; 몇 백 년 동안이나……; 비밀스럽게 행해온 활동이 공업과 정신적 분야에서의……; 기묘하고 슬퍼해야 할 여러 가지 사건과……; 관계가 있다 고……; 떠들어대고 있다네. 가톨릭교회의 신문은 자유사상적 인 프리메이슨 지부가……; 이 악마적인 힘의 해방을……; 고의로 불러일으켰다고……; 주장하고 있다네. 나는 자네들에게……, 지금의 이 파국 속에서……, 인류의 번영을 위해……, 그리고 지고한 존재의 명예를 위해……, 무엇을 해야 하는지를 묻고 싶네. 지금부터……, 토의를……, 시작하겠네."

무거운 침묵이 잠시 이어진 뒤, 제2감독이 자리에서 일어났다.

"형제들이여, 이 역사적 순간에 존경하는 지부장님께서 하신, 이른바 의미 깊은 말씀을 환영합니다. 지부장님은 이른바 '슬퍼해야 할 여러 가지 사건'이라고 말씀하셨습니다. 그렇습니다. 저희, 즉 단지, 이른바 인류의 번영만을 추구하고 있는 사람들은 이들 슬퍼해야 할 기적, 계시, 이웃에 대한 사랑의 발작, 그 외의 장애를, 이른바 극도로 슬퍼해야 할 사건이라고 공언해야 합니다. 저희는 저희 결사에 귀속하는 모든 비밀스러운 일들이, 이른바 슬퍼해야 할 모든 사실과 어떤 관련성도 갖는 것을 거부해야 합니다. 그러한 사실들은 저희 위대한 결사의 전통적이고 진보적인 어떤 원칙과도 일치하지 않는 것입니다. 형제들이여, 이들 슬퍼해야 할 모든 원칙은, 이른바 지부장님께서 올바로 말씀하신 것처럼 사태와는 원칙적으로 모순됩니다. 왜냐하면 가톨릭 성직자들은 이른바 저희에게 반대하기 위해서 무장하고 있기 때문입니다. 저희가 이른바 인류의 가장 중요한 일에 관심을 가지고 있다며. 따라서 저는 제안하겠습니다만, 말의 완전한 의미에 있어서 지부장님께서 올바로 말씀하신 대로, 슬퍼해야 할 모든 사건이라는 사실에 동의를 표명하기로 합시다."

'두려워해야 할 심판인'이 자리에서 일어섰다.

"지부장 형제님, 한마디만 하게 해주십시오. 이 자리에서는 슬퍼해야 할 방법으로 일련의 일들이 이야기되었습니다. 제 생각에 그들 사건은 제2감독 형제가 생각하고 있는 것만큼 슬퍼해야 할 일은 아닙니다. 저는 제2감독 형제가 어떤 사건을 말하는 건지 모르겠습니다만, 제가 다니고 있는 종교상의 회합에 대해서 생각하고 있는 것이라면 그것은 오해라고 생각합니다. 아니, 그보다는 솔직히 그가 틀렸다고 말하겠습니다."

"제가 제안하겠습니다." 다른 형제가 말했다. "이야기되어지고 있는 사건이 슬퍼해야 할 것인지, 그렇지 않은 것인지에 대해서 투표하기로 합시다."

"저는," 다른 형제가 발언을 요구했다. "슬퍼해야 할 모든 사건을 조사하기 위해서 소위원회를, 예를 들자면 정원 3명으로 선출할 것을 제안합니다."

"정원 5명이어야 해!"

"정원 12명이야!"

"진정하시오, 형제들이여." 심판인이 말했다. "아직 제 말이

끝나지 않았습니다."

지부장이 해머로 책상을 두드렸다. "심판인 형제가 발언하겠소."

"형제들이여." 심판인이 부드러운 어조로 말하기 시작했다. "시끄러운 논의는 그만두기로 합시다. 이 자리에서 슬퍼해야 할 것이라는 의견이 나온 모든 사건은 주의, 관심, 그렇습니다, 특별한 주목에도 값할 만한 종류의 것입니다. 저는 신의 특별한 은총을 받은 몇 개의 종교적 그룹에 참가했었다는 사실을 부정하지 않겠습니다. 그 사실이 프리메이슨의 규칙에 저촉되지 않기를 바라고 있습니다."

"조금도 저촉되지 않습니다." 몇 명인가의 목소리가 들려왔다.

"게다가 제 자신이 비교적 조그만 기적을 몇몇 수행하는 명예를 얻었다는 사실도 고백하겠습니다. 제 생각에 이는 저의 지위나 계급에 반하는 것이 아닙니다."

"틀림없이 반하지 않습니다."

"따라서 저는 ―저의 경험에 따라서― 말씀하신 여러 사건은 조금 전의 평가와는 반대로 존중해야 할 숭고한 미덕으로, 인류의 복지와 최고 존재의 명예를 위해 공헌하는 것이라고 선언할 수 있습니다. 왜냐하면 ―프리메이슨의 관점에서는―

그것들에 대해 어떠한 반론도 제기할 수 없기 때문입니다. 저는 저희 지부가 이들 신의 출현에 관한 모든 현상에 대해서 중립을 선언할 것을 제안합니다."

이어 제1감독이 자리에서 일어나 말했다.

"형제들이여, 저는 그 모든 것들을 믿지 않으며, 아무것도 보지 못했고, 아무것도 모르지만, 그래도 그 종교에는 찬성하고 싶습니다. 저는 거기에 아무런 문제도 없다고 생각합니다. 대체 왜 그 일에 대해서 논하려 하는 것인지? 저는 저희가 그것에 대한 최선의 정보를 가지고 있다는 사실, 그리고 모든 것이 있는 그대로 있는 것에 동의한다는 사실을 은밀히 세상에 알릴 것을 제안합니다."

지부장이 눈을 들어 말했다. "형제들에게 전할 말이 있소. 공업가동맹은 절대를 자신들의 명예회장으로 선출했소. 그리고 '메아스'의 주식, 이른바 절대주는 여전히 가치가 상승할 가능성이 있다는 사실도. 덧붙여서 이름을 밝히기 원치 않는 어떤 인물이 우리 지부의 과부지원기금에 그 주식을 1천 주 증여해주었소. 그럼, 토론을 계속하도록 하시오."

"그럼 저는," 제2감독이 선언했다. "이른바 슬퍼해야 할 모든 사건에 대한 발언을 철회하겠습니다. 보다 높은 관점에서 저는 완전히 동의합니다. 저는 보다 높은 관점에서 문제에 대해 이야기할 것을 제안합니다."

지부장이 눈을 들어 말했다. "당신들도 주의해야 할 테지만 본부는 최근의 여러 사건에 대해서 다음과 같이 지시할 의향이오. 본부는 구역장들이 각 종교그룹에 가입하여 그들을 프리메이슨적인 의미에서, 제자의 작업장으로 조직할 것을 장려하고 있소. 새로운 작업장은 계시를 받은 반가톨릭교회적 정신으로 운영될 것이오. 여러 가지 교의를 직접 관찰할 것을 장려하고 있소. 일원론, 금욕주의, 플레처주의[33], 채식주의 등. 각 그룹은 각자 서로 다른 신앙을 가르치고 있지만, 그 목적은 어떤 신앙이 인류의 복지와 최고 존재의 명예에 최선인지를 실제로 시험하는 데 있소. 이 활동은 본부의 명령으로 구역장 전원에게 부과될 것이오. 그럼 토론을 계속하도록 하시오."

---

33) 식사에 의한 건강법을 주장한 미국인.

제18장 야간편집국에서

가톨릭계 최대의, 혹은 대중용 일간지인 『인민의 벗』은 그렇게 많은 편집자를 데리고 있지는 않았다. 그랬기에 밤 9시 반이면 편집국에 앉아 있는 것은 야근편집자인 코슈차르(야근편집자들에게서는 어째서 그렇게 이상한 파이프담배 냄새가 나는 것인지는 신만이 아시리라)와 요슈트 신부뿐인데, 신부는 이 사이로 휘파람을 불어가며 이튿날의 사설을 쓰고 있었다.

그때 식자공인 노보트니 씨가 들어왔는데 축축한 교정쇄를 들고 있었다. "자, 사설을, 여러분, 사설을." 식자공 씨가 꽥꽥거리며 말했다. "대체 식자는 언제 하란 말입니까?"

요슈트 신부는 휙휙 소리 내기를 멈췄다. "거의 다 됐어, 노보트니." 당황하며 말했다. "한마디가 떠오르질 않아. '악마적 음모'라는 말은 벌써 썼던가?"

"그저께 썼습니다."

"아아, 그런가? '불길한 음모'도 벌써 썼었나?"

"그것도 썼습니다."

"'악랄한 기만'은?"

"그건 오늘 있었습니다."

"'신을 무시한 발명'은?"

"적어도 6번." 코슈차르가 말했다.

요슈트 신부는 한숨을 내쉬었다. "머리를 너무 헛되이 썼다고는 생각지 말게. 오늘 사설은 얼마나 마음에 들었는가, 노보트니?"

"아주 마음에 와 닿았습니다." 식자공 씨가 말했다. "하지만 그보다 얼른 식자를 하고 싶습니다만."

"거의 다 됐어." 요슈트 신부가 의견을 이야기했다. "오늘 아침 기사에는 윗분들도 만족했을 거라 생각해. 조금 있어보라고, 주교님께서 오실 테니. 요슈트, 잘 짖어주었어, 라고 말씀하실 거야. '광기의 분노'는 벌써 썼던가?"

"썼습니다."

"안타깝군. 새롭게 포를 배열해서 포탄을 발사해야 돼. 주교님께서 내게 이렇게 말씀하셨어. 요슈트, 작정을 하고 맞서게! 모든 것에는 시간의 제약이 있지만 우리는 영원해. 노보트니,

그럴 듯한 말 떠오르는 거 없나?"

"글쎄요. '범죄적인 편협성'이라거나, 혹은 '도착적인 악의'라거나."

"그게 좋겠군." 요슈트 신부는 마침내 한숨을 돌렸다. "노보트니, 자네는 어디서 그렇게 좋은 아이디어를 얻은 건가?"

"『인민의 벗』 옛날 호에서. 어쨌든 내일분의 사설을, 신부님."

"거의 다 됐어. 잠깐만 기다리게. 바알[34]의 여러 우상으로 베드로의 반석[35]의 깨끗한 물을 더럽히는, 그리고 베드로의 반석 위에 악마, 혹은 '절대'라 불리는 황금 송아지를 놓는……."

"사설은 다 썼는가?" 야간편집국의 문가에서 목소리가 들려왔다.

"예수 그리스도를 찬미합시다, 주교님." 요슈트 신부가 앞으로 나서며 말했다.

"사설은 다 썼는가?" 린다 주교가 서둘러 방 안으로 들어서며 다시 물었다. "대체 누가 오늘 아침의 사설을 쓴 거지? 있을 수 없는 일이야. 자네들 아주 잘도 했더군! 어떤 바보멍청

---

34) 우상숭배의 대표적 존재.
35) 신앙의 기초.

이가 그걸 쓴 거지?"

"접니다." 요슈트 신부가 안절부절못하며 뒷걸음질 쳤다. "주교……, 님……, 저는……, 생각했습니다."

"자네는 생각할 필요 없어." 린다 주교는 소리를 지르고, 섬뜩함이 느껴질 정도로 안경을 반짝였다. "이걸 받아." 그러더니 『인민의 벗』 조간을 손 안에서 구깃구깃 구겨 그것을 요슈트의 발아래로 던졌다. "저는 생각했습니다, 라고! 어디 한번 보기로 하지, 자네가 생각한 것을! 왜 전화를 하지 않은 거지? 왜 묻지 않은 건가, 무엇을 썼으면 좋겠느냐고? 그리고 자네, 코슈차르, 어째서 그런 걸 신문에 실은 거지? 자네도 생각을 한 건가, 응? 노보트니!"

"네." 식자공이 부들부들 떨며 크게 한숨을 내쉬었다.

"어째서 그걸 식자한 거지? 자네도 생각을 한 건가?"

"아닙니다, 생각하지 않았습니다." 식자공은 항의했다. "저는 식자하지 않으면 안 됩니다. 보내온 것을……."

"내가 바라는 것 이외에는 누구도, 아무것도 하지 않아도 돼." 린다 주교가 결연히 선언했다. "요슈트, 앉게. 그리고 오늘 아침에 자네가 쓴 헛소리를 읽게. 난 읽으라고 말했어!"

"이미 전부터," 요슈트 신부가 떨리는 목소리로 자신이 쓴 조간의 사설을 읽었다. "이미 전부터……; 우리나라의 공중은······, 악랄한 기만에 의해서······, 동요되고 있다······."

"뭐라고?"

"악랄한 기만입니다, 주교님." 요슈트는 완전히 굳어 있었
다. "저는······, 생각했습니다······: 저는······, 저는 이제야 알았
습니다······."

"무엇을?"

"말이 조금 과격했다고 생각합니다. 이 '악랄한 기만'이라
는 건."

"나도 그렇게 생각하네. 계속해서 읽게!"

"······이른바 절대와 관계된 발칙한 간계로 이를 이용해서
프리메이슨, 유대인, 그 외의 진보주의자들이······, 세상을
속이고 있다. 과학적으로 증명된 것은······."

"요슈트를 좀 보게!" 린다 주교가 외쳤다. "이 사람은 무엇인
가를 과학적으로 증명했다고 하네! 계속해서 읽게!"

"과학적으로 증명된 것은," 가엾은 요슈트가 목멘 소리로
읽었다. "이른바 절대는······, 영매의 트릭과 마찬가지로······,
신을 무시한 속임수라는······."

"잠깐 멈추게." 보좌주교가 갑자기 친절한 목소리로 말했다.
"이런 사설을 쓰면 좋을 거야······. 과학적으로 증명된 것
은······, 알겠는가? ······나, 요슈트 신부가 바보에 멍청이에

얼간이라는 사실이다……. 알겠는가?"

"네, 알겠습니다." 호되게 당한 요슈트가 꺼져 들어가는 듯한 목소리로 대답했다. "그러니 말씀을 계속하십시오, 주교……님."

"그런 건 쓰레기통에 던져버리게, 아들이여." 주교가 말했다. "그리고 자신의 어리석은 귀를 기울여 잘 들어보게. 자네, 오늘 신문을 읽었는가?"

"읽었습니다, 주교……."

"그런가? 나로서는 납득할 수가 없군. 오늘 아침에는, 꼬맹이 신부여, 우선 일원론동맹의 '투서'에 이런 내용이 있었어. 절대는 일원론자들이 옛날부터 일관되게 신이라고 선언했던 단일통합체로, 그렇기 때문에 절대의 숭배는 단일론의 교의와 완전히 일치한다. 읽었는가?"

"읽었습니다."

"그리고 프리메이슨 지부가 절대를 보살필 것을 그 멤버에게 장려하고 있다는 소식이 있었네. 읽었는가?"

"읽었습니다."

"그리고 루터파의 교회회의에서 총감독인 마아르텐스가 5시간 동안 강연을 했는데 거기서 절대와 주의 구현이 일치한다는 사실을 증명했다고 하네. 그걸 읽었는가?"

"읽었습니다."

"그리고 제7인터내셔널[36]의 회의에서 러시아 대표인 파루스킨 레벤펠트가 '신' 동지를 숭배할 것을 제안했다, 그 이유는 '신' 동지가 공장으로 들어가 일을 함으로 해서 노동자 대중에의 공감을 보였기 때문이다, 최고 지위에 있는 동지가 피착취자들 대신 공장에서 일할 결의를 하신 것이 감사의 마음으로 받아들여진 것이다, 신과 노동자의 더욱 굳건한 단결을 증명하기 위해서 신이 관계하는 모든 공장에서의 총파업을 개시하자는 제안이 있었다, 간부들의 비밀회의 후, 그 제안은 시기상조라는 이유로 각하되었다. 그것을 읽었는가?"

"읽었습니다."

"마지막으로 절대는 프롤레타리아계급 인민의 고유재산으로 부르주아는 절대를 숭배하거나 절대에 의한 기적을 받을 권리가 없다는 결의가 있었다, 노동자에 의한 절대의 숭배를 형성할 것, 그리고 자본가가 절대의 착취, 혹은 소유를 시도할 경우에 대비해서 비밀스럽게 무장할 것을 명령했다. 그걸 읽었는가?"

"읽었습니다."

---

36) 가상적 사회주의운동의 국제조직.

"그리고『자유사상』의 강연, 구세군의 '투서', 인도 신지학 센터 '아디아르'의 성명, 소농지원회가 서명한 절대원 공개장, 회전목마 소유자동맹인 J. 빈데르 의장의 서명이 담긴 성명, 그리고『콘스탄츠 종료회의 목소리』『사후 세계로부터의 목소리』『재세례파 독자』및『금주회』의 각 특집호─. 자넨 이런 걸 전부 읽었는가?"

　　"읽었습니다."

　　"그렇다면 자네도 알겠군, 친애하는 아들이여. 그 모든 관계자들이 절대는 자신들 편임을 커다란 명예를 가지고 선전하고 있으며, 절대를 경배하고, 많은 것을 바치고, 절대에게 명예회원, 후원자, 보호자, 신 그 외에 우리가 모르는 칭호까지 부여했네. 그런데 우리나라에서는 머리가 이상해진 요슈트라는 신부가, 요슈트라는, 요렇게 조그만 요슈티첵(요슈트의 애칭)이라는 녀석이 '모든 것은 악랄한 기만이다. 과학적으로는 속임수라고 증명되었다.'라고 떠들어대고 있어! 하느님, 맙소사 무슨 짓을 하고 있는 건지!"

　　"하지만 주교님, 실제로 저는……, 그 여러 가지 현상에……, 반대하여……, 쓰라고……, 명령받았습니다."

　　"명령받았겠지." 보좌주교가 엄한 목소리로 말을 가로막았다. "하지만 어째서 몰랐던 거지? 상황이 바뀌었어! 요슈트."

보좌주교가 외치며 자리에서 일어났다. "우리의 성스러운 예배당은 텅 비어버리고 말았어. 어린 양들은 절대의 뒤를 좇아서 뿔뿔이 흩어졌어. 요슈트, 이 어리석은 자여, 어린 양들을 우리에게로 다시 데려오려면 절대를 우리의 것으로 삼을 수밖에 없어. 모든 교회에 원자력 카뷰레터를 설치하기로 하자. ―하지만 그 사실을 꼬맹이 신부인 자네는 이해하지 못하고 있어. 하다못해 다음과 같은 사실을 기억해두기 바라네. ―절대는 우리를 위해서 일하지 않으면 안 된다. 우리의 것이 되지 않으면 안 된다. 즉, 오로지 우리들만의 것이어야만 한다. 알겠는가, 나의 아들이여?"

"알겠습니다." 요슈트 신부가 조그만 목소리로 말했다.

"신에게 감사를! 요슈티첵, 이제 자네는 그 사울이 사도 바울로 변한 것처럼 속히 전향해야 하네. 자네는 훌륭한 사설을 써서, 그 안에서 성스러운 교황청 내의 기관이 신자들의 요청을 받아들여 절대를 교회의 품에 품기로 했다는 사실을 전하도록 하게. 노보트니, 이건 그에 관한 사도의 편지일세. 이것을 12포인트의 3배 굵은 글자로 해서 제1면에 식자하도록 하게. 코슈차르, 단신소식란에 G. H. 본디 사장이 일요일에 대주교님으로부터 직접 세례성사를 받고 그에 따르는 기쁜 환영을 받을 것이라고 써넣도록 하게. 알겠는가? 그리고 자네, 요슈트.

거기에 앉아서 쓰게……, 잠깐, 시작 부분에 뭔가 더 확 와
닿을 만한 말은 없겠는가?"

"주교님, 이런 건 어떻겠습니까? —특정 그룹의 범죄적인
편협성 및 도착적 악의……."

"좋군. 그럼 이런 식으로 쓰도록 하게. —특정 그룹의 범죄적
인 편협성 및 도착적 악의는 몇 개월에 걸쳐서 우리 민중을
미망의 길로 이끌기 위해 진력을 다하고 있다. 그리고 공공연히
외치고 있는 것은 요람기에서부터 우리가 손을 모아 섬겨온
그 신과 절대가 어떤 다른 존재라는 사교적 이단의 설이다.
—알아들었는가, 자네? —어린 아이로서의 신앙과……, 사랑
에 감싸여 손을 모아 섬겨왔던……, —알겠는가, 자네? 그럼
이런 식으로 계속해서 쓰도록……."

제19장 시성 심문

한편 아시는 바와 같이 절대를 가톨릭교회의 품으로 받아들인다는 것은, 당면한 정세에 있어서는 커다란 놀라움이었다. 사실 그것은 교황의 편지만으로 행해진 일이었다. 그러나 완전한 실현 전에 추기경 회의가 열렸고, 다음과 같은 하나의 문제, 즉 절대가 세례성사를 받을 수 있으냐 없느냐 하는 문제에만 논의가 집중되었다. 결론은 다음으로 미루어졌다. ―신이 세례를 주는 것은 틀림없이 교회의 전통(세례자 요한 참조)이기는 하나, 이러한 경우, 세례를 받는 자는 그 몸을 드러내야만 한다. 거기에 어느 나라, 혹은 지역의 주권자가 절대의 대부가 되느냐 하는 것은 너무나도 미묘한 정치적 문제였다. 그랬기에 교황청은 다음의 주교미사 때 성하, 즉 교황이 교회의 새로운 멤버를 위해서 기도를 올릴 것을 권고했고, 그것은 매우 명예로운 의식의 형태로 행해졌다. 그리고 교회의 교리 가운데, 성사(聖事)에 속하는 세례와 피의 세례[37]와 함께 성스럽고 찬양을 할 가치가 있는 명예로운 행위도 역시 세례 중 하나의 형태로 교회가 인정해야 한다는 사실이 포함되었다.

한 가지 더 덧붙이자면 편지를 내리기 사흘 전, 교황은 긴 알현 시간 중에 G. H. 본디 씨의 의견을 청취했으며, 본디 씨는 그 전에 40시간에 걸쳐서 교황의 비서인 쿨라티 몬시뇰과 이야기를 나누었다.

거의 동시에 절대의 시복[38]이 대기념예배 형식으로 간단히 행해져, 이제는 복자가 된 절대의 미덕으로 가득한 일생이 인정을 받아 순조롭게 포고되었는데, 이는 시성 심문을 앞당기기 위한 조치였다. ―물론 대대적이고 결정적인 변경이 가해진 후의 일이었다. 즉, 절대를 성인이 아니라 신으로 선언한 것이었다. 곧 교회 최고의 학자 및 성직자로 구성된 신격화위원회가 소집되었다. 신의 대리인으로 임명된 것은 베네치아의 대주교인 추기경 바레시 박사였으며, 악마의 변호인으로는 쿨라티 몬시뇰이 그 역할을 맡았다.

바레시 추기경은 달성된 기적에 대한 1만 7천 개의 증언을

---

37) 순교를 말한다.
38) 죽은 후에 성인으로 인정하는 시성의 전 단계.

제출했는데 거기에는 거의 모든 추기경, 총대주교, 수석대주교, 수도대주교, 교회사제, 대주교, 교회조직대표, 그리고 대수도원장의 서명이 있었다. 그들 각 증언에는 의료능력에 대한 조사, 대학학부관계자의 의견, 자연과학계 교수와 기술자와 경제학자들의 전문가로서의 견해, 그리고 최종적으로는 공증인에 의해 법적으로 인정받은 목격자들의 서명이 덧붙여져 있었다. 이들 1만 7천 건에 대한 기록은, 바레시 추기경이 설명한 것처럼 실제 절대가 행한 기적 가운데 극히 일부에 지나지 않으며, 주의 깊은 평가에 의하면 그 전체 숫자는 이미 3천만 건을 넘었다고 한다.

이외에도 신의 대리인은 전 세계 학술전문가 가운데서도 최고로 인정받는 사람들이 전문가적 입장에서 본 방대한 양의 견해를 제공했다. 예를 들어 파리 대학 의학부장 가르디안 교수는 철저한 분석 후에 다음과 같은 의견서를 작성했다. ─〈……우리에게 조사를 해달라고 제시한 이들 수많은 사례는 의사의 관점에서 보자면 완전히 절망적인 것으로, 학문적으로는 치료 불가능한 것(마비, 후두암, 외과수술에 의한 양 안구 적출 후의 맹목, 양 하지 수술에 의한 절단의 결과로 오는 파행, 동체와 두부의 완전 절단에 의한 결과로 오는 죽음, 이틀에 걸친 교수상태에 의한 교수수형자의 교사 등)이기에 소르본 의학부는 다음과 같이 판정한다. —이들 사례의 이른바 기적적 치료는 해부학적 및 병리학적 조건에 대한 완전한 무지, 임상적 미경험 및 의학적 실천의 완전한 부족, —또는, —이 점을 제외하기를 희망하지 않는데, —자연의 법칙에도 그 지식에도 제한받지 않는, 보다 높은 힘의 개입에서 책임을 추구할 수 있다.〉

심리학자인 메도우(글래스고)는 다음과 같이 적었다.

〈……이들 행위 속에 명백히 사고하고, 연상하고, 기억하고, 그렇다, 논리적으로 판단하는 능력을 가진 존재, 이들 정신적 작업을 뇌나 신경조직의 중개 없이 행하는 존재가 출현한다는 점으로 보아, 이는 메이어 교수에 의해 지지받고 있는 심신평행 설에 대항하여 그것을 타파하기 위해 내가 주장한 비판의 훌륭한 증명이 된다. 나는 장담할 수 있는데 이른바 절대는, 정신적 · 의식적 · 지적 존재이나, 단 현재까지는 학문적으로 연구된 적이 거의 없는 존재일 뿐이다.〉

브르노 공과대학의 루펜 교수는 다음과 같이 적었다.

〈작업효과라는 면을 측정했을 때 절대는 최고의 존경에 값하는 힘이다.〉

유명한 화학자인 빌리발트(튀빙겐)는 다음과 같이 적었다.

〈절대는 존재와 과학적 발전에 관한 모든 조건을 갖추고

있다. 왜냐하면 아인슈타인의 상대성이론에 모범적으로 따르고 있기 때문이다.〉

연대기작가는 이 이상, 전 세계 학문적 권위자들의 전문가로서의 의견으로 당신들 독자를 번거롭게 하지 않겠다. 한마디만 더 하자면, 그 모든 것은 『교황문서』로 공식 간행되어 있다.

시성 심문은 빠르게 속행되었다. 그 사이에 유명한 교의학자와 성경의 석의학자 집단은 여러 가지 출판물을 발행했는데, 그 가운데서 교회 교사들의 저서와 총서에 입각하여 절대와 제3의 신격, 즉 성령과의 동일화를 입증하려는 시도가 있었다.

그런데 명예로운 정식 신격화에 달하기에 앞서, 이스탄불의 총주교가 동방교회의 수장으로서 절대의 제1신격, 즉 창조주와의 동일성을 선언했다. 이 명백한 이교적 견해에 대해서 구가톨릭교도, 할례기독교도인 이집트인들, 칼뱅파의 복음주의자들, 영국의 비국교도들, 그리고 미국의 비교적 커다란 교파에 속한 몇몇 사람들이 찬성의 뜻을 밝혔다. 이렇게 해서 신학상의 활발한 논쟁에 불이 붙었다. 유대인들 사이에서 절대는 고대의 바알 신이라는 소문이 은밀하게 퍼져나갔다. 자유파 유대인들은 바알 신을 믿는다고 공식적으로 고백했다.

자유파 사상가들이 바젤에서 모임을 가졌다. 2천 명의 대표자가 출석하여 절대는 자유사상가들의 신이라고 선언했다.

그에 이어서 온갖 신앙의 성직자들에 대한 공격이 믿을 수 없을 정도의 치열함으로 행해졌다. ―자유사상가들의 모임에서 결의한 내용에 의하면 성직자들은 〈유일한 과학적 신을 착취하고 그 신을 왜소화하기 위해서, 교회의 교리와 성직자가 미라화된 불결한 우리 안에 신을 가두려 하고 있다.〉 그러나 진보적·현대적 사상가들 각자의 눈에 비친 신은 〈이들 위선적인 바리새인들의 중세적 잡동사니와는 아무런 관계도 없다. 오직 자유사상만이 그 신이 관여하는 바이며, 오직 바젤회의만이 자유종교의 신학 교리와 의식의 정통한 진영인 것이다.〉

비슷한 시기에 독일의 일원주의동맹이 라이프치히에서 원자신(原子神)의 대성당 건립을 위한 정초식을 대대적으로 행했다. 그때 어떤 충돌이 일어나서 16명의 부상자가 나왔으며, 유명한 물리학자인 뤼팅겐의 안경이 깨졌다.

아울러 같은 해 가을에 어떤 종류의 종교현상이 벨기에령 콩고와 프랑스령 세네감비아에서 일어났다. 전혀 뜻밖에도 흑인들이 선교사를 때려 숨지게 한 뒤 그를 자신들의 뱃속에 넣었으며, 어떤 새로운 우상을 향해 무릎을 꿇었다. 그 우상은 아토, 혹은 알로토라고 불렸다. 훗날 밝혀진 바에 의하면 그것은 원자력모터였으며, 그 사건에 어떤 형태로 관여한 것은 독일의 장교와 비밀기관원이었다. 한편, 같은 해 12월에 메카에서 발발한 이슬람교도의 봉기에는 몇 명인가의 프랑스 첩보원이 개입했다는 사실이 밝혀졌다. 첩보원들이 이슬람교의 가장 신성한 신전인 카바 근처에 소형 원자모터인 아에로를 12개 숨겨둔 것이었다. 그 사건에 이어 이슬람교도들의 반란이 이집트 및 트리폴리에서 일어났으며, 아라비아반도에서의 대학살은 대략 3만 명쯤 되는 유럽인들의 목숨을 앗아갔다.

12월 12일, 마침내 로마에서 절대의 신격화가 행해졌다. 불타오르는 촛대를 든 7천 명의 성직자들이 교황을 보필해서 성 베드로 대성당으로 들어갔는데, 그 주제단 뒤의 성스러운 탁자 위에는 메아스콘체른이 기증한 중량 12톤의 최대 카뷰레터가 놓여 있었다. 의식은 5시간 동안 계속되었으며, 1,200명의 신도와 관람객이 몰려들었다. 정각 12시에 교황이 "신의 이름으로 신"을 선언했고, 그 순간 전 세계 가톨릭교회의 종소리가 울려 퍼졌으며, 주교들과 성직자들 모두가 제단에서 돌아서 신도들에게, "우리는 신을 받들었다."라고 전했다.

제20장 세인트 킬다 섬

세인트 킬다는 조그만 섬으로 헤브리디스 제도의 멀리 서쪽에 떠 있는데, 지질학적으로는 아직 젊은 응회암으로 이루어져 있어서 거의 암초와 다를 바가 없다. 몇 그루인가의 작은 자작나무, 한 줌의 히스와 규소를 머금은 풀, 날카롭게 울어대는 갈매기 떼, 부전나비속의 준북극권 나비, 이러한 것들만이 이 섬, 우리 대륙의 저주받은 전초지점의 생명체들로, 끊임없이 밀려드는 파도의 울부짖음과 영원히 습기를 머금고 있는 구름의 왕래 사이에 자리 잡고 있었다. 그 외에 세인트 킬다에서는 과거에도 현재에도 미래에도 언제나 사람이 산 적이 없었고, 살고 있지도, 또 살지도 않으리라.

그런데 12월 마지막 날, 영국왕의 기선인 드래건 호가 그 섬 앞에서 닻을 내렸다. 배에서 목수들이 보트를 타고 다가오더니 들보와 판자를 자신들이 내려서 저녁까지 나지막하지만 커다란 목조 가건물을 지었다. 이튿날에는 내장공들이 와서 더할 나위 없이 아름답고 더할 나위 없이 쾌적한 가구들을 날랐다. 사흘째에는 배에서 급사, 요리사, 집사가 내려서 가건물 안에 식기류, 와인, 기성식품, 그 외에 신분 높은 미식가로 권력을 가진 사람들을 위해 문명이 발명한 온갖 것들을 옮겨놓았다.

　나흘째의 이른 아침, 영국 해군군함인 에드윈 R. H를 타고 영국의 수상인 오패터니 경이 도착했으며, 그로부터 30분쯤 뒤에 미국의 공사인 호레이쇼 붐이 왔고, 뒤이어서 −각자 군함을 타고− 중국의 전권대사인 케이 씨, 프랑스의 수상인 드디우, 제정러시아의 부흐친 장군, 제정독일의 재상인 부름 박사, 이탈리아의 장관인 트리벨리노 공작, 그리고 일본의 야나토 대사가 섬으로 왔다. 영국의 어뢰정 16척이 세인트 킬다 섬 주위를 순회하며 신문기자들이 섬에 들어오는 것을 막았다. 왜냐하면 전권을 가진 오패터니 경이 긴급 소집한 이 세계 대국의 최고협의회 모임은 엄중하게 공중을 배제한 채 행할 필요가 있었기 때문이었다. 실제로 밤의 어둠을 틈타 어뢰정의 그물망을 뚫으려 했던 덴마크의 포경선 닐스 한스 호가 어뢰에 격침당하고 말았다. 승무원 12명 외에 『시카고 트리뷴』의 정치부기자인 조 하세크 씨도 동시에 사망했다.

그럼에도 불구하고 『뉴욕 헤럴드』의 기자인 빌 프리톰 씨는 급사로 위장하여 세인트 킬다 섬에서의 모든 시간을 함께 했다. 다음에 기록하는 정보 가운데 일부에 관해서 우리는 기자의 펜에 감사를 해야 한다. 이들 정보는 역사적 파국이 이어지는 동안에도 이 기억할 만한 모임에 관한 것으로 생명을 이어가고 있었다.

빌 프리톰 씨의 의견에 의하자면, 이 고도로 정치적인 회의가 이처럼 멀리 떨어진 벽지에서 열린 것은, 절대의 직접적 권위가 회의의 결정에 관여하는 것을 피하기 위해서였다. 다른 어떤 곳에서 열리든 이처럼 중요한 멤버가 모이는 집회에는 절대가 영감, 계시, 심지어는 기적이라는 형태로 잠입할 가능성이 있는데, 이런 높은 수준의 정치에서, 그는 물론 귀를 기울이게 해서는 안 될 자였다. 회의의 첫 번째 목적은 식민지정책에 관한 합의였던 듯하다. 각국은 다른 모든 나라 영토 내에서의 종교운동을 지지하지 않는다는 데 동의하지 않을 수 없었다. 일의 시작은 콩고와 세네감비아에서 있었던 독일의 선동이었으며, 뒤이어 영국령의 이슬람 각 지역에서 마흐디즘[39]이 발발했을 때 행해졌던 프랑스의 은밀한 영향이 있었고, 특히

---

39) 이 세상 끝에 구세주가 출현할 것이라는 이슬람 사상.

일본에 의한 벵갈로의 카뷰레터 반입이 있었다. 벵갈에서는 헤아릴 수 없을 만큼의 여러 종파에 의한 끔찍한 반란이 일어났다. 세인트 킬다 섬에서의 협의는 문을 굳게 걸어잠근 채 진행되었다. 공개된 내용이라고는 오로지, 쿠르디스탄에 독일이 특별한 관심을 가지고 있으며, 일본에게 있어서는 그리스의 몇몇 섬이 그렇다는 사실을 표명했다는 것뿐이었다. 영국과 일본의 동맹 및 프랑스와 독일과 러시아의 동맹이 여기서 특별한 우정을 맺은 것처럼 여겨졌다.

오후에는 특별한 어뢰정을 타고 G. H. 본디 씨가 와서 대국최고협의회의 사정청취에 임했다. 명예로운 외교관들은 (영국 시간으로) 5시 무렵이 되어서야 비로소 점심식사를 위해 모였고, 잠입기자 빌 프리톰은 그 자리에서 마침내 최고협의회 각국 대표들의 목소리를 자신의 귀로 직접 들을 기회를 얻었다. —점심식사 후에는 스포츠와 여배우에 대한 이야기가 오고갔다. 시인 같은 백발의 머리에 영리해 보이는 눈을 가진 오패터니 경은 드디우 수상과 연어낚시에 대해서 활발하게 이야기를 나누었다. 수상은 활발한 몸짓과 울림 좋은 목소리, 그리고 "왠지는 모르겠지만."이라는 말을 되풀이하여, 노련한 변호사임을 분명히 알 수 있게 해주었다. 야나토 남작은 음료를 전부 거절하고 입을 다문 채 귀를 기울이며 마치 입 안 가득

물을 머금은 것처럼 미소 짓고 있었다. 부름 박사는 서류를 뒤적였으며, 부흐친 장군은 트리벨리노 공과 살롱 안을 오갔고, 호레이쇼 붐은 혼자 당구대를 향해 캐넌을 솜씨 좋게 치고 있었다(나는 붐의 멋진 스리쿠션 솜씨를 보았다. 그것은 당구를 아는 사람이라면 누구나 인정할 만한 실력이었다). 그 사이에 케이 씨는 아주 누렇고 상당히 말라비틀어진 노인의 모습으로 불교의 염주와 같은 것을 돌리고 있었다. 그는 태양의 제국의 고관이었다.

외교관들이 갑자기 드디우 씨 주위로 모여들었다. 그가 몸짓을 섞어가며 이야기하고 있었다. ―"그렇습니다, 여러분. 그렇게 된 것입니다. 우리는 절대를 모르는 척할 수 없게 되었습니다. 그를 인정하거나, 혹은 그를 부정해야 합니다. 우리 프랑스인은 후자를 택했습니다만."

"그건 그가 당신 나라에서는 반군국주의자로 행동하고 있기 때문입니다." 어딘가 악의가 담긴 듯한 기쁨을 드러내며 트리벨리노 공이 말했다.

"아니, 여러분." 드디우가 외쳤다. "그 점은 고려하지 마시기 바랍니다. 프랑스 군대와는 아무런 관계도 없습니다. 반군국주의자라니 말도 안 됩니다! 우리나라에는 이미 그렇게도 많은 반군국주의자들이 있으니! 여러분, 그를 조심하시기 바랍니다! 그는 선동가이자 공산주의자이자 위선가이자, 그야말로 뭐라 불러야 좋을지 모르겠으나, 어쨌든 늘 과격합니다. 맞습니다, 무뢰한입니다. 그렇습니다. 그는 더할 나위 없이 야만스러운 민중적 슬로건을 추구합니다. 군중과 함께 움직입니다. 당신 나라에서는 각하," 드디우가 갑자기 트리벨리노 공을 돌아보았다. "그는 내셔널리스트인 양하며 로마제국에 관한 환상에 취해 있습니다. 하지만 각하, 주의하시길. 도시에서는 그렇게 행동하지만, 시골에서는 성직자의 옷에 기대어 성모 마리아의 기적을 지키고 있습니다. 한손으로는 바티칸을 위해서 일하며, 다른 한손으로는 정부를 위해서 힘을 쓰고 있습니다. 여기에는 어떤 의도가 있는 것인지, 혹여……. 저로서는 알 길이 없습니다. 여러분, 우리는 진지하게 말할 수 있습니다. —그에 관해서는 우리 모두가 애를 먹고 있습니다."

"우리나라에서," 호레이쇼 붐이 큐로 몸을 지탱하며 깊은 생각에 잠긴 듯 말했다. "그는 스포츠에도 흥미를 가지고 있습니다. 실제로 대단한 스포츠맨입니다. 모든 경기를 즐기고 있습니다. 스포츠에서도 종파활동에서도 굉장한 기록을 달성했습니다. 사회주의자이기도 합니다. 음주가 편을 들기도 합니다. 물을 전부 알코올음료로 바꾸어버립니다. 한번은 화이트하우스의 연회에서 전원이, 그렇습니다, 전원이 심하게 취해버렸

습니다. 아시겠습니까? 사람들은 모두 물밖에 마시지 않았는데 그가 위 속에서 알코올음료로 바꾸어버린 겁니다."

"그거 참 이상하군요." 오패터니 경이 이야기했다. "우리나라에서 그는 오히려 보수주의자인 것처럼 보입니다. 전능한 존재를 섬기는 성직자처럼 행동합니다. 집회, 행진, 가두에서의 설교 등과 같은 행동 말입니다. 우리 생각에 그는 우리 자유주의자에 반대하고 있습니다."

뒤이어 야나토 남작이 미소 지으며 입을 열었다. "우리나라에서는 마치 자신의 집에 있는 것처럼 편안하게 지냅니다. 아주 다정한 신입니다. 매우 친밀하게 지냅니다. 아주 훌륭한 일본인입니다."

"일본인이라니 말이나 됩니까?" 부흐친 장군이 내뱉듯이 말했다. "당신 대체 무슨 소리를 하는 겁니까? 그는 러시아인입니다. 순수한 러시아인이자 슬라브인입니다. 광활한 러시아의 영혼입니다, 각하. 우리 러시아 농민의 친구입니다. 그렇기에 우리 대수도원장은 그를 위한 기도행렬, 1만 개의 촛대를 준비했으며, 무수한 겨자씨처럼 사람들 모두가 그곳으로 모여들었습니다. 어머니인 러시아의 전토에서 기독교인들의 영혼이 그곳에 집결했습니다. 그는 우리에게 기적도 주었습니다. 우리의 아버지시여." 장군은 이렇게 덧붙이며 십자가를 긋고

허리를 굽혀 예배했다.

독일 카이저의 재상이 다가와서 한동안 말없이 귀를 기울이고 있다가 이렇게 말했다. "맞습니다. 그는 사람들을 위해서 봉사할 줄 압니다. 곳곳에서 그 지역 사람들의 마음을 받아들입니다. 그 나이를 생각한다면, 흠, 뜻밖의 유연함입니다. 우리는 이웃나라와의 관계에 있어서 그 사실에 주목하고 있습니다. 예를 들어서 체코에서는 더할 나위 없는 개인주의자처럼 행동합니다. 체코에서는 누구나 자신의 절대를 자신의 손 안에 쥐고 있습니다. 우리나라는 국가로서의 절대를 가지고 있습니다. 우리나라에서 절대는 곧 보다 높은 국가의식으로 성숙했습니다. 폴란드에서는 알코올과 같은 작용을 하고 있습니다. 그러나 우리나라에서는 마치……, 마치……, 보다 높은 질서인 듯합니다. 저의 말을 이해할 수 있으시겠습니까?"

"당신 나라의 가톨릭 지역에서도?" 트리벨리노 공이 미소 지으며 물었다.

"그것은 지역적 차이일 겁니다." 부름 박사가 의견을 이야기했다. "여러분, 거기에 중점을 두어서는 안 됩니다. 독일은 전례를 찾아볼 수 없을 정도로 통일되어 있습니다. 그런데 각하, 당신들께서 우리나라에 밀수출하고 있는 가톨릭의 카뷰레터에 대해서는 당신들께 감사하고 있습니다. 다행히도 성능

이 좋지 않으니까요. 다른 모든 이탈리아산 제품처럼 말입니다."

"여러분, 조용히, 조용히 해주십시오." 오패터니 경이 그들 사이로 끼어들었다. "종교문제에 관해서는 중립을 지켜야 합니다. ……어쨌든 저는, 저의 경우는 이중바늘로 연어를 낚습니다. 전에는 이렇게 커다란 놈을 낚았습니다. 아시겠습니까? 무게가 14파운드(약 6.4㎏)였습니다."

"그런데 교황청의 대사는……." 부름 박사가 조용히 물었다.

"성스러운 수석대주교께서는 우리가 서로 평정을 유지하기를 바라고 있습니다. 망상적 신비주의가 경찰에 의해서 금지되기를 바라고 있는 것입니다. 영국에서는 그렇게 할 수 없습니다만……. 그리고 전체적으로도……, 당신에게 이야기하고 있는 겁니다. 그 연어의 무게가 14파운드였다고 말입니다. 놀랍게도 저는 물에 빠지지 않기 위해서 용을 쓰지 않으면 안 되었습니다. ……."

야나토 남작이 더욱 정중하게 미소 지었다. "하지만 우리는 중립을 원하지 않습니다. 그는 위대한 일본인입니다. 전 세계가 일본의 신앙을 받아들이게 될 것입니다. 우리는 언젠가 사절단을 보내서 신앙이 널리 퍼지기를 바라고 있습니다."

"남작님." 오패터니 경이 진지하게 말했다. "알고 계시지 않습니까, 우리 각국의 우월적인 상황이……."

"영국에서는 일본의 신앙을 받아들일 수 있을 겁니다."
야나토 남작이 미소 지었다. "그러면 상황도 훨씬 더 좋아질
것입니다."

"이보시오, 잠깐만 기다려보시오." 부흐친 장군이 외쳤다.
"일본의 신앙 따위는 어떤 것도 안 됩니다. 만약 어떤 신앙이
필요하다면 그건 러시아정교여야만 합니다. 왜인지 아십니
까? 무엇보다 그것이 러시아정교이기 때문입니다. 두 번째는
그것이 러시아의 것이기에, 세 번째는 황제가 그렇게 바라고
계시기에, 네 번째로 우리는, 아시겠습니까? 최대의 군대를
가지고 있기 때문입니다. 여러분, 저는 군대에 의지하고 있습니
다. 직접적으로, 진리에 따라서. 그러니 신앙이 필요하다면
그것은 우리의 러시아정교여야 합니다."

"하지만 그건 안 됩니다." 오패터니 경이 흥분해서 말했다.
"우리는 그런 논의를 위해서 여기에 모인 것이 아닙니다!"

"그렇습니다." 부름 박사가 말했다. "우리는 신을 위해서
공통된 절차를 취하는 것에 동의하지 않으면 안 됩니다."

"어떤 신을 위해서죠?" 갑작스럽게도 중국의 전권대사인
케이 씨가 마침내 늘어진 눈꺼풀을 들고 말했다.

"어떤 신을 위해서, 라니요." 부름 박사가 당황스럽다는

듯 되물었다. "신은 틀림없이 유일무이한 존재일 텐데."

"그것은 우리 일본의 신입니다." 야나토 남작이 우아하게 미소 지었다.

"이보시오, 러시아정교의 신입니다. 다른 어떤 것도 아닙니다." 칠면조처럼 시뻘게진 얼굴로 장군이 외쳤다.

"부처입니다." 케이 씨가 이렇게 말했다. 다시 눈꺼풀을 닫아, 이제는 완전히 말라버린 미라처럼 보였다.

오패터니 경이 자리에서 벌떡 일어났다. "신사 여러분, 부디 제 뒤를 따라와주시기 바랍니다."

그를 따라서 외교관들은 다시 회의실로 들어가버렸다.

저녁 8시가 되자 부흐친 장군이 붉으락푸르락한 얼굴로 두 주먹을 불끈 쥔 채 회의실에서 뛰쳐나왔다. 그 뒤를 이어서 부름 박사가 흥분한 모습으로 자신의 서류를 챙기며 모습을 드러냈다. 오패터니 경이 예의를 무시한 채 모자를 머리에 쓰고 새빨개진 얼굴로 나왔으며, 드디우 씨가 입을 꾹 다문 채 그 뒤를 따랐다. 트리벨리노 공은 창백한 얼굴로 나왔으며, 그 뒤를 이어서 야나토 남작이 여전히 미소 지으며 나왔다. 마지막으로 방을 나선 것은 케이 씨였는데 두 눈을 감은 채였으며 굉장히 긴 검은 염주를 손가락으로 만지작거리고 있었다.

이상으로 빌 프리톰 씨가 『헤럴드』 신문에 발표한 뉴스는 끝이 났다. 이 회의에 관한 공식 발표는 없었다―위의 흥미로운 부분을 제외하고는―. 하지만 어떤 결정이 있었다 할지라도 그 대부분은 적용되지 않았으리라 여겨진다. 왜냐하면, 산부인과적인 용어를 쓰자면, '역사의 태내에서' 이미 뜻밖의 사건이 일어나고 있었기에.

제21장 긴급전보

산에는 눈이 내리고 있었다. 커다란 눈송이들이 소리도 없이 이미 하룻밤 내내 눈보라가 되어 내려 쌓였기에 새로운 눈은 적설량 50㎝에 이르렀으며, 그래도 여전히 멈추지 않고 계속해서 내렸다. 침묵이 숲에 내려앉았다. 단, 때때로 눈의 무게를 견디지 못한 나뭇가지가 부러져 그 우지직하는 소리만이 눈으로 밀도가 높아진 고요함 속으로 짧게 파고들었다.

그 후, 눈은 더욱 거세졌으며 프러시아 쪽에서 차가운 바람이 몰아쳤다. 부드럽던 눈송이가 찌르는 듯 아픈 눈발로 바뀌어 정면에서부터 얼굴로 날아들었다. 땅바닥에 떨어졌던 눈이 날카로운 바늘이 되어 솟아올라 회오리바람처럼 공중을 선회했다. 나무들에서는 하얀 눈이 가루가 되어 휘날려 지면 위의 상공을 날카롭게 날아 빙글빙글 맴돌며 검은 구름 쪽으로 올라갔다. 지면에서 하늘을 향해 몰아치는 눈보라였다.

깊은 숲 속 나무들의 가지는 삐걱거렸으며 울부짖었다. 묵직한 소리를 내며 나무가 부러져 그 아래에 있는 수풀을 분단시켰다. 그러나 그 날카로운 울림도 휭휭, 우지직, 쌩, 나무를 뿌리째 뽑아버릴 것 같은 바람의 포효에 완전히 저며지고 흩어져버리는 듯했다. 아주 짧은 순간 그것이 멈추면 발아래의 얼어붙은 눈이 마치 유리가루처럼 끼익끼익 내는 소리가 들려왔다.

슈핀들뮬의 위쪽 지점에서 전보배달원이 길을 헤쳐나가고 있었다. 이처럼 높이 쌓인 눈 때문에 그 작업은 저주하고 싶을 정도로 어려운 것이었다. 배달원은 두 귀까지 덮은 모자를 빨간 스카프로 묶었으며 양모로 만든 장갑을 끼고 있었고 목 주위에 줄무늬 목도리를 두르고 있었으나, 그래도 추웠다. '그래,' 하고 그는 생각했다. '1시간 반쯤이면 곰의 계곡에 도착할 거야. 거기서 썰매를 빌리기로 하자. 빌어먹을, 어째서 이렇게 궂은 날 전보를 보내야겠다고 생각한 거지!'

처녀의 가교 부근에서 배달원은 맹렬한 눈보라에 휩싸여 빙글빙글 맴돌았다. 그는 얼어붙은 손으로 여행자를 위한 이정표의 기둥에 들러붙었다. "아아, 예수님, 마리아님."하고 외쳤다. "제게서 이 일을 거두소서!" 구름이 되어버린 대량의 눈이 넓게 트인 공터에 있는 배달원을 향해 덮쳐왔다. 바로 옆까지 날아들었다. 아아, 벌써 여기까지 왔다. 이제는 단지 숨을 죽이고 있을 뿐……. 수천 개의 바늘이 얼굴을 찔렀고 목덜미를 기어다녔으며, 바지의 어딘가가 찢어져 그곳을 통해서 몸 안까지 파고들었다. 얼어버린 옷 속에서 몸이 젖어버렸다. 눈은 더욱 거세지기만 해서 배달원은 우체국으로 돌아가고 싶은 마음이 들었다. '마레크 기사'라고 받는 사람의 이름을 되풀이했다. 이런 곳에 있을 리 없어. 하지만 긴급전보야. 어떤 사건인지 아무도 알 수 없어. 아마도 가족이나 누군가가……

마침내 약간 잦아들었다. 배달원은 처녀의 가교를 건너 시냇물을 따라 오르기 시작했다. 눈은 그의 무거운 발 아래서 뽀드득 소리를 냈으며, 몸은 절망적으로 얼어붙었다. 바람이 다시 울부짖었으며 눈 전체가 덩어리가 되어 나무 위에서 떨어졌고 배달원은 그 묵직함을 목덜미로 버텼다. 등을 따라서 얼음과 같은 물이 흘러내렸다. 그러나 가장 좋지 않은 것은 눈이 단단히 쌓이지 않아 미끄러지는 일이었다. 게다가 길은 험했으며 오르막이었다. 그 순간, 눈이 회오리치며 솟아올랐다.

하늘이 찢어진 듯, 하얀 벽이 무너져 내린 듯 눈이 위에서부터 덮쳐왔다. 몸을 돌릴 새도 없이 배달원은 얼굴에 정면으로 타격을 받았으며, 몸을 웅크린 채 달아나 간신히 숨을 쉬었다.

그리고 앞으로 나아가다가 쓰러졌다. 바람을 등진 채 앉았으나 눈에 파묻히는 것 아닐까 하는 걱정이 그를 엄습했다. 몸을 일으켜 위쪽으로 나아가려 했다. 그러나 다시 미끄러져 두 손으로 바닥을 짚으며 쓰러졌고, 일어서려다 몇 미터인가 밑으로 미끄러져 내렸다. 나무에 부딪쳐 숨을 쉬기조차 쉽지 않았다. "제길." 그는 중얼거렸다. "그래도 위까지 가지 않으면 안 돼!" 몇 걸음인가 옮기는 데에는 성공했으나 또 넘어져 바닥에 엎드렸고 밑으로 미끄러져 내려갔다. 이번에는 기어서 올라갔다. 장갑이 흠뻑 젖었으며 각반 속까지 눈이 들어왔다. 그래도 오로지 위로! 여기에 그냥 멈춰 있지 말고! 얼굴 전체로 눈과 땀이 흘러내렸다. 눈 때문에 앞이 보이지 않았으며, 반대쪽으로 길을 잃은 듯한 느낌이 들어 소리 내어 울며 눈을 헤치고 올라갔다. 그러나 긴 코트를 입고 있었기에 기어서 올라가는 것도 쉬운 일은 아니었다. 일어나 폭풍과 싸우며 성큼성큼 전진했다. 반걸음 앞으로 내딛으면 두 걸음 뒤로 미끄러졌다. 조금 나갔다 싶으면 다시 미끄러져서 찌르는 것 같은 눈에 얼굴을 파묻고 밑으로 미끄러졌다. 몸을 일으키고 보니 지팡이가 없어졌다.

그러는 사이에 눈구름은 산을 넘고 넘어 바위에 머물렀으며, 울부짖고 포효하고 소용돌이쳤다. 배달원은 공포와 고통으로 훌쩍이며 올랐고, 멈춰 섰고, 다시 나아갔고, 멈춰 섰고, 뒤를 돌아보았고, 헐떡이는 입술로 숨을 내뱉었고, 그리고 다시 전진했다. "예수 그리스도여!" 나무를 붙들었다. '지금 몇 시쯤 됐을까?' 조끼의 주머니에서 누런 반투명 케이스에 담긴 양파모양의 회중시계를 꺼냈다. 눈에 젖어 있었다. '벌써 어두워지기 시작한 것 같아. 그냥 돌아갈까? 하지만 이제는 무슨 일이 있어도 위로 올라갈 수밖에 없어!'

쉴 새 없이 충격을 주던 강풍이 그치지 않는 눈보라로 바뀌었다. 검은 구름이 산중턱을 휩쓸고 돌아다녔으며, 오염된 검은 안개 속으로 눈발이 가득 날리고 있었다. 눈은 수평으로 날아다녔으며 얼굴 부근에 직접 부딪쳤고 눈과 코와 입술에 엉겨붙었다. 젖어서 얼어버린 손가락으로 귀와 눈의 움푹한 곳에서 반쯤 녹아버린 눈을 파내지 않으면 안 되었다. 배달원은 이제 두께 5㎝쯤 되는 눈의 옷에 감싸여 있었다. 망토 때문에 몸을 구부리기가 어려웠다. 딱딱하고 무거워서 마치 판자 같았다. 발꿈치 아래의 눈 덩어리는 한 걸음 걸을 때마다 커졌으며 무거워졌다. 숲 속은 어두워져 있었다. 실제로는 이제 겨우 2시가 되었을까 말까 한 시간이었음에도!

그때 갑자기 황록색 어둠이 내려왔으며 눈이 폭포처럼 무겁게 내리기 시작했다. 주먹만 한 크기에 습기를 머금어 무거운 눈송이가 어지럽게 날리고 선회하고, 너무나도 밀도가 높아서 지면과 공중의 경계선이 사라져버렸을 정도였다. 발밑조차 보이지 않았다. 눈송이를 들이마시고, 맹렬하게 쏟아져 쌓이는 눈에 발이 빠졌으며, 쌓인 눈이 머리 높은 곳까지 달해서 앞이 보이지 않는 상태로 발걸음을 옮겼다. 그것은 마치 눈 속으로 가느다란 길을 내며 가는 모습 같았다. 단 하나 유일한 본능적 행동은, ─전진하는 것. 단 하나 유일한 희망은, ─눈 이외의 다른 무엇인가를 호흡하는 것. 더 이상은 눈 속에서 발을 빼낼 수조차 없었다. 허벅지 절반까지 쌓여버린 눈을 헤치며 나아갔다. 걷는 길을 파헤쳤지만 그것은 등 뒤에서 곧 묻혀버리고 말았다.

그 동안 산 아래쪽 곳곳의 마을 속에 내린 눈은 양이 많지 않았으며, 내려도 곧 검은 진흙 속으로 녹아 사라졌다. 가게에 불이 들어오고 카페는 밝았으며 사람들은 전등 아래 앉아, "오늘은 정말 어둡고 우중충한 날이야."라고 투덜댔다. 무수한 빛이 널따란 마을 전체를 가로지르고 있었으며 축축한 진흙 속에서 빛났다.

단 하나의 빛이 눈에 파묻힌 산속의 초지에서 빛나고 있었다. 쏟아지는 눈 때문에 잘 알아볼 수 없었으며, 깜빡이다가 사라지곤 했으나 틀림없이 거기에 살아 있었다. 곰의 계곡에 있는 오두막의 불빛이었다.

5시였다. 곰의 계곡 속 오두막 앞에 형체가 무너진 무엇인가가 멈춰 섰을 때, 주위는 벌써 완전히 어두워져 있었다. 그 무엇인가는 희고 굵은 날개를 파닥거려 10㎝나 되는 두께의 덧옷을 몸에서 벗기 위해 자신의 몸을 두드리기 시작했다. 눈 속에서 코트가 나왔으며, 코트 아래로 두 발이 드러났고, 그 발이 돌로 된 문턱을 차자 다리에서 커다란 눈덩이가 떨어졌다. 그것은 슈핀들뮬에서 온 우편배달원이었다.

오두막으로 들어간 배달원은 테이블 앞에 마른 신사가 앉아 있는 것을 보았다. 인사를 하려 했으나 말이 잘 나오지 않았다. 단지 쉭쉭 증기가 뿜어져나올 때와 같은 소리가 잠깐 났을 뿐이었다.

신사가 자리에서 일어났다. "맙소사, 이런 눈보라가 치는데, 당신은 악마에게라도 낚아채여서 이런 곳까지 온 것이오? 세상에, 이 저주스러운 눈 속에 갇힐 수도 있었는데!"

배달원은 고개를 끄덕이고 쉭쉭 소리를 냈다.

"무슨 소린지 모르겠어." 신사가 투덜거리듯 말했다. "아가씨, 이 사람에게 차를 좀 가져다줘! 그런데 아저씨는 눈을 헤치고 어디까지 갈 생각이었던 거지? 마르틴의 오두막까지?"

배달원은 머리를 흔들고 가죽가방을 열었다. 눈이 가득

들어차 있었으나 그 가운데서 부드득부드득 소리가 날 정도로 얼어붙은 전보를 꺼냈다.

"후히이후하레크?" 쉭쉭 소리가 들려왔다.

"뭐라고?" 신사가 물었다.

"여기에……, 마레크……, 기사가……, 있습니까?" 배달원이 한 마디 한 마디 끊어가며 원망스럽다는 듯한 눈을 했다.

"그건 나야." 마른 신사가 외쳤다. "뭔가 내 앞으로 온 걸 가져온 건가? 당장 보여줘!"

마레크 기사가 전보를 펼쳤다. 거기에 적힌 것은, 〈자네의 가설이 증명되었네. 본디〉

단지 이것뿐이었다.

제22장 나이 든 애국자

프라하의 『인민신문』 편집부는 눈코 뜰 새 없이 일을 했다. 중앙전화국 교환 아가씨와 언쟁이 벌어진 전화교환수는 전화에 대고 크게 화를 내고 있었다. 편집용 가위가 짤그락짤그락 소리를 내고, 타자기가 타다닥 울고, 치릴 케발 씨는 책상 위에 앉아 두 다리를 흔들고 있었다.

"그런데 말이지 바츨라프 광장에서 설교가 있었어." 목소리를 낮추어 말했다. "누군가 공산주의자가 거기서 자발적 빈곤에 대해서 선언하고 있었어. '구하라 사람들이여, 들판의 백합화 같기를.' 그 사람에게는 이렇게 긴, 허리 부근까지 오는 수염이 있었어. 그건 섬뜩할 정도야. 그런 수염투성이 사내들은 하나하나가 사도 같아."

"흐음." 『체코 국영통신』의 지면을 살펴보면서 나이 든 레이제크 씨(실질적 편집자)가 대답했다.

"그 수염은 어떻게 해서 그렇게 자란 걸까?" 케발 씨는 생각에 잠겼다. "레이제크, 들어봐. 거기에도 절대의 영향이 있는 거라고 나는 생각해. 음, 레이제크, 나도 그렇게 자랄까봐 무서워. 생각해보라고, 허리 부근까지야!"

"흐음." 레이제크 씨가 신중하게 말했다.

"오늘은 하블리첵 광장에서 자유사상가의 예배행사가 있을 거야. 그리고 틸 광장에서는 노바체크 신부의 기적이 행해지고 있고. 잠깐 기다려봐, 또 싸움이 벌어졌어. 어제 그 노바체크가 선천적으로 절름발이인 사람을 고쳐주었어. 그리고 시위행진을 벌였는데 그 절름발이가 유대인 한 사람을 두들겨팼어. 갈비뼈 3개였던가 몇 개였던가를 부러뜨렸어. 짐작이 가지? 그 유대인은 시오니스트였어."

"흐음." 레이제크 씨가 어떤 뉴스를 오리며 대답했다.

"오늘은 틀림없이 한바탕 소동이 벌어질 거야, 레이제크." 치릴 케발이 고찰했다. "진보당원들이 구시가지 광장에서 만남을 갖고 있어. 녀석들은 '로마에서 떠나라[40].'를 부활시켰어. 그리고 노바체크 신부는 구약성경에 있는 유대인의 저항세력인 마카베오 군단과 같은 것, 그러니까 가톨릭의 무장경비단을

[40) 가톨릭의 가르침을 버리라는 슬로건.

설립했어. 잠깐만, 이건 재미있을 것 같군. 대주교가 노바체크에게 기적을 행해서는 안 된다고 금지시켰어. 그런데 이 신부는 마치 무엇인가에 씌운 것 같군. 벌써 죽은 자까지 되살렸어."

"흐음." 레이제크 씨는 의견을 말하고 여전히 가위질을 계속했다.

"어머니가 내게 편지를 보냈어." 치릴 케발이 소리를 낮추어 설명했다. "모라비아는, 나의 고향은, 그러니까 후스토페츠와 그 부근은 보헤미아 사람, 즉 체코 중심지역 사람들에게 크게 화가 났어. 녀석들은 무신론자에, 돌머리에, 우상숭배자에, 어디서나 무엇이든 새로운 신으로 만들어낸다며. 그 지방에서는 보헤미아 출신 사냥터 감시인을 사살했어. 알겠는가, 레이제크. 어디를 가나 그런 일들로 들끓고 있어."

"흐음." 레이제크 씨가 동의를 표했다.

"유대교의 회당인 시너고그 속에서도 한바탕 소동이 벌어졌었어." 케발 씨가 덧붙였다. "시오니스트들이 바알을 믿는 사람들을 끔찍하게도 참수했어. 현장에는 시체가 3구나 있었어. 그리고 공산주의자들이 분열됐다는 사실을 알고 있는가? 보라고, 잊을 뻔했는데 커다란 소동이었어. 지금은 신비주의 공산주의자들이 출현했을 정도이니. 그것이 좌익의 현재 상태야. 그리고 기독교도, 성모 마리아 신자, 크리스천 사이언티스트, 그리스도 재강림 신자, 섬유업 요한파, 철강업 요한파, 광산업 요한파, 그 외에도 7개쯤의 정당으로 갈려 있어. 지금 녀석들은 건강보험기금과 노동자회관 문제로 서로 다투고 있어. 잠깐만, 내 당장 히베른스카 거리를 좀 둘러보고 와야겠네. 이봐, 오늘 오후에 수비대가 배치되었어. 하지만 현재 시 동부의 브르쇼비체 병영은 시 서부의 체르닌 병영에 최후의 통첩을 보내서, 속죄의 3단계에 대한 브르쇼비체의 교리를 인정하라고 압박하고 있어. 일에 진전이 없으면 산드베르크에서 전투가 벌어질 것이라고 하네. 그래서 데이비체 포병대원들이 체르닌 병영으로 무장을 해제시키러 갔어. 브르쇼비체 병영에서는 바리케이드를 구축하고 병사들이 기관총을 창문으로 내밀어 전쟁을 선언했어. 그곳을 제7용기병대와 성의 경비대, 경포병4부대가 포위했어. 6시간 경과 후에 포격을 개시할 것이라고 해. 레이제크, 레이제크, 지금 이 세상은 얼마나 즐거운지 몰라!"

"흐음." 레이제크가 말했다.

"맞아, 그리고 카렐 대학에서는,"이라고 케발 씨가 조용히 말을 이었다. "오늘 자연과학부와 역사학부가 싸움을 벌였어. 짐작할 수 있겠지? 자연과학부는 계시를 부정해. 그건 일종의 범신론이니까. 교수들이 그것을 지휘했고 라들[41] 학부장 자신이 선도자가 되었어. 역사학자들은 클레멘티눔의 대학도서관을 점령하고 주로 책을 사용해서 필사적으로 방어하고 있어. 라들 학부장은 라이벌인 벨레노프스키[42] 교수의 양장본 저서에 머리를 맞아 즉사했네. 명백히 뇌에 가해진 충격 때문이야. 대립자인 아르네 노박[43]은 『발명과 진보』 총서 1권에 의해서 중상을 입었어. 마지막으로 역사학자들은 얀 브르바[44]의 선집을 공격자들에게 마구 던졌어. 지금 거기서는 토목작업원들이 일하고 있는데 지금까지 7구의 사체가 발굴되었어. 그 가운데 3구는 준교수야. 책의 산더미에 묻혀 있는 사람이 30명을 넘을 것 같지는 않아."

"흐음." 레이제크 씨가 이야기했다.

"그리고 다음은 축구팀인 스파르타일세." 케발이 조용하지만 열정이 담긴 목소리로 말했다. "스파르타에서 유일신은 고대 그리스의 제우스라고 선언했는데, 다른 팀인 슬라비아는 스반토비트[45] 편이야. 일요일에 레트나 스타디움에서 두 신의 시합이 있는데 양 클럽 모두 축구화 외에 수류탄으로도 무장했

---

41) 생물학자, 철학자.
42) 자연철학자.
43) 문학자.
44) 자연에 관한 저서로 알려졌다.
45) 슬라브의 풍요와 전쟁의 신.

어. 슬라비아는 그 외에 기관총을 몇 정인가, 스파르타는 12㎝ 포를 1문 가지고 있다고 해. 표를 사려고 어마어마한 사람들이 쇄도했고, 두 클럽의 팬들은 무기를 손에 쥐고 있어. 레이제크, 이건 굉장히 커다란 소동이 될 거야! 내 생각에는 제우스가 이길 것 같지만."

"흐음." 레이제크 씨가 말했다. "그래도 지금은 편집기사의 입고 상황을 점검하는 게 어떻겠나?"

"그래." 치릴 케발은 동의했다. "그런데 사람은 신에게도 별 어려움 없이 적응하는 법이로군. 『체코 국영통신』에 뭔가 새로운 기사는 없는가?"

"특별한 건 없어." 레이제크 씨가 중얼거렸다. "로마에서 유혈 시위. 아일랜드의 얼스터에서는, 그러니까 아일랜드의 가톨릭교도들이 싸우고 있어. 세인트 킬다 섬에서의 회의에 대한 소문은 전면 부정. 부다페스트의 페스트 지구에서 유대인 집단학살. 프랑스에서 교회 분열, 발도파46)가 다시 출현. 독일의 뮌스터에서 재세례파. 볼로냐에서 반교황으로 맨발의 형제 회원 출신인 마르틴 신부라는 자가 선출되었어. 등등. 지역 뉴스는 아무것도 없어. 투서를 보는 건 어떻겠나?"

---

46) 12세기에 프랑스 남부를 중심으로 일어났던 종파. 이단시 되었다.

치릴 케발은 말없이 도착우편상자를 열었다. 이삼백 통쯤 있었다. 대략 여섯 통 정도 훑어보고 나서 손을 들어버리고 말았다. "이걸 좀 봐, 레이제크"라고 말하기 시작했다. "하나같이 비슷비슷한 내용들뿐이야. 예를 들자면 이거, 〈체코 동부 흐루딤에서. 존경하는 편집부 귀중. 귀사의 오랜 고객으로서 쓸데없는 논쟁에 휘말려가고 있는 귀사의 독자 및 전 대중에게 틀림없이……〉 여기서 '흥미를 부여할'을 빼먹고 쓰지 않았군."이라고 케발 씨가 덧붙였다. 〈것이라 여겨지는 일은, 우리 지구의 자코우필 신부님께서 행하신 커다란 기적입니다.〉라는군. 이친에서는 소비조합의 지배인이, 베네쇼프에서는 어딘가의 교장이, 호체보제에서는 담뱃가게의 여주인인 이라코바 미망인까지. 어째서 내가 전부 읽지 않으면 안 되는 거지?"

다시 작업 시의 고요함이 한동안 계속되었다. "빌어먹을. 레이제크." 케발이 다시 입을 열었다. "한번 들어봐. 정말 떠들썩하기 짝이 없어. 특종이라고? 한때의 소동이라고? 어딘가에 뭐 좀 자연스러운 방법으로 일어난 일은 없을까? 기적과는 상관없이. 하지만 누구도 우리를 믿지 않을 거라고 생각해. 난 뭔가 자연스러운 일을 생각해내야겠어."

다시 한동안의 침묵.

"레이제크." 케발이 슬픔에 잠긴 듯한 목소리를 냈다. "나는 자연스러운 일을 아무것도 생각해낼 수가 없어. 가만히 생각해보니 모든 일들이 정말 기적적이야. 존재하는 것들은 모두, 전부가 어딘가 마술적이야."

그때 편집장이 들어왔다. "대체 『트리뷴』의 기사는 누가 살펴본 거지? 이런 뉴스가 실려 있는데 우리 신문에는 없었어."

"어떤 뉴스입니까?" 레이제크 씨가 물었다.

"경제란이야. 미국의 연합회사가 태평양의 섬을 몇 개 사들여서 그것을 임대하고 있어. 요렇게 조그만 산호 환초인데 1년에 5만 달러야. 유럽대륙에서도 수많은 거래가 이루어지고 있어. 주식은 벌써 2,700코루나가 되었어. G. H. 본디가 1억 2천만을 출자해서 가담했어. 그런데 그 기사가 우리 신문에는 실리지 않았어." 편집장은 꽥꽥 늘어놓더니 문을 쿵 닫고 나가버렸다.

"레이제크." 케발 씨가 말했다. "이건 재미있는 편지야. ⟨존경하는 편집부 귀중. 실례인 줄은 압니다만 저는 나이든 애국자로서, 숨 막히는 억압의 시대와 암울한 굴종의 날들을 목격한 증인으로서, 고발자로서, 목소리를 높여 여러분께 다음과 같은 것을 요청합니다. 모쪼록 여러분의 날카로운 펜으로 여러분의 체코 민족에게 저희 나이 든 애국자들의 근심과 우려에 넘친 소망을 중개해주시기 바랍니다.⟩ 이런 내용이야.

〈제가 보기에 전통 있는 우리 국민은, 밤낮없이 골육상잔의 싸움에 몰두하고 있습니다. 헤아릴 수 없을 정도의 정당, 분파, 그리고 교회가 마치 승냥이들처럼 싸우고 있으며, 증오에 불타올라 서로의 목을 물어뜯고 있습니다.〉 아주 나이 많은 늙은이인 것 같아. 글씨가 심하게 떨고 있어. 〈한편으로는 영원한 적들이 포효하는 사자처럼 주변으로 다가와 우리 국민에 대해서 게르만적 슬로건인 '로마에서 떠나라.'를 외치고 있으며, 이러한 점에 있어서 질이 좋지 않은 애국자들의 지지를 받고 있습니다만, 이러한 무리들은 바람직한 국민적 통일보다 정당적 이익을 더 앞세우고 있는 것입니다. 우리는 커다란 불안과 슬픔을 안은 채, 새로운 리판 전투[47]가 닥쳐와 체코인과 체코인이 가면을 쓴 어떤 종교적 슬로건 아래서 살인의 전쟁을 펼치는 모습을 보게 될 것입니다. 그리고 머지않아 그것 자체가 둘로 분열하는 신의 왕국에 대한 말이 그대로 실현될 것입니다. 마침내는 전쟁이 일어나 서로를 죽이게 될 것입니다. 우리의 명예롭고 참되고 영웅적이며 전설적인 필사본[48]이 이야기하고 있는 것처럼—〉"

---

[47] 16세기에 리판에서 가톨릭교도와 후스파의 온건파 대 후스파의 강경파의 전투가 있었다.

[48] 지금은 위작이라 여겨지고 있는 필사본.

"그만두게." 레이제크 씨가 말했다.

"조금만 더 들어봐. 여기에는 각 정당과 교회의 비대화가 제시되어 있어. 그건 체코의 유전병이라는 거야. 〈여기에 대해서는 크라마르쉬[49] 박사가 예전부터 주장해온 것처럼 어떤 의심의 여지도 없습니다. 따라서 저희는 크고 무시무시한 위험이 사방팔방에서 다가오고 있는 이 긴급 상황에 임해서, 조국 방위를 위해 전 국민이 일치단결하여 결집하기를 귀사가 우리 국민에 대해서 촉구해달라고 요청하는 바입니다. 이러한 통일을 위해 프로테스탄트, 가톨릭, 그리고 일원론자, 혹은 금주주의자인지 아닌지와는 상관없이 교회의 연합이 필요하다면, 우리는 오직 하나, 강력하고 형제적인 러시아정교의 신앙을 받아들여야 합니다. 그 신앙은 우리를 하나의 커다란 슬라브 가족으로 단결시켜, 이 폭풍의 시대로부터 강력한 슬라브 왕국을 지키는 데 도움이 될 것입니다. 이처럼 이 명예로운 범슬라브적 사상으로 나아가 서로 결속하지 못하는 사람들은 국가권력으로, 그렇습니다, 온갖 이상적인 상황 시에 허락되어 있는 압력으로, 각각의 정당적·분파적 이익을 전 국가적 통일의 성공 속에 투입할 것을 강제하여……〉라는 등의 말이

---

49) 정치가로 체코슬로바키아공화국의 초대 수상.

있고, 〈나이 든 애국자〉라고 서명을 했어. 자네는 어떻게 생각하는가?"

"딱히." 레이제크 씨가 말했다.

"난 여기에 무엇인가가 있다고 생각해." 케발 씨가 말을 시작한 순간, 전화 담당자가 들어와서 말했다. "뮌헨에서 전화가 왔습니다. 어제 독일에서 내전인지, 종교전쟁인지가 발발했습니다. 이건 지면에 실을 만한 가치가 있겠습니까?"

제23장 아우크스부르크 전투

밤 11시까지, 『인민신문』 편집부로는 전화에 의해서 다음과 같은 뉴스들이 도착해 있었다.

〈『체코 국영통신』 이번 달 12일 뮌헨 발 WTB뉴스에 의하면 어제 아우크스부르크에서 유혈 데모행진이 있었다. 프로테스탄트 신자 70명이 살해당했다. 데모행진은 속행 중.〉

〈『체코 국영통신』 이번 달 12일 베를린 발. 당국이 공표한 바에 의하면 아우크스부르크에서의 사망자는 12명을 넘지 않는다. 경찰은 치안을 유지.〉

〈루가나 발 특별전보. 이번 달 12일 특별 뉴스. 공안당국의 정보에 의하면 아우크스부르크에서의 희생자는 이미 5천 명을 초과. 북쪽으로의 철도수송은 정지. 바바리아(바이에른) 주정부는 상시 대기. 독일 황제는 사냥을 중단하고 베를린으로 귀환.〉

〈『체코 국영통신』 로이터. 이번 달 12일. 오늘 오전 3시, 바바리아 주정부가 프러시아에 성전(聖戰) 개시를 통보.〉

이튿날, 치릴 케발 씨는 벌써 바바리아 주로 들어가 있었다. 그의 비유적이고 믿을 만한 기사 가운데서 다음의 각 글을 인용하겠다.

〈아우크스부르크에 있는 쉘러 연필공장 안에서 이번 달 10일 18시에 이미, 마리아 숭배에 관한 논쟁이 원인이 되어 가톨릭교도들이 프로테스탄트인 간부를 때려눕힌 사건이 있었다. 그날 밤은 평온했으나 이튿날 오전 10시에 전 공장의 가톨릭교도 노동자들이 직장을 폐쇄하고 프로테스탄트 종업원들을 해고하라고 폭력적으로 요구했다. 쉘러 공장주는 맞아 죽었으며, 중역 2명이 사살당했다. 주교는 폭력에 의해서 강제적으로 데모행진의 선두에 성체현시대를 들고 참가하게 되었다. 대주교인 렌츠 박사가 데모 참가자들을 진정시키기 위해서 나섰으나, 레흐 강에 던져지고 말았다. 사회민주당의 지도자들이 설득을 시도했으나, 유대교회의 시너고그로 달아나지 않을 수 없었다. 15시에 시너고그는 다이너마이트로 분쇄되었다. 그러는 동안에도 유대인과 프로테스탄트의 가게는 약탈당했으며, 동시에 총격과 다수의 방화가 자행되었고, 시의회는 압도적 다수로 동정녀 마리아 사상에 대한 찬성을 결정했으며,

전 세계의 가톨릭 각 국민에게 성스러운 가톨릭 신앙을 지키기 위해 검을 들라고 열렬하게 호소했다. 이러한 뉴스들에 이어, 바바리아 주의 다른 각 도시에서도 여러 가지 현상이 일어났다. 19시에 뮌헨에서 열린 정치집회에서 남부 각 주의, 독일연방제국에서의 분리가 커다란 열광 속에서 받아들여졌다. 뮌헨 정부는 베를린 중앙정부에 독립을 선언하고 통치책임을 인수하겠다고 통고했다. 제국의 재상인 부름 박사는 곧 국방장관을 방문했으며, 국방장관은 작센과 라인란트의 병영에서 1만 명의 무장병력을 바바리아로 보내라고 명령했다. 오전 1시에 이 파견부대는 바바리아 주 접경지역에서 선로 밖으로 내던져졌으며 기관총의 사격을 받아 부상자가 나왔다. 이른 아침인 3시에, 뮌헨 정부는 알프스 지대 각 주와 합의하여 루터파에게 성전을 통고하기로 결정했다.〉

〈베를린에서는 모든 오해를 평화적으로 풀겠다는 희망을 버리지 않은 듯 여겨진다. 이 시간 의회에서는 황제의 연설이 계속되고 있었는데, 그 가운데서 가톨릭이네 프로테스탄트네 하는 구별은 없으며, 오로지 독일인만이 있을 뿐이라고 이야기했다. 북독일의 군대는 에르푸르트와 고타와 카셀로 이어지는 전선에 집중하고 있다고 한다. 가톨릭 군대는 츠비코프와 루돌슈타트를 향해 집약적으로 전진하고 있는데, 거주자 시민들의 저항에 부딪치고 있다. 그라이츠 시는 불에 탔으며 시민 일부는 학살당했고 일부는 끌려가서 노예 상태에 있다. 현 시점에서 대규모 전투에 대한 소식은 아직 확인되지 않았다. 바이로이트에서 피난 온 사람들의 말에 의하면 북쪽에서 포 소리가 들려왔다고 한다. 마그데부르크 역은 바바리아 군 비행기의 폭탄에 의해 파괴되었다고 한다. 바이마르는 불에 타고 있다.〉

〈이곳 뮌헨은 말로 표현하기 어려운 열광에 휩싸여 있다. 모든 학교에서 군사소집위원회가 활동하고 있으며, 자발적 지원자들이 길바닥에서 20시간이나 순서를 기다리고 있다. 시의 의사당에는 12명이나 되는 목사의 목이 걸려 있다. 가톨릭 의 주교는 밤낮으로 초만원의 성당에서 미사를 올려야 한다. 의회의원인 그로스후베르 신부는 과로로 제단 앞에서 숨을 거두었다. 유대인, 일원론자, 금주주의자 및 그 외의 이교도들 은 각자 자신의 집에서 바리케이드에 둘러싸여 있다. 은행가 로젠하임은 유대인 교회의 장로였는데 오늘 아침, 공개적으로 화형에 처해졌다.〉

〈네덜란드와 덴마크의 대사는 자신들의 여권을 요청했다. 미국의 대표는 평화가 깨진 것에 대해서 항의했으며, 이탈리아 정부는 특별히 관대한 입장에 서서 바바리아에 대해 중립을

선언했다.〉

〈가로에는 신병들이 무리지어 움직이고 있으며, 붉은 바탕에 흰색 십자가가 그려진 깃발을 들고, "신은 그것을 바라신다."고 외치고 있다. 여성들은 하나같이 사마리아인적 자선봉사에 참가하여 야전병원을 준비하고 있다. 상점의 대부분은 닫혀 있다. 증권거래소도 마찬가지.〉

—그것은 2월 14일의 일이었다. 15일에는 베라 강의 양쪽 기슭에 걸쳐서 비교적 커다란 전투가 행해져 프로테스탄트 군이 얼마간 후퇴했다. 같은 날, 벨기에와 네덜란드 국경에서도 첫 번째 총격전이 일어났다. 영국은 함대에 동원령을 내렸다.

2월 16일 이탈리아가 스페인 군의 자유 통과를 허가. 스페인은 바바리아에 원군을 보냈다. 커다란 낫으로 무장한 티롤 지방의 농민들이 헬베티아 지방의 스위스인 칼뱅파를 공격했다.

2월 18일 반교황인 마르틴이 전보로 바바리아 군에게 축복을 주었다. 마이닝겐에서 승패를 알 수 없는 전투. 러시아가 폴란드의 가톨릭교도에게 선전포고.

2월 19일 아일랜드가 영국에게 선전포고. 튀르키예의 부르사에서 반칼리프 출현, 예언자의 초록 깃발을 펄럭였다. 발칸

제국에서 동원령, 마케도니아에서 대량 학살사건.

2월 23일 독일 북부 전선 분열 인도에서 민중봉기. 이슬람교도가 기독교도에 대해서 성전을 선언.

2월 27일. 그리스와 이탈리아 전쟁. 알바니아 국토에서의 첫 번째 충돌.

3월 3일. 일본의 함대가 미국을 향해서 동쪽으로 출발.

3월 15일. 십자군(가톨릭교도)이 베를린 점령. 그 사이에 슈체친(현 폴란드령)에서 프로테스탄트 제국동맹이 결성되었다. 독일 황제인 카스파 1세가 스스로 지휘권을 잡았다.

3월 16일 중국군 200만이 시베리아와 만주의 국경을 넘어 진출. 반교황 마르틴의 군대가 로마를 점령, 우르바누스 교황은 포르투갈로 도망.

3월 18일. 스페인이 포르투갈 정부에 우르바누스 교황의 인도를 요구. 포르투갈의 거부 이후 양국 사이에서 전쟁 발발.

3월 26일. 남아메리카 제국이 북아메리카 동맹에 최후의 통첩을 제시. 금주법 폐지와 종교적 자유 금지를 요구.

3월 27일. 일본군이 캘리포니아 및 브리티시컬럼비아에 상륙.

4월 1일 현재. 세계정세는 대략 다음과 같다. ―중부 유럽에서는 가톨릭 세계와 프로테스탄트 세계가 대규모 전쟁을 벌이고 있다. 프로테스탄트 동맹이 가톨릭 십자군을 베를린에서 내몰고 작센 주를 확보, 중립국인 체코까지도 점령하에 두었다. 프라하에서 지휘하고 있는 것은 특별한 우연으로 스웨덴의 브랑엘 준작인데, 아마도 17세기의 30년 전쟁 당시 프라하를 점령했던 그 장군의 후예일 것이다. 그에 대해서 십자군은 네덜란드를 지배하고 방파제를 파괴하여 나라 안을 바닷물에 침수시켰으며, 다시 하노버와 홀스타인에서 뤼베크로 나아갔고, 거기서 덴마크로 침입했다. 전쟁은 무자비한 것이었다. 거리와 도시는 파괴되어 지면과 같은 높이가 되었으며, 남자들은 살해당했고, 50세까지의 여자들은 폭행을 당했다. 그러나 가장 먼저 파괴된 것은 적의 카뷰레터였다. 이 과도할 정도로 피비린내 나는 전쟁을 기억하고 있는 사람들은 양쪽 편 모두가 초자연적인 힘으로 싸웠다고 증언하고 있다. 어떨 때는 눈에 전혀 보이지 않는 손이 적의 비행기를 덮쳐 땅바닥에 내팽개쳤다. 혹은 구경 54㎝, 무게 1톤에 이르는 포탄이 날아오는 것을 잡아, 그것을 날아온 궤적에 따라서 다시 발사점으로 되돌리는 경우도 있었다. 특히 섬뜩했던 것은 카뷰레터 소멸 시의 현상이었다. 적의 진지를 점령하자마자 눈에 보이지 않는, 그러나 필사적인 싸움이 그 지역의 카뷰레터 주위에서 일어났다. 때로는 그 원자로가 있는 건물 전체가 마치 회오리바람에 의해 산산이 파괴된 것처럼 날아올랐는데, 그 모습은 흡사 깃털 더미를 입김으로 세게 불었을 때처럼 보였다. 벽돌, 기둥, 지붕의 타일 등이 맹렬하게 선회하며 날뛰었고, 대부분은 무시무시한 폭발로 끝이 났다. 그 폭발로 주위 12㎞ 이내에 있는 나무와 건물들은 뿌리째 뽑혔으며, 깊이 200m 이상의 구멍이 파였다. 폭발의 강도는 물론 폭발한 카뷰레터의 크기에 따라서 달랐다.

300㎞ 범위에 걸쳐서 질식성 가스가 방출되었으며, 식물까지 완전히 고사할 정도로 타버렸다. 그러나 이 땅을 기는 구름과 같은 가스가 몇 번이고—이것도 초자연적인 힘의 전략적 개입인데— 자신의 자리로 돌아왔기에, 마침내 이처럼 무모한 수단은 곧 중단되고 말았다. 이로 인해서 알게 된 것은, 절대는 공격도 하지만 한편으로는 방어도 한다는 사실이었다. 이에 전투에는 들어본 적도 없는 무기(지진, 태풍, 유황 비, 홍수, 천사, 페스트, 메뚜기 떼 등)가 투입되었으며, 전략을 완전히 바꾸지 않을 수 없었다. 집단적 공격, 참호에서의 지구전, 산병전, 진지, 그리고 그와 비슷한 무의미한 것들은 폐기되었다. 개개의 병사가 단도, 탄약통, 몇 발인가의 폭탄을 들고 그러한 무기를 사용하여, 가슴에 자신과 다른 색의 십자가를 새긴 적병을 자신의 손으로 죽였다. 2개의 군단이 서로 대치하

는 일은 없어졌다. 단지 일정한 지역이 전장이 되었으며, 거기서 양 군이 뒤얽혀서 조금씩 서로의 목숨을 빼앗았는데, 그 지역이 누구의 것이 되었는지 선언할 수 있게 될 때까지 싸웠다. 이는 물론, 한없이 피비린내 나는 방법이었으나, 결국은 이것이 결정적인 힘을 가지고 있었다.

이것이 중부 유럽의 상황이었다. 4월 초에 프로테스탄트 군대는 체코, 오스트리아, 바바리아로 침투했으며, 가톨릭 군대는 덴마크와 발트 해안으로 침입했다. 네덜란드는 앞서 이야기한 것처럼 유럽 지도에서 완전히 사라져버렸다.

이탈리아에서는 우르바누스 교황파와 마르틴 반교황파의 격렬한 내란이 일어났다. 한편 시칠리아 섬은 그리스 정예보병 부대의 손에 떨어졌다. 포르투갈 군이 스페인의 아스투리아스 와 카스티야를 점령했으나, 자국령인 에스투레마두라를 잃고 말았다. 이곳 남부 유럽에서의 전쟁은 전체적으로 봐서 매우 이상할 정도로 야만적이었다. 영국은 아일랜드 땅에서, 그리고 각 식민지에서 전쟁을 했다. 4월 초에는 이집트 연안지대만을 간신히 유지하게 되었다. 다른 식민지는 잃었으며, 그곳으로 이주했던 사람들은 원주민에 의해 학살당했다. 튀르키예 군은 아랍, 수단, 페르시아 각 군의 원조를 받아 발칸 전역으로 밀고 들어가 헝가리를 지배했으나 그때 그들 사이에서 제4대칼리프인 알리의 어떤 매우 중요한 문제와 관련해서 시아파와 수니파의 반목이 폭발했다. 두 파는 놀라운 기민함으로 유혈을 동반하며 콘스탄티노플에서 슬로바키아의 타투라 산지까지 서로를 쫓았는데, 그로 인해서 불행하게도 기독교도들까지 희생되었다. 이렇게 해서 유럽의 이 지역은 다시 다른 어떤 곳보다 더욱 비참한 상태가 되었다.

폴란드는 러시아 군에 의해 일소되었으며, 소멸했다. 이제 러시아 군은 북쪽으로 서쪽으로 밀고 들어오는 황인종의 물결에 직면해 있었다. 한편 북아메리카에는 10개 군단으로 이루어진 일본부대가 상륙했다.

보시면 아시겠지만, 지금까지 프랑스에 대해서는 이야기를 하지 않았다. 이는 연대기작가가 제24장의 몫으로 남겨두었기 때문이다.

제24장 산악여단의 나폴레옹

─보비네, 그러니까, 프랑스의 안시(오트사부아) 주둔 산악
포병대 소속의 22세 소위인 토니 보비네는 이 무렵 바늘의
산(레제규) 위에서 6주간에 걸친 훈련 중이었다. 그곳에서는
날씨가 좋으면 서쪽으로는 안시 호수와 제네바가, 동쪽으로는
도브라크의 둥근 산등성이와 뾰족한 몽블랑이 보인다. ─이제
지형에 익숙해졌는가?─ 여기서 토니 보비네 소위는 바위
위에 앉아 조그만 콧수염을 잡아당기고 있었다. 한편으로는
따뜻했기 때문이고, 다른 한편으로는 벌써 대여섯 번이나 2주
전의 신문을 처음부터 끝까지 읽고 생각에 잠겨 있었기 때문이
었다.

지금 연대기작가는 차세대 나폴레옹의 생각을 추적해야만
하리라. 하지만 그 사이에 그(즉, 연대기작가)의 시선은 눈이
쌓인 사면에서 아를 계곡 쪽으로 옮겨갔다. 거기에는 이미

눈이 녹아 마치 장난감을 모아놓은 것처럼 교회의 첨탑들이 자리하고 있는 므제브, 플루메, 유진 등의 조그만 마을들이 늘어서 있었다. ―아아, 먼 옛날 어린 시절의 기억이여! 오오, 집짓기 놀이 세트를 조립하며 꾸었던 건축가의 꿈이여!

한편, 보비네 소위는……; 아니 아무것도 하지 말기로 하자. 위대한 인물의 심리연구를 시도하여 그 거대한 사상이 어떻게 배태하게 되었는지를 논의하는 것은 그만두기로 하자. 그런 시도는 생각대로 되지 않는 법이며, 생각대로 됐다 할지라도 틀림없이 실망만 할 터이니.

단지 이런 사실들만 상상해주셨으면 한다. ―그처럼 조그만 체격의 보비네 소위가 무너져가고 있는 유럽 중앙의 바늘의 산에 앉아 있다. 그의 등 뒤에서는 산악 포병부대가 기다리고 있으며, 눈 아래에는 조그만 세계가 있고, 그 높이에서라면 간단히 포격을 할 수 있을 듯하다. 또한 소위는 안시의 『모니투르』 신문의 낡은 사설을 이제 막 읽은 참이었는데, 그 속에서 바비라르라고 하는 기자는, 이 프랑스라는 배를 거친 폭풍우가 몰아치는 바다에서 구출해 새로운 명예와 권력으로 인도할 만큼 강력한 수완을 가진 조타수를 커다란 목소리로 요구하고 있었다. 게다가 이곳 해발 2,000m 높이에는 청정하고 신에게 오염되지 않은 대기가 있어서, 그 안에서는 명확하고 자유로운 사고가 가능하다. ─위의 모든 사실들을 상상해보신다면, 그 다음에 일어날 일도 이해할 수 있으시리라. ─보비네 소위는 이처럼 바위 위에 앉아서 깊은 생각에 잠겨 있다가 곧 자신이 경애하는 주름투성이 백발의 어머니에게 얼마간 혼란스러운 내용, 즉 〈어머니는 머지않아 당신 아들 토니에 대한 소문을 듣게 될 것입니다.〉라거나, 〈토니는 '훌륭한 사상'을 가진 인물입니다.〉라는 등의 소식을 전하는 편지를 썼다. 그런 다음 소위는 이런저런 업무를 처리했으며, 밤에는 숙면을 취했고, 이튿날 이른 아침에 자신의 포병대 병사들을 비상소집했고, 나이 들고 무능한 대위를 내쫓았으며, 사란슈의 헌병주둔소를 장악한 뒤 나폴레옹적으로 간결하게 절대에 대해서 전쟁을 포고하고 다시 잠자리에 들었다. 그 이튿날, 톤의 빵공장에 있는 카뷰레터를 포격하여 파괴하고 보네빌 철도역을 점거했으며, 안시의 사령부를 지배하에 두었는데, 그때는 이미 3천 명의 부하들을 지휘하고 있었다. 일주일 사이에 200기 이상의 카뷰레터를 포격으로 파괴했으며 대검을 끼운 총과 검으로 무장한 병사 1만 5천을 그르노블에 파견했다. 그르노블 사령관에 임명되었으며 4만 명으로 이루어진 군단의 선두에 서서 론 강의 계곡 아래로 내려간 그는 전방 지역을 장거리포로 집요하게 소사하여 모든 원자력기관을 매장시켰다. 샹베리

거리에서 자동차 안에 있던 국방부장관을 사로잡았다. 장관은 보비네의 머릿속을 고쳐주러 온 것이었으나, 그 이튿날에는 보비네를 장군으로 임명했다. 명백히 보비네의 계획을 받아들인 것이었다. 4월 1일에는 리옹이 절대의 오염에서 청정화되었다.

보비네의 승리를 향한 거침없는 전진은 지금까지 커다란 유혈사태 없이 진행되었다. 단, 르와르 강을 건너자 주로 열광적인 가톨릭교도들이 조직적으로 저항했기에 일부 지역에서는 대학살이 일어났다. 보비네에게 다행스러웠던 것은, 절대에 완전히 지배당한 도회나 마을이라도 대부분의 프랑스인은 회의적이었다는 점이었다. 아니, 회의와 이성에 대해서 야만적일 정도의 광신을 나타냈다는 점이었다. 학살이 행해졌으며 새로운 성 바르톨로메오의 밤[50]이 지난 이후, '보비네파' 사람들은 마치 해방자처럼 환영받았다. 실제로 그들이 도착한 곳에서는 어디서나 모든 카뷰레터가 파괴되었고 점차 평온한 상태로 되돌아간다는 사실을 알 수 있었다.

이렇게 해서 7월에는 국민의회가 '토니 보비네는 조국에 크게 공헌했다.'고 선언했으며, 보비네에게 원수의 칭호와

---

50) 1572년에 있었던 프로테스탄트 대학살.

함께 집정관의 지위를 수여했다. 프랑스는 통합되었다. 보비네는 국가 무신론을 중심에 두었다. 어떠한 종교적 언론도 군법회의에 의해서 사형에 처해지게 되었다.

이 위대한 인물의 생애에 있었던 몇몇 장면에 대해서는 말없이 그냥 지나칠 수가 없다.

보비네와 그의 어머니; 어느 날 베르사유 궁전에서 보비네는 장관들과 회담을 하고 있었다. 더운 날이었기에 그는 열려 있는 창문 옆에 섰다. 순간 정원에서 해를 쬐고 있는 노파가 눈에 들어왔다. 그러자 보비네가 졸리베 원수의 말을 끊고 외쳤다. "아아, 여러분. 저희 어머니가……!" 자리에 있던 사람들 모두, 심지어는 그렇게도 완고한 장군들까지 이 아들로서의 사랑의 표현에 눈물지었다.

보비네와 조국애; 비 내리던 어느 날, 마르토 들판의 연병장에서 행해진 군대의 사열에 참석했다. 중포대의 차량이 행진하고 있을 때, 군용차 1대가 커다란 물웅덩이에 빠져 진흙이 튀었고 그것이 보비네의 망토를 더럽혔다. 졸리베 원수는 그 불행한 포병부대의 지휘관을 그 자리에서 벌하고 강등시키려 했다. 그러나 보비네가 그를 말렸다. "그냥 두시오, 원수. 누가 뭐래도 이건 프랑스의 진흙이오."

보비네와 부상병; 어느 날, 보비네는 은밀하게 차에 올라

샤르트르로 향했다. 가는 도중 타이어에 펑크가 나서 운전수가 타이어를 교환하는 동안 한쪽 다리에 부상을 입은 상이군인이 다가와서 구걸을 했다. "어디서 한쪽 다리를 잃었소?" 보비네가 물었다. 상이군인은 인도차이나의 전장에 있을 때 다리를 잃었다는 사실, 매우 가난한 어머니가 있다는 사실, 그리고 때때로 두 사람 모두 하루 종일 먹을 것이 없는 경우도 있다는 사실을 이야기했다. "원수, 이 사람의 이름을 기록해주시오." 보비네가 감격한 어조로 말했다. 그리고 실제로 일주일이 지났을 때 보비네가 개인적으로 보낸 전령이 상이군인이 살고 있는 오두막의 문을 두드렸으며, 가엾은 상이군인에게 '집정관이 보낸' 소포를 전달했다. 소포를 연 상이군인이 그 안에서 청동 훈장을 발견했을 때의 기쁨에 넘친 놀라움을, 감히 누가 붓으로 표현할 수 있겠는가!

이처럼 매우 뛰어난 정신적 희생에 의해서, 보비네가 마침내 전 국민의 열망을 들어주기로 하고, 대중의 열광 속에서 8월 14일에 프랑스 황제가 되겠다고 선언한 일은 조금도 이상한 일이 아니었다.

그 무렵, 전 지구에 걸쳐서 매우 불안한, 그러나 역사적으로는 위대한 시대가 찾아온 것만은 분명한 사실이었다. 지구 각지에서 그야말로 굉장히 영웅적인 전투행위가 벌어지고 있었다. 화성에서 관찰했다면, 우리 지구는 틀림없이 일등성처럼 반짝여 화성의 천문학자들은 우리가 아직 작열상태에 있다고 판단했으리라. 그리고 잘 아시겠지만, 기사도의 나라 프랑스와 그 대표자인 토니 보비네 황제는 결코 자신들 뒤에서 피어오르는 연기를 돌아보지 않았다. 여기에는 아마 절대의 잔존분자도 관여하고 있었을지 모른다. 세계적인 규모로 광범위하게 확산하지 않는 한, 절대는 불타오르는 것처럼 고양된 기분을 폭풍처럼 일으키기 때문이다. 요컨대 대관식 이틀 후, 보비네 대제가 프랑스의 군기로 지구를 덮을 시간이 왔다고 선언했을 때, 열광적인 찬동의 목소리가 일제히 거기에 응한 것이었다.

보비네의 계획은 다음과 같은 것이었다.

1. 스페인을 점령하고 지브롤터를 획득하여 지중해로 들어가는 열쇠를 쥔다.

2. 유럽 내륙부로 들어가는 열쇠로 부다페스트까지의 도나우 강 유역을 점령한다.

3. 북해 연안지역으로 들어가는 열쇠로 덴마크를 점령한다.

열쇠가 되는 지역은 통상적으로 피를 흘려 획득하지 않으면 안 되었기에 프랑스는 3개의 군단을 편성하여 파견했는데 그들 모두 커다란 승리의 영광을 얻었다.

제4군단은 동양으로 들어가는 열쇠로 소아시아를 점령했

다.

제5군단은 아메리카로 들어가는 열쇠로 세인트 로렌스 강의 하구지역을 점령했다.

제6군단은 영국 연안에서 벌어진 해전으로 물고기밥이 되어 버리고 말았다.

제7군단은 세바스토폴을 포위했다.

1944년 연말에 보비네 황제는 이 모든 열쇠를 자신의 포병용 군복의 바지주머니에 넣었다.

제25장 이른바 최대의 전쟁

우리 인간의 본성에 잠재되어 있는 것으로, 어떤 매우 좋지 않은 경험을 했을 때, 관계되는 불유쾌한 분야에 있어서는 그것이 이 세상이 존재하는 한 '최대의 것'이라고 하면, 우리는 어떤 종류의 특별한 만족감을 발견하는 법이다. 그에 관한 예를 들자면, 터무니없다 싶을 정도의 더위가 찾아왔을 때 〈이것은 1881년 이후 지금까지 가장 높은 기온〉이라고 신문이 전해주면 우리는 기뻐한다. 그와 동시에 우리의 더위보다 심했다는 이유로 1881년에 대해서 약간의 분노를 느낀다. 혹은 귀가 떨어져나가고 살갗이 터져버릴 것 같은 추위라도 〈이번 추위는 1786년의 관측 이래 가장 심한 혹한〉이라는 사실을 알게 되면, 우리는 왠지 모르게 기쁨으로 가득해진다. 이는 전쟁에 관해서도 마찬가지다. 지금의 전쟁이 이러러한 시대 이후 가장 정당하다거나, 가장 많은 피를 흘렸다거나,

성과가 가장 많았다거나, 가장 오랜 기간 이어졌다거나, 어떤 최상급을 사용함으로 해서 우리는 늘 무엇인가 특별한 기록적인 것을 경험했다는 만족감을 얻게 되는 법이다.

그런데 1944년 2월 12일부터 1953년 가을까지 계속된 전쟁은 조금의 과장도 없이(나의 명예를 걸고!) 최대의 전쟁이었다. 그러니 제발, 그 전쟁을 실제로 기억하고 있는 사람들로부터 그에 값하는 유일한 기쁨을 앗아가지 말아주었으면 한다. 이 전쟁에는 1억 9천 8백만 명의 남자가 참가했으며, 그 가운데 1천 3백만 명을 제외한 나머지 전원이 전사했다. 이 손실의 크기를 알기 쉽게 설명하기 위해서 수학자나 통계학자가 시산한 숫자를 제시할 수 있을 것이다. ─예를 들어 유체를 1구씩 나란히 늘어놓으면 몇 천 킬로미터에 이를지, 모든 전사자를 철도의 침목 대신 놓는다면 급행열차가 그 위를 지나기 위해서 몇 시간을 달려야 할지, 혹은 모든 전사자의 검지손가락을 절단하여 정어리 통조림통에 채운다면 그것을 가득 실어 나를 화물차가 몇 백 대 필요할지 등과 같은 것들이다. 그러나 나는 숫자에 대한 기억력이 나쁘며, 비참한 통계에 사용되는 화물차 1대에 대해서라도 독자 여러분께 거짓말을 하고 싶지는 않다. 따라서 나는 단지, 이번 전쟁은 천지창조 이래 최대의 전쟁이었다고만 거듭 말하고, 유혈에 의한 손실이 어땠다는 둥, 전장의 넓이가 어땠다는 둥의 말들은 하지 않겠다.

　대대적인 기술을 할 만한 재능이 없음을 연대기작가는 다시 한 번 변명해두기로 하겠다. 전쟁이 라인 강에서 유프라테스 강, 조선에서 덴마크, 루가노에서 하파란다 등으로 점차 확대되어간 모습을 틀림없이 기록했어야 하리라. 그러나 그 대신에, 예를 들어서 하얀 모자가 달린 외투를 입은 베두인 족이 창끝에 적의 머리를 꽂은 채 제네바에 도착한 모습을 묘사하는 쪽이 더 나의 마음을 빼앗는다. 혹은 프랑스 밀정이 티베트에서 벌인 연애사건, 사하라에서 있었던 러시아 카자크 기병의 행진, 핀란드의 호반에서 있었던 마케도니아 해방운동 투사와 세네갈 저격수 사이의 기사도적인 다툼. 아시는 것처럼 자료는 아주 다양하다. 승리에 승리를 거듭한 보비네의 각 연대는 알렉산드로스 대왕의 발걸음을 따라서 이른바 단걸음에 동서 인도를 지나 중국에 착륙했다. 그러나 한편으로는 중국 황색인종의 홍수가 시베리아와 러시아를 통과해서 프랑스와 스페인에 도달했고, 그로 인해 스웨덴에서 작전수행 중이던 무슬림 병사들은 모국과 단절되고 말았다. 압도적 우위에 선 중국군 앞에서 퇴각한 러시아의 각 부대는 북아프리카로 들어갔고 거기서 세르게이 니콜라예비치 즐로친이 스스로 차르가 되어 영토를 건설했으나 곧 살해당하고 말았다. 그의 부하인 바바리아의 장군들이 역시 같은 부하인 프로이센의 수장들에 대해서 꾀한 음모 때문이었다. 그 후, 말리의 팀북투에서 세르게이 표도로비치 즐로신이 차르의 자리에 올랐다.

우리의 조국 체코는 순서대로 말하자면 다음과 같은 각국, 스웨덴, 프랑스, 튀르키예, 러시아, 그리고 중국의 군세 아래에 놓였었다. 그들이 침입할 때마다 그 지역을 점령하고 있던 사람들은 한 명도 남김없이 학살당했다. 프라하 성 안에 있는 성 비투스 대성당에서는 그 세월 동안에 목사, 변호사, 이슬람교의 예배지도자, 러시아정교의 수도원장, 불교의 스님이 차례차례로 설교를 하거나 미사를 집행했으나, 물론 그 누구도 성공은 그리 길지 않았다. 딱 한 가지 기뻐할 만한 변화는 스타보브스케 극장이 늘 만원이었다는 사실이다. 그곳은 즉, 군용창고로 이용되었던 것이다.

1951년에 일본군이 중국군을 동유럽에서 몰아냈을 때, 어떤 기간 동안 새로운 중국이 태어났다. 우연의 일치였으나, 그 땅은 예전의 오스트리아-헝가리 제국의 국경선 안에 정확히 들어갔다. 다시 나이 든 지배자, 106세인 중국대관 야야 비르비나가 쇤브룬 궁전의 자리를 차지했으며, 일간신문이 매일 확인했던 것처럼 〈그 신성한 얼굴을 기쁨에 넘친 국민들이 어린아이와도 같은 존경심을 담아 바라보고〉 있었다. 공용어는 중국어였으며, 그로 인해서 국적에 의한 분쟁은 단번에 해소되었고 국가의 신은 부처가 되었다. 체코의 보헤미아와 모라비아의 강경한 가톨릭교도들은 국경 너머로 이주했으나 중국의 용기병과 재산몰수에 의해 피해를 입었다. 그 때문에 국민 가운데 순직자의 숫자가 이상할 정도로 증가했다. 그래도 몇 명인가의 걸출하고 사려 깊은 체코의 애국자는 중국 고관이 되어 최고 은총자의 지위에 올랐다. 토 볼 카이, 그로 시51) 등이었으며, 그 외에도 많은 사람들이 있었다. 이 중국정부는 여러 가지 진보적 신제도를 도입했다. 예를 들어서 식료품 대신 배급권을 지급하는 등. 하지만 새로운 중국은 곧 붕괴되었다. 왜냐하면 포탄으로 쓸 납이 완전히 고갈되었고, 그로 인해서 모든 권위가 흔들렸기 때문이었다. 살해당하지 않은 중국인 가운데 몇 명은 그 후 평화로운 시대가 되어서도 그 땅에 남아, 그것도 주로 최고위의 관료가 되었다.

한편 보비네 황제는 인도의 심라에 자리를 잡았는데 그때까지 탐험의 손길이 미치지 않았던 이라와디, 셀루인, 메콩 3대 강의 상류지역에 아마존의 여인국이 있다는 사실을 듣고 노련한 근위병들과 함께 그 땅으로 들어갔다. 그러나 두 번 다시

---

51) 두 사람 모두 제1차 세계대전 당시의 기회주의자에게서 이름에서 따온 것.

돌아오지는 못했다. 일설에 의하면 거기서 결혼했다고도 하고, 다른 설에 의하면 아마존의 여왕 아말리에가 싸움 중에 보비네의 목을 베어 그것을 피가 든 가죽 주머니에 던져 넣으며, "네가 그토록 굶주려 있던 피를 마음껏 맛보아라."라고 외쳤다고도 한다. 이 두 번째 설이 훨씬 더 설득력이 있다.

마지막으로 유럽은 아프리카 오지에서부터 침입해온 흑인종과 몽골계 인종이 펼친 섬멸전의 무대가 되었다. 그 2년 동안 대체 무슨 일이 있었는지. 그것은 이야기하지 않는 편이 좋겠다. 문명의 마지막 흔적까지도 사라져버리고 말았다. 예를 들어서 프라하 성이 있는 강 건너편의 흐랏차니 지구에는 곰이 이상할 정도로 늘었기에(실제로 몇 마리인가의 곰은 성 안에서 길러지고 있었다.) 프라하 시가의 마지막 주민들은 이 피에 굶주린 맹수로부터 블타바 강의 오른쪽 지구를 지키기 위해 카렐 다리까지 포함한 모든 다리를 파괴해버렸다. 주민들의 숫자는 헤아릴 필요도 없을 정도로까지 감소했다. 프라하 남부의 비셰흐라드 성당의 참사회원은 남자와 여자 모두 목숨을 잃었다. 축구의 명경기인 스파르타와 빅토리아 지슈코프의 시합은 겨우 100명의 관중만이 지켜보았다.

다른 대륙의 정세도 유럽보다 좋지는 않았다. 북아메리카는 금주주의자와 반금주주의자인 주정뱅이파의 놀랍도록 피비린

내 나는 전쟁으로 분열되어 있었으나, 일본의 식민지가 되어버렸다. 남아메리카에서는 우루과이, 칠레, 페루, 브란덴부르크, 파타고니아의 각 제국이 차례차례로 번갈아 세워졌다. 오스트레일리아에서는 영국 붕괴 직전에 이상의 나라라는 이름의 나라가 건설되었으나 그 나라가 이 희망의 땅을 사람이 살 수 없는 사막으로 만들어버렸다. 아프리카에서는 200만이 넘는 백인이 잡아먹혔다. 자이르 분지(현 콩고 분지)의 흑인들이 유럽으로 침입했으며, 아프리카의 다른 나라들은 186명이나 되는 여러 황제, 술탄, 국왕, 추장, 대통령들에 의해서 쉴 새 없이 벌어진 전쟁의 소용돌이 속에 있었다.

생각해보시기 바란다. 이것이 역사다. 이 전쟁에 종사했던 수억 명의 사람들 하나하나가 이전에는 각자 어린 시절을, 각자의 사랑을, 각자의 장래계획을 가지고 있었다. 때로는 공포에 몸을 떨고, 때로는 영웅이 되었다 할지라도, 평소에는 죽을 만큼 녹초가 되어 가능하다면 평화롭게 침대 위에 몸을 눕히고 싶었을 것이다. 죽었다 할지라도 원해서 그렇게 한 것은 아니었다. 그럼에도 불구하고 이 모든 일들에서 얻을 수 있는 것이라고는 한 줌의 말라비틀어진 자료뿐이다. 어디어디에서의 전투, 이러이러한 손해, 저러저러한 결과. 그러나 그 결과도 그러한 모든 것에 대해서 실제로는 제대로 된 결론을 아무것도 이끌어내지 못했다.

　그렇기에 나는 말하는 것이다. '우리가 경험한 것은 최대의 전쟁이었다.'라는 이 사람들의 유일한 자랑거리를 당시 사람들로부터 빼앗아서는 안 된다. 물론 우리는 알고 있다. 몇 십 년쯤 후에는 훨씬 더 커다란 전쟁을 해낼 수 있으리라는 사실을. 그렇다, 그런 방면에서 인류는 더욱 높은 곳으로 오르고 있는 중이니.

제26장 흐라데츠 크랄로베 전투

이번 장에서 연대기작가는 아우구스트 세들라체크, 요제프 페카슈와 그 외의 역사가들의 기술을 채용하겠다. 역사인식을 위한 원천으로 지방에서의 사건도 역시 중요하다. 이른바 한 방울의 물 속에 세계적인 사건이 거울처럼 비추어져 있으니.

한편, 흐라데츠 크랄로베라고 불리는 한 방울의 물은 연대기작가에게는 기억에 남아 있는 곳인데, 이유는 내가 그 김나지움52)에 재적했던 단세포동물, 조그만 적충류로서 그 속을 뛰어다녔고, 그 당시에는 물론 그곳이 세계의 전부라고 생각하고 있었기 때문이다. 그에 대해서는 이것으로 충분하리라.

최대의 전쟁에 돌입했을 때 흐라데츠 크랄로베는 겨우 카뷰레터 1기만으로 무장하고 있었을 뿐이었다. 그것은 맥주양조

---

52) 수업 연한 9년의 중등교육기관.

장 안에 있었는데, 양조장은 그때까지 성령교회 뒤편의 주교좌 성당 참사회원의 집들 바로 옆에 있었다. 그랬기에 이 성스러운 동네가 절대의 영향을 받은 것인지, 절대는 풍부하게 그리고 열심히 가톨릭적 맥주를 만들기 시작했고, 그렇게 해서 흐라데 츠 시민들 속에서 고 브리니흐 주교가 진정한 기쁨을 느낀 것과 같은 상태를 빚어냈다.

그러나 흐라데츠 크랄로베는 프로이센과 너무나도 가까운 위험지역이었기에 곧 프로이센 군의 손에 떨어졌는데, 프로이 센 병사들은 루터파적인 광신자들이었기에 양조장의 카뷰레 터를 파괴해버렸다. 그럼에도 불구하고 흐라데츠는 역사적 계속성에 충실하여 바람직한 종교적 기질을 유지했다. 특히 계몽적인 린다 주교가 그 주교구를 담당했던 시기에는 더욱 그랬다. 보비네 군, 튀르키예 군, 중국군이 침략했을 때도 흐라데츠는 자부심을 유지하고 있었다. 즉, 우리의 흐라데츠는,

1. 체코 동부에서 가장 좋은 아마추어 극장을 가지고 있으며,

2. 체코 동부에서 가장 높은 종루를 가지고 있고,

3. 그 지방사에 의하면 체코 동부에서 벌어졌던 최대의 전투[53] 기록을 가지고 있다.

---

[53] 1866년에 프러시아와 오스트리아가 벌였던 흐라데츠 크랄로베 전투.

이러한 자부심으로 흐라데츠 크랄로베는 최대의 전쟁의 끔찍한 시련을 견딘 것이었다.

중국제국이 붕괴되었을 때, 시의 선두에 선 것은 신중한 스코치도폴레 시장이었다. 전체적인 무정부적 혼란 속에서도 그의 시정은 비교적 평온한 상태에 있었는데, 이는 린다 주교와 존경해야 할 장로들의 현명한 조언 덕분이었다. 그런데 독자 여러분, 이 마을에 한 재봉사가, 그렇다 함플이라는 애칭으로 불리는 사내가 찾아왔다. 안타깝게도 이 사내는 흐라데츠 출신인데 젊었을 때부터 세계를 돌아다녔으며, 심지어는 알제리에서 프랑스 외인부대의 일원이 되었을 정도의 모험광이었다. 보비네 군과 함께 인도 점령을 위해 출발했으나 바그다드의 어딘가에서 탈영하여 튀르키예의 비정규군, 프랑스 군, 스웨덴 군, 중국군 사이를 바늘처럼 교묘하게 빠져나와 태어난 고향으로 돌아온 것이었다.

이렇게 해서 재봉사 함플은 어딘가 보비네적인 출세욕의 냄새에 물들어 있었기에 흐라데츠로 돌아오자마자 어떻게 해야 시정을 손에 넣을 수 있을까 하는 것만 생각했다. 바느질을 하려는 기색은 조금도 보이지 않았으며, 자신의 야망을 위해서 여기저기 파고들어 비평을 하기 시작했다. ―시청 전체가 사이비 신도들로 가득 찼다는 둥, 저축은행에 있는 돈이 어떻다는 둥, 스코치도폴레 시장은 무능하고 시대에 뒤떨어진 늙은이라는 둥, 이런저런 소리들을 해댔다. 안타깝게도 계속된 전쟁은 모든 도덕의 퇴폐와 모든 권위의 동요를 가져왔고, 함플은 몇 명인가의 추종자들을 찾아내어 함께 사회혁명당을 창설했다.

7월의 어느 날, 소광장에서 인민집회를 소집한 그 사내 함플은 다른 말은 하지 않고 오로지, 인민은 무조건적으로 악당이자 반동주의자이자 주교의 꼭두각시인 스코치도폴레에게 시장직의 사임을 요구해야 한다고만 부르짖었다.

그에 대해서 스코치도폴레 씨는 벽보를 통해 다음과 같은 사실을 공시했다. ―합법적으로 선출된 시장에게는 그 누구도, 특히 아무도 반기지 않는 탈영병에게는 이래라저래라 할 권리가 없다는 사실, 오늘과 같은 불온한 시대에는 새로운 선거를 실시할 수 없다는 사실, 그리고 우리의 판단력을 갖춘 민중은 사태를 충분히 인식하고 있다는 사실 등.

그러나 그에 대해서 함플은 자신만의 방식인 보비네적 책략을 펼치려 기다리고 있었다. 소광장에 있는 자신의 집에서 빨간 깃발을 펄럭이며 나왔는데 그 뒤를 두 노동자가 북을 힘차게 두드리며 따랐다. 이런 식으로 대광장을 돌아 주교의 저택 앞에 잠깐 멈추어 있다가, 거기서 다시 북을 어지럽게 두드리며 오를리체 강변의 물레방앗간이라 불리는 들판에 도착했다. 거기서 깃발을 지면에 꽂고 북소리에 맞춰서 선전포고문을 읽었다. 그런 다음 두 젊은이를 마을로 보내 북을 두드리며 온갖 장소에서 선전포고문을 읽게 했다. 그 글은 다음과 같은 것이었다.

〈보비네 황제폐하의 이름으로

나는 왕국의 은총을 입은 도시 흐라데츠 크랄로베에 대해서 시로 통하는 각 문의 열쇠를 내게 넘겨줄 것을 명한다. 일몰까지 그것이 실행되지 않으면 나는 군세를 준비하여 내일 새벽에 포병·기병 및 보병으로 시를 공격할 것이다. 생명 및 재산을 구할 수 있는 것은 오직, 늦어도 내일 새벽까지 물레방앗간에 있는 나의 진영으로 출두하여 자신 소유의 사용 가능한 모든 무기를 제출하고 보비네 폐하에게 충성을 맹세하는 자뿐이다. 중개교섭을 시도하는 자는 사살당할 것이다. 황제는 거래를 하지 않으신다.

함플 장군〉

이런 요구문이 낭독되었으며, 그것은 나름대로의 혼란을 가져다주었다. 성령교회의 종지기가 하얀 탑 위에서 경종을 울렸을 때는 특히 그랬다. 스코치도폴레 시장이 린다 주교를 찾아갔으나, 주교는 그냥 웃어넘겼다. 이에 시의회를 소집하여 시로 통하는 문의 열쇠를 함플 장군에게 넘겨주자고 제안했다. 그러나 그와 같은 열쇠는 어디에도 존재하지 않는다는 사실이 판명되었다. 시의 박물관에 있던 몇몇 역사적 자물쇠와 열쇠는 전부 스웨덴 병사들이 가져가버리고 만 것이었다. 이와 같은 불안 속에서 밤이 찾아왔다. —

그날 오후 내내, 특히 저물녘에는 물레방앗간으로 향하는 경치 좋은 오솔길을 사람들이 삼삼오오 걷고 있었다. "응? 하지만 알고 있겠지?" 마주친 사람들은 서로에게 이렇게 말했다. "나도 그 미치광이 함플의 진영을 구경하러 가는 길이야." 물레방앗간에 도착해 보니 초원은 벌써 사람들로 가득했으며, 두 개의 북 옆에서는 함플의 부관이 보비네 황제에 대한 충성 서약을 받고 있었다. 여기저기서 모닥불이 타고 있었으며, 그 주위에서 사람들의 모습이 어른거렸다. 다시 말해서 이 광경은 훌륭했으며, 한 폭의 그림 같았다. 실망의 빛으로 가득해서 흐라데츠로 돌아가는 사람들도 몇 명인가 있었다.

밤이 되자 그 광경은 더욱 훌륭한 것이 되었다. 스코치도폴레 시장은 한밤중에 하얀 탑에 올랐다. 보라, 동쪽의 오를리체 강변에 수백 개의 모닥불들이 나란히 타오르고 있고, 수천 명의 사람들이 불 주위를 뛰어다니고 있지 않은가. 불은 마치 피의 홍수처럼 멀리까지 넓고 붉게 퍼져 있었다. 아무래도

저쪽에서는 참호를 파고 있는 듯했다. 시장은 커다란 근심에 싸여 탑을 내려왔다. 함플 장군이 자신의 군사력에 대해서 거짓말을 하지 않은 것만은 분명한 사실이었다.

새벽이 되자 함플 장군은 목조 물레방앗간에서 나왔다. 그 방앗간 안에서 밤새도록 시의 지도를 바라보고 있었던 것이다. 몇 천 명이나 되는 사내들 전원이 사복차림이기는 했으나, 적어도 4분의 1은 무기를 들고 이미 사열종대로 서 있었다. 여자들, 노인들, 아이들도 약간 거리를 두고 빽빽이 늘어서 있었다.

"전진!" 함플이 호령하자 그 순간 세계적으로 유명한 체르베니 씨의 관악기 공장인 브라스밴드의 나팔이 울려 퍼졌으며, 경쾌한 행진곡(아가씨들이 길을 걸어갔네) 소리에 맞춰 함플 군이 시를 향해 나아갔다.

시 바로 앞에서 함플 장군은 대열을 멈추고, 나팔수와 전령을 먼저 보내 외치게 했다. ─비전투원은 집 밖으로 나오시오! 그러나 누구도 나오지 않았다. 집들은 텅 비어 있었다.

소광장도 비어 있었다.

대광장도 비어 있었다.

시 전체가 비어 있었다.

함플은 콧수염을 꼬아가며 시청으로 향했다. 그곳은 열려 있었다. 장군은 회의실로 들어갔다. 시장석에 앉았다. 장군 앞의 책상에 깔아놓은 녹색 천 위에는 서류용지가 몇 장인가 준비되어 있었는데, 그 한 장 한 장에 반듯한 글씨로 이미 이렇게 적혀 있었다.

〈보비네 황제폐하의 이름으로〉

함플 장군이 창가로 다가가서 외쳤다. "병사들이여, 전투 종료. 그대들은 무기를 손에 쥐어, 시청에 압력을 가하던 종교적 지배를 타파했소. 우리의 사랑하는 시에는 진보와 자유의 시대가 찾아오고 있소. 여러분은 참으로 훌륭했소. 안녕히!"

"안녕히!" 군단은 함플에 호응한 뒤, 사방으로 흩어졌다. 시장의 관저로도 함플 군의 전사 한 명(후에는 함플의 사람[54] 이라고 불렸다.)이 의기양양하게 들어왔는데, 어깨에는 중국 군 병사에게서 받은 총을 메고 있었다.

이렇게 해서 함플 씨는 시장이 되었다. 그런데 다음 사실은 인정하지 않을 수 없다. ─그의 신중한 시정은 전체적인 무정부 적 혼란 속에서도 비교적 평온한 상태에 있었는데, 이는 린다 주교와 존경해야 할 장로들의 현명한 조언 덕분이었다.

---

54) 독일어로 '꼭두각시'라는 뜻.

제27장 태평양의 산호초에서

"악마에게 잡혀간다 해도 상관없어."라고 트러블 선장이 말했다. "저 껑다리 놈이 무리의 우두머리만 아니라면."

"저 사람은 지미야." G. H. 본디가 설명했다. "몰랐었나? 전에 여기서 일을 했었어. 이제는 완전히 얌전해졌으리라 생각하는데."

"그렇다면 악마에게 빚이 생긴 셈이로군." 선장이 결론지었다. "이런 곳에 상륙하다니. 이처럼 비참한……; 헤레헤레투아 섬에!! 어떤가요?"

"좀 들어보게" G. H. 본디가 총을 베란다의 테이블에 놓으며 말했다. "다른 곳도 이런 모습인가?"

"그럴 겁니다." 트러블 선장이 커다란 목소리로 말했다. "이 근처에 있는 라와이와이 섬에서는 바커 선장과 뱃사람 전원이 잡아먹혔습니다. 만가이 섬에서는 당신과 같은 백만장자 3사람이 잡혀서 덥석 먹혀버리고 말았습니다."

"서덜랜드 형제를 말하는 건가?" 본디 씨가 물었다.

"그럴 겁니다. 그리고 스타벅 섬에서는 정부의 관리를 구워 먹었습니다. 살이 찐 맥데온을 말입니다. 그 사람을 알고 있나요?"

"모르겠는데."

"당신이 그 사람을 모른다고요?" 선장이 소리쳤다. "그렇다면 당신은 여기서 몇 년째 있는 겁니까?"

"벌써 9년째일세." 본디 씨가 말했다.

"그럼 알 만도 한데." 선장이 의견을 말했다. "벌써 9년째라고? 비즈니스인가요? 그게 아니라면 일시적인 은퇴이거나, 마음을 쉬고 있는 건가요?"

"아니, 그런 건 아니야." 본디가 말했다. "들어보게, 나는 예상하고 있었네만 저 위의 문명세계에서는 싸움박질만 하고 있는 상태일세·그래서 도망쳐온 걸세. 여기라면 훨씬 더 평온할 것이라고 생각해서."

"오오, 평온이라니! 여기에 살고 있는 거구의 흑인 사내들을 모르시는군. 이것보세요, 여기서는 언제나 어떤 싸움을 하고 있어요."

"오오." G. H. 본디가 말을 받았다. "여기는 정말 평화로웠어.

정말 좋은 사내들이었어, 파푸아인들, 이라고 했었던가, 이곳 사람들은. 단지 최근 들어 어딘가 조금……, 이상하게……, 알겠는가? 나는 그들이 무엇을 바라는지 잘 이해할 수가 없어."

"특별한 건 아니에요." 선장이 말했다. "단지 우리를 먹어치우려는 것뿐이에요."

"배가 고프기 때문인가?" 본디는 어리둥절했다.

"그건 모르지요. 아니, 오히려 신을 경배하기 때문일 겁니다. 그런 종교의식입니다. 아시겠습니까? 영성체나 뭐 그런 겁니다. 녀석들 사이에서 그건 언제나 반복적으로 행해집니다."

"아하, 그런 거로군." 본디 씨가 생각에 잠긴 채 말했다.

"누구나 자신만의 취미를 가지고 있습니다만," 선장이 중얼거렸다. "이곳의 취미는 외국인을 먹고 그 머리를 훈제하는 겁니다."

"훈제까지 하나?" 본디는 혐오감을 느꼈다.

"네, 그건 죽은 뒤의 일입니다만." 선장이 본디를 다독였다. "훈제한 머리를 기념품으로 가지고 있습니다. 뉴질랜드의 오클랜드 민족학박물관에서 말라비틀어진 머리를 본 적이 있으시죠?"

"아니." 본디가 말했다. "생각해보니……, 그……, 그, 나는 훈제가 되어도 그렇게 매력적으로 보이지는 않을 것 같은데."

"그러기에는 살이 조금 찐 것 같습니다." 선장이 비판적인 의견을 밝혔다. "하지만 마른 사람이 그렇게 된다 해도 크게 눈에 띌 만큼 바뀌지는 않습니다."

본디는 조금도 만족스러운 것처럼은 보이지 않았다. 오히려 실망해서 산호초 섬인 헤레헤레투아 속 자신의 방갈로에 딸린 베란다에 앉아 있었다. 본디는 최대의 전쟁 직전에 이 섬을 사들였다. 트러블 선장은 미묘하게 얼굴을 찌푸린 채 방갈로를 둘러싼 맹그로브와 바나나 숲을 바라보았다.

"이 섬에는 원주민이 몇 명 정도 있습니까?" 갑자기 선장이 물었다.

"120명쯤 되려나." G. H. 본디가 말했다.

"그렇다면 방갈로 안의 우리는?"

"7명. 중국인 요리사까지 포함해서."

선장은 한숨을 내쉰 뒤 바다 쪽을 바라보았다. 거기에 그의 배인 파페에테 호가 정박해 있었다. 그러나 배로 가려면 맹그로 브 사이의 좁은 길을 지나지 않으면 안 되리라. 그것은 그다지 권할 만한 일은 아닌 듯 여겨졌다.

"잠깐 여쭙겠습니다." 잠시 후 선장이 입을 열었다. "저 위의 문명세계에서는 무엇 때문에 다투고 있는 겁니까? 뭔가 국경에 관한 문제?"

"더 작은 일 때문일세."

"식민지?"

"더 작은 것."

"그럼……, 통상조약 때문에?"

"아니, 단지 진리를 위해서네."

"어떤 진리를 위해서?"

"절대적 진리를 위해서. 알고 있겠지만, 어느 민족이나 절대적 진리를 갖고 싶어 하지 않나."

"흠." 선장이 말했다. "그런데 실제로 그건 대체 뭘 말하는 겁니까?"

"아무것도 아닐세. 그런 인간적 정열일세. 자네는 저쪽, 유럽과 지구 전체에 그러니까……, 이해할 수 있겠는가? 이 세상에 그 신이 왔다는 사실을 들었는가?"

"들었습니다."

"그게 모든 것의 원인일세. 알겠는가?"

"모르겠습니다, 어르신 제 생각에 참된 신이라면 말입니다, 이 세상을 조화롭게 해줄 겁니다. 저쪽의 신은 참으로 정당한 신이 될 수 없습니다."

"아니, 그렇지 않아." G. H. 본디가 말했다(명백하게 본디는 남에게 의지하지 않는, 그리고 경험이 풍부한 인물과 친밀하게 이야기를 나눌 기회를 얻어 기뻐하고 있었다). "자네에게 말하겠는데, 그건 참된 신이야. 하지만 이렇게 말해두기로 하지. 그 신은 너무 지나치게 위대해."

"그렇게 생각하십니까?"

"그렇게 생각하네. 그 신은 무한이야. 거기에 재난의 씨앗이 있는 거야. 알겠는가? 사람들은 각자 그 신에 대해서 제멋대로 2, 3m씩 측정해서 자신의 것으로 삼고는, 그것이 신의 전체라 생각하고 있어. 요렇게 조그만 터럭이나 끝부분을 자신의 것으로 삼아, 신 전체를 소유하고 있는 것이라 생각하고 있어. 어떤가?"

"아하, 그렇게 된 거로군." 선장이 말했다. "그리고 각자가 신의 다른 부분을 가지고 있는 다른 사람들에게 화를 내고 있는 거였군."

"그렇다네. 신 전체를 소유하고 있다는 사실을 스스로가 확신하기 위해서 타인을 살해하는 걸세. 알겠는가? 자신이 신 전체, 진리의 전체를 소유하고 있다는 사실이 자신에게는 더없이 중요한 일이라는 바로 그 사실 때문일세. 그렇기 때문에 다른 사람이 자신과 다른 신, 다른 진리를 가지고 있다는 사실을 참지 못하는 걸세. 만약 그것을 용납한다면 자신이 신의 진리 가운데 겨우 몇 미터, 몇 리터, 몇 주머니밖에 가지고 있지 않다는 사실을 인정해야만 할 테니. 알겠는가? 스닙퍼즈라는 사람이, 오직 자신의 회사인 스닙퍼즈 사에서 만든 트리코 내의만이 세상에서 제일 좋은 것이라고 아주 진지하게 믿는다면, 대립하는 마손이라는 사람을 마손 사의 트리코 내의와 함께 불태워버리지 않으면 안 될 걸세. 하지만 내의에 관해서 스닙퍼즈는 그렇게 어리석지 않네. 그런데 영국의 정치나 종교에 관해서는 그처럼 어리석어지네. 만약 그가 신을 트리코 내의와 마찬가지로 확고한 필수품이라고 믿는다면, 각자가 신을 마음대로 갖추고 있다 해도 그냥 내버려둘 걸세. 하지만, 알겠는가? 그는 신에 대해서 그 정도의 상업적 신뢰를 두고 있지는 않아. 그렇기에 스닙퍼즈 마크가 찍힌 신, 스닙퍼즈 마크가 찍힌 진리를 온갖 욕설과 전쟁과 그 외의 애매한 선전문구로 사람들에게 강요하는 걸세. 나는 상인이기에 경쟁을 잘 이해하고 있네. 하지만 이런……."

"잠깐만요," 트러블 선장이 본디 씨의 말을 끊더니 맹그로브 숲을 향해서 총을 쏘았다. "이렇다니까. 이것으로 적이 한 명 줄었다고 생각합니다."

"저 사내가 죽은 건 신앙 때문일세." 본디가 넋이 나간 사람처럼 말했다. "자네는 저 사람이 나를 잡아먹지 못하도록 하기 위해서 무력으로 저 사람을 제지했네. 저 사람은 식인종의

민족적 이상을 위해서 싸우다 쓰러진 거야. 유럽에서 사람들은 언제나 이상 자체를 위해서 서로가 상대방을 죽이고 서로를 잡아먹은 걸세. 자네는 개방적인 사람일세, 선장. 하지만 자네라도 항해에 대한 원리적 문제를 위해서라면 나를 잡아먹을지도 모를 일일세. 나는 이제 자네도 믿을 수 없게 되었어."

"잘도 알고 있군."이라고 선장이 웅얼거리듯 말했다. "당신을 보고 있으면, 나는 이런 생각이, 나는……."

"……열렬한 반유대주의자라고 말하고 싶은 거겠지? 알고 있네. 그건 아무런 문제도 되지 않아. 나도 기독교의 세례를 받았으니. 그런데 선장, 저 검고 익살스러운 무리들 속으로 무엇이 파고들었는지 알고 있는가? 그제 저들이 바다 속에서 일본의 원자어뢰를 끌어올렸다네. 그걸 저기에 있는 야자나무 아래에 놓고 숭배하고 있어. 이제는 저 사람들도 자신들만의 신을 갖게 된 거야. 그래서 우리를 잡아먹지 않으면 안 되는 걸세."

맹그로브 숲에서 싸움의 함성이 들려왔다.

"들립니까?" 선장이 중얼거렸다. "믿을 수 없어……. 다시 한 번……, 기하학 시험을 보는 편이 그나마 낫겠다 싶었는데……."

"들어보게." 본디가 속삭였다. "우리가 저 사람들의 신앙으로 개종하면 어떻게든 되지 않겠는가? 나로서는……."

그때 바다 위에 있던 파페에테 호에서 대포를 발사하는 소리가 들려왔다.

선장은 가볍게 기쁨의 소리를 질렀다.

제28장 일곱 채의 오두막에서

각국의 군대가 서로 세계사에 남을 만한 전쟁을 몇 번이나 되풀이하고, 각국의 국경선이 지렁이처럼 꿈틀거리고, 전 세계가 와르르 무너져 잔해가 산더미처럼 쌓여가고 있을 때, 일곱 채의 오두막에서는 나이 든 브라호우쇼바 부인이 감자껍질을 까고 있었으며, 브라호우슈 할아버지는 문지방에 앉아 진짜 담배 대신 너도밤나무 잎을 파이프에 채워 피우고 있었고, 이웃집의 프로우조바 부인은 울타리에 기대어 깊은 생각에 잠긴 듯 같은 말을 되풀이하고 있었다.

"맞아, 맞아."

"그래, 맞아." 잠시 후 브라호우슈 할아버지가 장단을 맞추었다.

"그게, 그렇게 된 거야." 브라호우쇼바 할머니가 말했다.

"그래, 그런 거야." 프로우조바 할머니가 응했다.

"이게 대체 무슨 소용이라는 건지." 브라호우슈 할아버지가 의견을 이야기했다.

"정말, 그렇다니까." 브라호우쇼바 할머니가 고개를 끄덕이며 새로운 감자를 손에 쥐었다.

"이탈리아가 심하게 당했다더군." 브라호우슈 할아버지가 기억을 떠올렸다.

"누구한테?"

"튀르키예겠지."

"그럼 이제 전쟁도 끝나겠네?"

"어림도 없는 소리. 이번에는 프러시아가 나설 거야."

"그건 우리들을 향해서?"

"프랑스 놈들을 상대로 한다는군."

"하늘에 계신 신이시여, 또 물가가 오르겠군."

"맞아, 맞아."

"그래, 맞아."

"이게 대체 무슨 소용이라는 건지."

"스위스의 신문에 났다고 하더군. 이제 이쯤에서 그만두어도 되지 않겠느냐고."

"내 말이 그 말이라니까."

"맞아, 초 하나에 1,500코루나나 줬다니까. 내 분명히 말하겠는데, 브라호우슈 씨, 냄새가 아주 지독한 초라 돼지우리에서 밖에 쓸 수가 없어."

"그런데 1,500코루나나 했다고?"

"그랬다니까, 정말. 그야 물가가 올랐으니!"

"맞아, 맞아."

"그게, 그렇게 된 거야."

"이렇게 될 거라고 생각한 사람이 어디 있기나 하겠어! 1,500코루나라니!"

"옛날에는 좋은 초가 200코루나였는데."

"그랬었지, 아주머니. 그것도 몇 년 전의 일이었지만 달걀도 1알에 500코루나였어."

"담배 1파운드(약 454g)는 3,000코루나."

"얼마나 좋은 담배였는지."

"신이 1켤레에 8,000코루나."

"그래, 맞아. 브라호우쇼바 씨, 정말 쌌었지."

"하지만 지금은……."

"맞아, 맞아."

"이제 그만 끝나주지 않으면!!"

조용했다. 브라호우슈 할아버지는 자리에서 일어나 등을 펴고 밀짚을 하나 뽑아내기 위해 정원으로 갔다.

"이런 일들 모두가 대체 무슨 소용이라는 건지." 이렇게 말하고 파이프의 머리를 돌려 떼어내 밀집을 넣어서 파이프 청소를 하려 했다.

"그건 그렇고, 벌써 그렇게 냄새가 지독해졌나보군."

브라호우쇼바 할머니가 흥미롭다는 듯 비평했다.

"지독해졌지." 브라호우슈가 말했다. "냄새가 나지 않을 리 없지. 이거 정말로 이 세상에서 담배라는 게 사라져버린 거 아닐까? 마지막 한 쌈지는 교수가 된 우리 아들이 가져다준 거였어. 잠깐만, 그게 49년이었지?"

"부활절이면 정확히 4년이야."

"그래, 맞아." 브라호우슈 할아버지가 말했다. "나도 이제 나이를 먹을 만큼 먹었군. 아주 늙었어."

"그래서 하는 말인데, 이웃 양반." 프로우조바 할머니가 말하기 시작했다. "지금 뭣 때문에 이런 일들이 벌어진 걸까?"

"이런 일들이라니?"

"이런 전쟁 같은 것 말이야."

"글쎄, 누가 알기나 하겠어." 브라호우슈가 이렇게 말하고 파이프를 붙였는데, 마지막에는 파이프 안에서 그렁그렁 소리가 들렸다. "그건 아무도 몰라, 아주머니. 신앙을 위해서라고 말하기는 한다지만."

"그렇다면 어떤 신앙을 위해서지?"

"우리들의 가톨릭인지, 아니면 스위스 놈들의 프로테스탄트인지, 그건 아무도 몰라. 단지 하나의 신앙으로 만들기 위해서라는 거야."

"하지만 옛날에 우리들이 사는 곳에는 단 하나의 신앙밖에 없었잖아."

"하지만 다른 데는 다른 신앙이 있었던 거야, 아주머니. 그런데 신앙을 하나로만 하라는 명령이 내려온 거래."

"그건 어디서 내려온 명령이지?"

"그건 아무도 몰라. 그런 신앙을 만들어내는 기계가 있었다더군. 이렇게 기다란 통 같은 화로가."

"그런데 그 화로는 무엇을 위해서 있는 거지?"

"그것 역시 아무도 몰라. 그냥 그런 화로야. 그래서 신은 모두가 믿을 수 있도록 하기 위해서 모습을 나타내신 거래. 믿지 않는 자들이 너무나도 많아서 말이지, 아주머니. 인간이란 뭔가 도움이 될 만한 것을 믿지 않으면 안 돼. 하지만 모두가 믿게 되면 신은 모두의 앞에서 모습을 감추고 말거야. 그러니까 믿지 않는 마음을 통해서 신은 이 세상에 오신 거야, 알겠어?"

"응, 그렇군. 그렇다면 무슨 일 때문에 이 엄청난 전쟁이 일어난 거지?"

"아무도 몰라. 중국인이나 튀르키예인이 시작했다고 세상에서는 말하고 있어. 녀석들이 자신들의 화로에 자신들의 신을 넣어가지고 왔다는 얘기야. 그 녀석들은 신앙심이 아주 깊다더군, 튀르키예인이나 중국인은. 그리고 우리도 녀석들의 신을 같이 믿도록 만들고 싶었던 거야. 녀석들의 말대로."

"그런데 어째서 녀석들의 말대로?"

"글쎄, 그건 아무도 몰라. 나는 프러시아 놈들도 같이 시작한 거라고 말하고 싶어. 그리고 스웨덴 자식들도 마찬가지야."

"신이시여, 신이시여." 프로우조바 할머니가 탄식했다. "그래서 지금의 이 고물가! 초 하나에 1,500코루나!"

"난 이렇게 말하고 싶어." 브라호우슈 할아버지가 주장했다. "이번 전쟁을 일으킨 건 유대인이야. 돈을 벌기 위해서. 나는 그렇게 말하고 싶어."

"비가 와주지 않으면."하고 브라호우쇼바 할머니가 지적했다. "감자가 이렇게 조그맣잖아. 마치 호두알 같아."

"들어봐." 브라호우슈 할아버지가 말을 이었다. "그래서 녀석들은 신을 생각해내서 사람들을 현혹시킨 거야. 그게 녀석들의 사업이야. 전쟁을 한 뒤에 그렇게 변명하고 싶었던 거야. 녀석들은 그걸 전부 날조해낸 거야."

"그런데 녀석들이란 누구를 말하는 거지?"

"그런 건 아무도 몰라. 나는 로마 교황하고 유대인이 담합한 거라고 말하고 싶어, 하나에서부터 열까지! ─그, ─그, ─카뷰 레터교도 놈들." 브라호우슈 할아버지가 흥분해서 외쳤다. "하지만 난 녀석들의 면전에 대고 말해주고 싶어! 새로운 신 같은 걸 필요로 한 사람이 있었는가? 우리 같은 시골사람들 에게는 예전부터 계셨던 그 신이면 충분해. 정말로 만족하고 있었어. 예전부터 계셨던 신은 정직하고 아주 관대하고 공정했 어. 누구에게도 모습을 드러내지 않았고, 그래서 적어도 평화로 웠어─."

"그런데 프로우조바 아주머니, 달걀을 얼마에 팔고 있지?"

"지금은 2,000코루나."

"트루티노브는 3,000코루나래요."

"난 말할 수 있어." 늙은 브라호우슈는 흥분한 채였다. "그렇 게 되지 않으면 안 되었던 거야. 사람들은 이제 자신들 사이에서 조차 한없이 사악해졌으니. 하지만 프로우조바 아주머니, 세상 을 떠난 당신의 남편은 ─신이시여, 그 사람에게 영원한 영예를 내리소서.─ 심령술사에 정신주의자였어. 한번은 내가 그 사람 에게 농담으로 이렇게 말한 적이 있었어. '이봐, 프로우스 씨. 내게서 달아난 그 악령을 다시 불러주지 않겠소?' 그러자 그 사람은 크게 화가 나서 죽을 때까지 나와는 말도 하지 않았어. 옆집에 살고 있었는데도, 아주머니. 그리고 저기에 사는 톤다 브르체크도 자신들의 비료인 폭스파트 브랜드에 집착해서, 그래서 말이지 그 외의 것들에 대한 험담을 늘, 마치 무엇에 홀리기라도 한 사람처럼 떠들어댔었지. 그리고 교수가 된 우리 아들도, 어딜 가나 마찬가지라고 말했어. 무엇인가를 굳게 믿고 있는 놈들은, 모두가 그것을 믿게 만들고 싶은 거야. 하지만 그래서는 평화로워질 리가 없어. 그래서 그런 일들 때문에 이렇게 되어버린 거야."

"그래, 맞아." 프로우조바 할머니가 하품을 하며 말했다. "그런 게 대체 무슨 소용이람."

"아아, 맞아." 브라호우쇼바 할머니가 한숨을 쉬었다.

"이 세상은 그냥 그런 식이야." 프로우조바 할머니가 덧붙였다.

"그리고 당신들 여자들은 하루 종일 암탉처럼 재잘재잘 수다를 떨어." 브라호우슈 할아버지가 짜증스럽다는 듯 말을 마치고 발을 끌며 집 안으로 들어갔다.

─그러는 사이에 세계 각지에서는 각국의 군대가 세계사에 남을 만한 전쟁을 이어가고 있었는데, 동시에 모든 진영의 사상가들이 분명히 말한 것처럼, 보다 좋은 내일이 태어나고 있었다.

제29장 최후의 전투

1953년 가을, 최대의 전쟁도 이제는 막바지를 향해서 치닫고 있었다. 군대라고 부를 수 있을 만한 것은 없었다. 외국에 나가 있는 점령군은 대부분 자국과 연락이 두절되어 점점 야위어갔으며 모래로 스며드는 물처럼 사라져갔다. 불청객이 되어버린 장군들은 거리에서 거리로, 라기보다는 폐허에서 폐허로 옮겨다녔는데 5명으로 편성된 조직을 이끌고 있었다. 그 5명이란 고수 1명, 도둑 1명, 학생 1명, 죽음기를 든 사내 1명, 나머지 1명은 그에 대해서 자세히 아는 사람이 없는 사내로, 이 일행은 불을 지르겠다고 협박하여 기부금을 모으거나, 그도 아니면 '부상병, 전쟁미망인 및 고아의 복지를 위해서' 자선 콘서트를 개최하곤 했다. 전쟁을 하고 있는 사람들이 몇 명이나 되는지는 이제 아무도 알 수 없는 일이었다.

이 말로 표현하기 어려운 전체적 붕괴상태 속으로 최대의 전쟁의 마지막이 급속하게 다가와 있었다. 아무도 예상하지 못한 사이에 찾아왔기에 마지막의, 이른바 결정적인 전투가 어디에서 행해졌는지 지금은 알려져 있지 않다. 역사가들은 어떤 무력충돌이 전 세계적인 대전쟁의 종말과 해결을 의미하는 것인지, 수많은 논쟁을 거듭하고 있다. 몇 명(뒤리히, 아스브리지, 특히 모로니)인가는 오스트리아 린츠에서 있었던 전투였다는 의견으로 기울어 있다. 이 상당히 커다란 작전에는 서로 적대시하는 여러 진영에서 60명의 병사들이 참가했었다. 전투는 '장미원'이라는 술집의 홀에서 개시되었는데, 그것은 여종업원인 힐다(본명은 마제나 루지크코바로 노베 비조프 출신이었다.) 때문이었다. 그 전장에서의 승리자는 이탈리아 병사인 주세페로 힐다도 데리고 떠났다. 그러나 그 이튿날 힐다가 주세페에게서 달아나 체코의 병사인 바크라프 흐루슈카에게로 가버렸기에 이 전투도 실제로는 결착이 나지 않았다.

마찬가지로 폴란드의 우신스키는 고로호프카 전투를, 프랑스의 르블롱은 바티놀에서의 충돌을, 네덜란드의 반 그루는 뉴포르트 근교의 학살을 각각 마지막 전투라 주장하고 있다. ─그러나 이들 주장은 참된 역사적 이해가 아니라, 오히려 지방적 애국주의에서 온 것이라 여겨진다. 요컨대 최대의 전쟁의 마지막 전투는 알려져 있지 않다. 그럼에도 불구하고 눈에 띄게 일치하는 정보에 따라서, 또한 최대의 전쟁에 앞서 행해졌던 예언을 통해서, 상당한 신빙성을 갖고 그 전투를 확정해볼 수는 있을 것이다.

이미 1845년부터 고딕체로 된 문서의 예언에, 그로부터 100년 후에는, 〈공포의 시대가 찾아와서 무장한 수많은 사람들이 전쟁으로 죽을 것이다.〉라고 기록되어 있었다. 그러나 〈그 100개월 후에는 13개 민족이 자작나무 아래의 벌판에서 만나 서로를 죽이는 필사의 전쟁을 하고〉 그 후에는 50년 동안의 평화가 올 것이라고 되어 있다.

1893년에는 튀르키예 여성인 와리 셴(?)이 "12년이 5번 지난 후, 전 세계에 평화가 찾아올 것이다. 그해에 13명의 황제가 한 그루 자작나무 아래에서 모일 것이며, 그로부터는 과거에도 없었고 미래에도 없을 그런 평화가 찾아올 것이다."라고 예언했다.

1909년에는 미국 매사추세츠의 한 흑인 여성이 보았다는 환상이 곳곳에 전해졌다. 즉, "뿔이 둘 달린 검은 괴물, 뿔이 셋 달린 황색 괴물, 뿔이 여덟 달린 붉은 괴물이 한 그루의 나무(자작나무일까?) 아래에서 싸웠는데 전 세계로 피가 튀었다."는 것이었다. ─흥미롭게도 뿔의 숫자가 합계 13으로, 이는 틀림없이 13개의 민족을 가리키는 것이리라.

1920년에는 가톨릭 최고 성직자인 아놀드가, "전 세계를 떨게 만들 9년 동안의 전쟁이 도래할 것이다. 한 위대한 황제가 이 전쟁으로 모습을 감추고, 3개의 커다란 제국이 붕괴되고, 99개의 수도가 송두리째 무너지고, 이 전쟁의 마지막 전투가 이번 세기 최후의 전투가 될 것이다."라고 예언했다.

같은 해에 발행된 『조나단의 환상』(스톡홀름에서 인쇄)은 다음과 같이. ―<전쟁과 페스트가 99개 나라를 소멸시키고, 99개의 제국이 전복되었다가 재생하리라. 마지막 전투는 99시간 동안 이어질 것이며, 너무나도 처참해서 모든 승자가 자작나무 그늘에 쓰러질 것이다.>

1923년 독일의 민중예언은 비르켄펠트, 즉 자작나무 벌판에서의 전투에 대해서 언급했다.

1924년에는 국회의원인 부브닉이 예산 논의 중에 이렇게 말했다. "……자작나무 아래서 병사가 홀로 군무에 종사하고 있는 것 같은 일을 하는 한, 사태는 개선되지 않을 것이다."

1845년부터 1944년까지의, 유사한 예언에 대한 기록이 200건 이상 보존되어 있다. 그 가운데 48건에는 13이라는 숫자가 있으며, 70건에는 자작나무가, 15건에는 단지 나무라는 말이 등장한다. 이를 통해서 판단해볼 수 있는 것은 마지막 전투가 어딘가 자작나무 아래 근처에서 벌어졌다는 사실이다.

거기서 싸운 것은 누구일까? 그것은 알 수 없지만 여러 군대 가운데서 전부 13명의 병사가 살아남아 전투를 마친 후 아마도 각자가 자작나무 아래에 몸을 눕혔을 것이다. 그 순간 최대의 전쟁은 막을 내린 것이다.

하지만 '자작나무' 즉, 체코어로 '브지자'라는 말은 상징적으로 그와 관련이 있는 이름의 거리나 마을을 나타내고 있는데 그러한 지명은 브제자니, 브제제네츠, 브제즈프라트, 브제지(체코에 24군데), 브제지나(13군데), 브제즈노베스, 브제지카(4), 브제진키, 브제지니(3), 브제스카(4), 혹은 브제스코, 브제즈나(2), 브제즈니체(5), 브제즈니크, 브제즈노(10), 브제조바(11), 브제조베 홀리, 브제조비체(6), 브제조비크, 브제즈프키, 브제자니(9), 또는 브제조르피 등 다수가 존재한다. 또 독일어로 자작나무는 '비르케'인데 비르켄베르크, 비르켄페르트, 비르켄하이트, 비르켄함마, 비르키프트 등이 관련이 있고, 영어로는 비켄헤드, 비켄햄, 비치 등, 그리고 프랑스어에는 브랜비유, 브레 등이 있다. 이러한 점으로 생각해보았을 때, 최후의 전투가 행해진 곳이라 여겨지는 거리나 마을이나 지방의 숫자는 수천에 한정된다(이는 유럽에만 한정된 장소이나, 이들 지역이 최종전에 관한 우선권을 가지고 있다는 점은 확실하다). 그리고 상세한 학문적 연구가, 적어도 그것이 어디에서 일어났었는지를 확정할 것이다. 설령 누가 승리를 거두었는지는 이제 절대로 증명할 수 없게 되었다 할지라도.

그래도 어쨌든, 아마도 이 세계적 비극의 마지막 장이 펼쳐졌던 무대 근처에는 ─유혹적인 이미지인데─ 늘씬한 은색 자작나무가 서 있었을 것이다. 전장의 하늘 높은 곳에서 종달새가 지저귀고 배추흰나비가 사나운 전사의 머리 위를 하늘하늘 날았을 것이다. 그리고 보라, 이제는 누군가를 죽인다는 일이 거의 쓸데없는 짓이 되어버렸다. 10월의 더운 날의 일로, 영웅들은 한 사람, 또 한 사람 전장에서 등을 돌리고 멀어져 생리적 요구를 만족시키고 평화를 구하기 위해 자작나무 아래에 드러누웠다. 마침내는 최종전에서 살아남은 13명 전원이 거기에 누웠다. 이 사내는 지친 머리를 옆 사내의 구두 위에 올리고, 저 사내는 옆 사내의 엉덩이 위에 올리고, 그 사내가(병사가, 라는 뜻인데) 내뿜는 악취에조차 꿈쩍도 하지 않았다. 세계에 남은 마지막 13명의 병사들이 한 그루의 자작나무 아래서 함께 잠이 든 것이다.

저녁이 되어 눈을 뜬 그들은 서로를 불신의 눈으로 바라보았으며, 무기를 쥐기 위해 손을 뻗었다. 그런데 그때, 그들 가운데 한 사람이─역사가 그 사내의 이름을 밝혀내 기록하는 일은 결코 없으리라─ 말했다.

"지긋지긋해. 젊은이, 이쯤에서 그만두기로 하세."

"그래. 당신 말대로야." 상대방이 마음 놓인다는 듯 말하고 무기를 놓았다.

"그럼, 내게 베이컨 한 조각을 좀 줘, 이 한심한 친구야." 세 번째가 얼마간 부드러워진 목소리로 말했다.

네 번째가 거기에 응했다. "이봐, 친구들, 나는 담배를 피우고 싶어. 누구 가지고 있는 사람 없어?"

"이봐, 모두 이쯤에서 달아나기로 하세." 다섯 번째가 말했다. "우리는 더 이상 싸우지 않을 거야."

"내 자네에게 축구 복권을 주기로 하지." 여섯 번째가 말했다. "그 대신 자네는 내게 빵을 한 조각 줘야해."

"집에 돌아갈 거야. 생각해보라고, 집으로 가는 거야." 일곱 번째가 말했다.

"자네를 기다리고 있는 건가, 마누라가?" 여덟 번째가 입을 열었다.

"아이고 맙소사. 나는 벌써 6년이나 제대로 된 침대에서 잠을 자지 못했어." 아홉 번째가 떠올렸다.

"그래, 전부가 한심한 짓이었어." 열 번째가 말하고 침을 뱉었다.

"응, 맞아." 열한 번째가 말했다. "하지만 이제는 어떻게

되든 상관없어."

"어떻게 되든 상관없어." 열두 번째가 되풀이했다. "우리는 미치광이가 아니야. 모두 집으로 돌아가세!"

"나는 한없이 기뻐, 이제 끝났다는 사실이." 열세 번째가 덧붙인 뒤, 휙 엉덩이를 돌렸다.

최대의 전쟁이 끝났을 때의 광경을 이런 식으로 상상해볼 수 있다.

제30장 모든 것의 끝

수많은 세월이 흘러갔다. 술집 우 다모르스키흐 안에, 이제는 자물쇠 공장의 소유주가 된 그 기관원 브리흐가 앉아서 『인민신문』을 읽고 있었다.

"소시지 요리, 금방 나올 거야." 술집 주인이 주방에서 나왔다. 앗, 보시기 바란다. 그는 얀 빈데르, 예전에 회전목마의 주인이었던 바로 그 사람이었다. 살이 쪄버렸고 더는 줄무늬셔츠를 입고 있지는 않았으나, 틀림없이 그 사내였다!

"시간은 얼마든지 있어." 브리흐 씨가 여유롭게 말했다. "요슈트 신부님도 아직 오지 않았어. 레이제크 편집장도 없고."

"그런데……, 쿠젠다 씨는 어떻게 지내고 있지?" 빈데르 씨가 물었다.

"아아, 말해줘야지. 몸이 약간 좋지 않아. 빈데르 씨, 쿠젠다 씨는 아주 좋은 사람인데."

"응, 맞아." 주인이 말했다. "나는 잘 모르기는 하지만……, 브리흐 씨……, 내가 보내는 소시지를 좀, 그 사람에게 전해줬으면 해……. 그렇게 활발했었는데. 브리흐 씨, 말 좀 잘 전해줘……."

"그래, 기꺼이 전해줄게, 빈데르 씨. 그 사람도 기뻐할 거야, 당신이 기억해줘서. 물론 그렇게 해야지. 기꺼이 전해줄게."

"주님을 찬양하라." 문가에서 활기찬 목소리가 들리더니 주교구 참사인 요슈트 신부가 추위로 빨개진 얼굴을 하고 들어와서는 모자와 모피코트를 옷걸이에 걸었다.

"안녕하세요, 신부님." 브리흐 씨가 인사를 했다. "아까부터 기다리고 있었습니다."

요슈트 신부가 기쁘다는 듯 입술을 오므리고 곱은 손을 비볐다. "그런데 신문에는 뭐라고, 사장님, 뭐라고 적혀 있지?"

"아아, 지금 읽고 있는 중입니다. 〈공화국 대통령은, 젊은 학자이자 사강사인 브라호우슈 박사를 조교수로 임명했다.〉는군요, 신부님. 이 사람은 그 브라호우슈, 그때 쿠젠다 씨에 대해서 쓴 바로 그 사람입니다."

"아하, 아하." 요슈트 신부가 안경을 닦으며 말했다. "알고 있어. 그 사람은 믿음이 없는 사람일세. 대학은 어디를 가나 무신론자들뿐이야. 그리고 자네도 그 가운데 한 사람이고,

브리흐."

"맞아, 하지만 신부님은 이제 우리를 위해서 기도를 올리고 계시겠지요?" 빈데르 씨가 말했다. "천국에 가서도 카드놀이를 하려면 우리가 필요할 테니. 참, 역시 둘에 하나죠, 신부님?"

"물론 둘에 하나지."

빈데르 씨가 주방의 문을 열고 외쳤다. "일반 소시지 둘에 블러드소시지 하나."

"—녕하세요." 레이제크 편집장이 들어오자마자 투덜투덜 말했다. "여러분, 춥네요."

"자, 파티를 시작하자." 빈데르 씨가 지저귀듯 말했다. "손님이 다 모였어."

"그런데 뭐 새로운 소식은?" 요슈트 신부가 활달하게 물었다. "편집국에 뭔가 있는가? 그래 맞아, 젊었을 때는 나도 신문에 글을 썼었지."

"하지만 그 무렵에 그 브라호우슈가 내 이름을 신문에 썼었지." 브리흐 씨가 말했다. "어딘가에 오려둔 게 있는데, '쿠젠다 파의 사도'라나 뭐라나, 나에 대해서 그렇게 썼었지. 그래, 그 시절은 어디로 가버린 걸까?"

"저녁을 드세." 레이제크 씨가 말했다.

그때 빈데르 씨와 그의 딸이 테이블로 소시지 요리를 가지고 왔다. 소시지는 아직 조그만 기름 거품을 내뿜으며 슉슉 소리를 내고 있었고, 마치 쿠션 위에 몸을 묻고 있는 튀르키예의 미녀 후궁처럼 푹신한 양배추 위에 누워 있었다. 요슈트 신부가 입맛을 다시며 첫 번째 미녀를 나이프로 넉넉하게 잘라냈다.

"이거 참." 잠시 후 브리흐 씨가 말했다.

"음음." 더욱 긴 시간을 두었다가 레이제크 씨가 속내를 털어놓았다.

"빈데르, 이거 정말 맛있는데." 신부가 미식가라도 되는 양 칭찬했다.

감사로 넘쳐나는 침묵이 한동안을 지배했다.

"새로운 향신료로군." 브리흐 씨가 덧붙였다. "나는 이 향이 마음에 들었어."

"하지만 너무 강해도 좋지 않아."

"아니, 강하지 않아. 이 정도가 딱 좋아."

"그리고 껍질도 이 정도로 아삭아삭해야지."

"흐음." 그리고 다시 더욱 긴 시간이 흘렀다.

"그리고 양배추도 흰색이어야만 해."

"모라비아에서는 말이지," 브리흐 씨가 말했다. "양배추를 죽처럼 걸쭉하게 삶아. 내가 요리사였을 때 거기에 있었거든. 줄줄 흘러내릴 정도였어."

"대체 무슨 말을 하는 건가?" 요슈트 신부는 놀랐다. "양배추는 물기를 잘 빼내야 돼. 그러니 그런 말은 하지 말아주게. 그런 양배추는 먹을 수가 없어."

"아아, 하지만 그곳에서는 그렇게 해서 먹습니다. 숟가락을 써서 먹습니다."

"해도 너무하는군." 신부는 뒤로 물러났다. "그곳 사람들은 정말 이상하군. 하지만 양배추는 기름으로 요리하는 것만으로도 충분하지 않은가? 안 그런가, 빈데르? 다른 방법으로 어떻게 한다는 건지, 나는 이해할 수가 없어."

"아실 테지만," 브리흐 씨가 깊은 생각에 잠긴 듯 말했다. "그건 아마도 믿음과 같은 걸 겁니다. 다른 사람이 다른 것을 믿는다는 게 가능하기나 한 일인지, 이것 역시 사람들은 이해를 하지 못하니."

"놀라게 하지 말게." 요슈트 신부가 반론했다. "다른 방법으로 요리한 양배추를 먹느니, 모하메드를 믿고 싶을 정도일세. 양배추는 오로지 기름으로만 요리해야 한다는 것이, 이성이 부여한 결론이니."

"그리고 신앙도, 그것 역시 이성이 부여한 것 아닐까요?"

"우리들의 신앙은 그래." 신부님이 단정적으로 말했다. "하지만 다른 신앙은 이성이 부여한 게 아니야."

"그렇다면 우리는 그 전쟁이 벌어지기 전에 있던 곳과 같은 장소로 다시 한 번 되돌아온 셈이야." 브리흐 씨가 한숨을 쉬었다.

"사람이란 언제나 예전에 있던 장소로 되돌아오는 법이야." 빈데르 씨가 말했다. "하지만 쿠젠다 씨도 말했어. '빈데르, 그 어떤 진리도 누군가와 싸워서 얻을 수 있는 게 아니야. 알겠는가, 빈데르. 그 준설선 위에 있던 우리의 신은 그렇게 나쁘지 않았고, 회전목마에 있던 그 신도 나쁘지는 않았어. 하지만 그래도 사라져버리고 말았어. 누구나 자기 자신의 훌륭한 신은 믿지만, 다른 사람의 것은 믿지 않아. 그 사람도 역시 무엇인가 선한 것을 믿고 있는데도. 사람은 무엇보다 먼저 사람을 믿지 않으면 안 돼. 그 사실을 다른 사람들도 조금씩 깨닫게 될 거야.' 쿠젠다 씨는 이렇게 말했어."

"음, 맞는 말이야." 브리흐 씨가 말했다. "사람은, 설령 다른 신앙은 좋지 않은 것이라고 생각해도 될지 모르겠지만, 그 믿음을 가진 사람을 좋지 않은, 비천한, 부정한 놈이라고 생각해서는 안 돼. 이건 정치는 물론 어디에서나 마찬가지지만."

"그런데 그런 이유로 그토록 많은 사람들이 서로를 미워하고 서로를 죽였어." 요슈트 신부가 말했다. "알겠는가? 누군가가 가진 믿음이 크면 클수록, 그것을 믿지 않는 사람들을 그만큼 더 격렬하게 경멸하게 돼. 하지만 가장 커다란 믿음은 인간에 대한 믿음일 거야."

"누구나 인류에 대해서는 아주 깊이 생각하지만 개개인에 대해서는 그렇지 않아. '너를 죽이겠어, 하지만 인류는 구할 거야.' 이런 말과 다를 바가 없어. 이건 바람직한 일이 아니야. 신부님, 이 세상은 나빠지겠지요? 사람이 사람을 믿으려 하지 않는 한."

"빈데르." 요슈트 신부가 깊은 생각에 잠긴 듯 말했다. "그럼, 나를 위해서 내일에라도 모라비아식 양배추를 좀 만들어주지 않겠나? 내 한번 맛을 보고 싶네."

"그렇다면 살짝 볶은 다음 쪄내듯 해야겠군. 그걸 불에 구운 소시지와 같이 먹으면 아주 맛있습니다. 어떤 믿음에나, 어떤 진리에나 어딘가 좋은 면이 있는 법이야. 그리고 단지 그것만으로도 다른 사람은 그걸 좋아하는 거야."

밖에서 문을 열더니 경찰이 들어왔다. 완전히 얼어버린 몸으로 럼주를 한 잔 달라고 했다.

"아아, 당신이로군요, 흐루슈카 경사님." 브리흐가 말했다. "그런데 무슨 일입니까? 어디에 갔다온 거죠?"

"응, 지슈코프에." 경찰은 이렇게 말하고 놀랍도록 큰 장갑을 벗었다. "거기서 집을 좀 털고 왔어."

"무슨 집을 털었나요?"

"응, 마가 낀 놈들 둘. 그리고 수상한 사람 몇 명. 1006번지의 집에, 그러니까 그 집의 지하실에 예의 비밀 굴이 있었어."

"어떤 비밀 굴?" 레이제크 씨가 물었다.

"카뷰레터를 숨겨놓은 굴이야, 편집장. 거기에 조그만, 전쟁 전의 낡은 모터에 쓰던 카뷰레터가 있었어. 그리고 녀석들이 거기에 모여서 야단법석을 떨고 있었어."

"야단법석이라니, 어떤?"

"동네 사람들에게 커다란 피해를 주는 소란이야. 기도하기도 하고 노래 부르기도 하고 환상을 보기도 하고 예언을 하기도 하고 기적을 행하기도 하고, 그런 여러 가지 일들."

"그런 것들을 해서는 안 되는 건가요?"

"당연하지, 경찰에서 금지하고 있으니. 모르겠나? 그건 아편을 피우는 무리들의 마굴과 같은 거야. 그런 장소도 구시가에서 한 군데 찾아냈어. 그리고 지금 말한 것처럼 카뷰레터가 숨겨져 있는 굴은 벌써 7군데나 가택수색을 했어. 나쁜 놈들이 거기에 모여 있었어. 노숙자나 매춘부나 불량배들 말이지. 그래서 금지하고 있는 거야. 질서를 어지럽히니까."

"그런데 그런 은밀한 굴은 아직 많이 남아 있나요?"

"이젠 없어. 그게 마지막 카뷰레터였다고 나는 생각해."

◎ 옮긴이의 말

체코의 국민작가로 세계적 인기를 얻고 있는 카렐 차페크의 첫 번째 장편소설인 『절대제조공장』은 작가 자신이 서문에서도 밝힌 것처럼, 원래는 신문의 소품으로 쓰기 시작했는데 거기에 점점 살이 붙어 장편소설로 태어나게 된 작품이다. 이러한 경위는 작품 속에도 그대로 드러나 있어서, 제13장 이후부터는 작품의 모든 상황이 일변한다.

작품의 초반부인 제1장부터 제12장까지는 획기적 에너지생산 장치인 카뷰레터의 탄생과 그 부산물인 '절대'의 등장 및 그 '절대'의 작용에 대해서 이야기한다. 여기서 카렐은 범신론에 입각하여 이야기를 이끌어가고 있는데 모든 물질에는 신이 있으니 물질을 완전히 연소시키면 비물질인 신, 즉 '절대'만이 남게 된다는 논리다. 그렇게 물질의 질곡에서 해방된 '절대'는 물질에 갇혀 있을 때처럼 얌전히 있지 못하고 자신의 존재를 이 세상에 드러낸다.

작품의 후반부인 제13장 이후부터는 전 세계적으로 퍼진 '절대'가 어떻게 활동하는지를 보여주는데 '절대'는 무한한 존재여서 척도라는 것을 모르기에 무한한 생산으로 산업과 경제를 파괴한다. 이때부터 카렐 특유의 풍자가 이어진다. 앞서 '절대'의 활동이라고 이야기했지만, 사실 제13장 이후부터는 '절대'에 영향을 받은 사람들이 어떻게 행동하는지를 보여주고 있다. 여기서부터 '절대'는 단지 종교적 신이 아닌 사람들이 일반적으로 굳게 믿고 있는 '신념'으로 확대된다. 물론 소설 속에서는 여전히 '신'으로 묘사되고 있으나, 그 신이라는 말을 '정치적 신념', '국가적 신념' 등으로 바꾸어도 이야기는 전혀 달라지지 않는다. 아니, 카렐 자신이 오히려 그것을 염두에 두고 글을 써내려간 듯한 인상이다. 실제로 작가도 작품 속에서 '이건 정치는 물론 어디에서나 마찬가지지만.'이라고 말했으니.

같은 '신념'을 가진 자들은 다른 '신념'을 가진 자들에게 자신의 '신념'을 믿게 하기 위해서 서로를 혐오하고 서로를 죽인다. 집단광기와도 같은 '절대'에 대한 믿음. 그러나 카렐은 그러한 자들이 믿고 있는 '절대'는 '절대'의 전부가 아닌 일부라고 주장한다. 즉, 사람들은 '절대'의 일부를 전부인 양 받아들여 자신들이 알고 있는 '절대'만이 유일하게 옳은 '절대'라며 서로 싸우고 있는 것이다.

그렇다면 카렐이 말하는 '절대'의 전부는 무엇일까? 이 역시도 '절대'의 전부라고 할 수는 없지만(카렐이 직접적으로 그렇게 말한 것은 아니기에), 그것은 바로 '인간에 대한 믿음'이다. '인간에 대한 믿음'이야말로 '가장 커다란 믿음'이라고 이야기한다.

카렐 차페크의 이 이야기를 읽다보면, '절대'는 그 자신이 절대적인 존재이기에 우리 인간에게 절대력을 행사하는 것이 아니라, 우리 인간이 자신들의 신념에 스스로 '절대'를 부여하여 절대적인 존재로 만들어낸 것 아닌가 하는 생각이 들기도 한다. 그리고 자신들 스스로가 부여한 '절대'이기에 그 '절대'에 대한 부정은 자신들 스스로에 대한 부정이 된다.

이 생각 자체는 그리 새로운 것도 없지만 카렐은 자칫 심각할 수도 있는 이 문제를 아주 가벼운 터치로, 그리고 매우 상징적인 이야기들로 풀어나갔다. 이 소설에 등장하는 인물 대부분이 매우 우습고 익살스럽게 보이지만 그 본질에 있어서는 보편적 인간의 모습과 크게 다르지 않다는 생각이 든다. 자신만이 옳다는 믿음, 자신의 신념만이 절대 선이라는 믿음, 자신이 속한 집단만이 올바른 길을 가고 있다는 믿음. 그러나 카렐은 이러한 모든 이야기를 매우 상징적인 장면으로 마무리 짓는다. 바로 술집에서의 양배추 조리법에 관한 이야기다. 신부님으로서는 상상도 할 수 없는 양배추 조리법. 그런 양배추 조리법을 받아들이느니 차라리 다른 신을 믿겠다는 신부님. 그러나 그런 신부님조차도 결국에는 다른 방법으로 조리한 양배추를 먹어보겠다고 말한다. 물론 마지막 등장인물인 경찰은 다시 다른 인간을 부정하지만.

이 소설을 읽은 우리도 각자 자신의 내면으로 돌아가 자신 속의 '절대'를 다시 한 번 돌아보아야 하는 것 아닌지 모르겠다.

인간의 심리를 날카롭게 해부한 성장소설

(개정판) 갱 부

—나쓰메 소세키 지음 12,600원

한 편의 시처럼 펼쳐놓은 '비인정'의 세계

풀 베 개

—나쓰메 소세키 지음 11,800원

일본의 국민작가 나쓰메 소세키의 주옥같은 단편

나쓰메 소세키 단편소설전집

—나쓰메 소세키 지음 13,000원

인간미로 가득 넘쳐나는 새로운 형식의 추리소설

잠꾸러기 서장님

—야마모토 슈고로 지음 13,800원

국내 최초로 소개되는 미녀와 야수의 진짜 이야기

(완역본) 미녀와 야수

—가브리엘 수잔 바르보 드 빌레느브,잔 마리 르 프랭스 드 보몽
12,000원

프란츠 카프카의 우화성 가득한 작품 모음집

카프카 우화집

—프란츠 카프카 지음 11,000원

에드거 앨런 포부터 아가사 크리스티까지, 트릭의 역사

추리소설 속 트릭의 비밀

—에도가와 란포 지음 12,000원

독재는 어떻게 태어나는가? 파시즘의 창시자

무솔리니 · 나의 자서전

—베니토 무솔리니 지음 13,000원

옮긴이 김진언

대학에서 국문학을 전공 하고 세상 곳곳을 돌아다니며 삶의 경험을 쌓았다. 그 경험을 바탕으로 지금은 인류가 남긴 가치 있는 책들을 찾아 우리말로 번역 중이며 문학과 삶에 대한 탐구를 계속해 나가고 있다. 옮긴 책으로는『아서 코난 도일 자서전』,『무솔리니 나의 자서전』,『미녀와 야수』,『카프카 우화집』,『신을 찾아서』,『위대한 의사들』등이 있다.

절대제조공장

1판 1쇄 인쇄 2024년 1월 30일
1판 1쇄 발행 2024년 2월 10일

지은이 카렐 차페크
그　림 요제프 차페크
옮긴이 김진언
펴낸이 박현석
펴낸곳 현 인

등　록 제 2010-12호
주　소 서울시 도봉구 덕릉로 62길 13, 103-608호
전　화 010-2012-3751
팩　스 0505-977-3750
이메일 gensang@naver.com

ISBN 979-11-90156-44-8